쿠리하라 미사토

고등학생. 어린 소녀를 구하고,
이세계로 전생했다.

C등급 파티 '붉은 맹세'

마일(아델)

이세계에서 '평균적'인
능력을 부여받은 소녀.

메비스

검사. 신입 파티
'붉은 맹세'의 리더.

레나

신인 헌터.
공격마법이 특기.

【브란델 왕국】

애클랜드 학원

마르셀라

아델의 친구.
귀족이며 마법을 잘 쓴다.

올리아나

아델의 친구.
평민의 딸

폴린

신인 헌터.
연약한 소녀지만…….

모니카

아델의 친구.
상인의 둘째 딸.

지난 줄거리

아스컴 자작가의 장녀 아델 폰 아스컴은 열 살이 되던 어느 날, 강렬한 두통과 함께 모든 것을 기억해냈다.

자신이 예전에 열여덟 살의 일본인 쿠리하라 미사토였다는 것과 어린 소녀를 구하려다가 대신 목숨을 잃었다는 것, 그리고 신을 만났다는 사실을…….

너무 잘나서 주변의 기대가 커, 자기 생각대로 살 수 없었던 미사토는 소원을 묻는 신에게 이런 부탁을 했다.

"다음 인생에서 능력은 평균치로 부탁드립니다!"

그런데 뭐야, 어쩐지 이야기가 좀 다르잖아!

나노머신과 대화를 나눌 수 있고, 인간과 고룡(古龍)의 평균이어서 마력이 마법사의 6800배?!

처음 다닌 학원에서 소녀와 왕녀님을 구하기도 하고.

마일이라는 이름으로 입학한 헌터 양성 학교에서는 졸업 시험에서 A급 헌터와 호각을 다투기도 하고.

학원의 동급생들과 결성한 소녀 사인조 파티 '붉은 맹세'도 대활약!

하지만 그녀들 앞에 골렘, 적국의 비밀부대, 거기에다 딸을 사랑하는 아버지와 세계 최강 고룡 등이 속속 등장해 문제가 일어난다.

마침내 첫 학원 친구들인 '원더 쓰리'와 '붉은 맹세'가 대결을 펼치고?!

이런저런 일이 너무 많이 있었지만 마일은 동료들과 함께 신인 헌터로 평범하게 살아간다!

그야, 나는 지극히 평범한 보통 여자아이니까!

God bless me?

CONTENTS

제45장 마족

"""""마, 마족…….""""""

수인을 상대하는 줄로만 알았는데, 갑작스러운 마족의 등장에 아연실색하는 '붉은 맹세'의 네 사람.

"뭐라고?? 너희, 우리가 마족인 걸 알았어?!"

정체가 들켰다는 생각에 후드를 벗은 마족들 역시 어이없어했다.

"아아, 죄송해요! 딱히 속이려던 건 아닌데……."

그리고 미안하다는 듯 머리를 긁적이는 마일.

"아무튼 사정을 전부 말씀해주시겠어요? 아니, 물론 대충 짐작은 가지만……."

마일의 말에 마족들이 아, 그럼 그렇게 할까요? 하고 따라줄 리는 당연히 없었다.

"우, 웃기지 마! 너희야말로 뭘 알고 있는지 전부 실토하게 해주마! 붙잡아라!"

마족 리더가 동료들에게 명령했다.

지난번, 수인들과 만나기 전에는 상대가 마족이라고 생각했기 때문에 마음의 준비와 각오가 되어 있었다.

하지만 이번에는 반대로 상대가 수인이라고 생각했기 때문에 '

붉은 맹세' 멤버 모두 마음의 준비가 되어 있지 않았다.

갑작스러운 마족과의 싸움.

전설이나 동화에 나오는, 인간의 상식을 초월한 마족의 강한 힘.

자기도 모르게 소극적인 태도가 되는 '붉은 맹세'였는데, 그중에서 마일은 그래도 어느 정도의 내성이 있었다.

"여러분, 너무 겁낼 필요 없어요! 동화 속 마족은 인간으로 따지면 용사에 해당해요. 그러니까 실제로는 존재하지 않는, 부풀려진 모습이라고요. 용사는 전설이나 옛날이야기에는 많이 나오지만 어쨌든 실제로는 없잖아요? 그거랑 똑같아요. 마족도 실제로는 수인보다 떨어지는 신체 능력에 엘프보다 떨어지는 마력, 드워프보다 떨어지는 튼실함을 지녔을 뿐인, 그냥 인간형 종족에 불과하다고요!"

마일의 말에 조금 기운을 내는 레나와 메비스였는데, 그때 폴린이 불쑥 중얼거렸다.

"······그래도 어쨌든 모든 면에서 인간보다는 뛰어난 거네요?"

다시 낯빛이 흐려지는 레나와 메비스.

"이럴 때 괜히 쓸데없는 말 좀 하지 말아요오오오옷!"

그렇게 소리치는 마일이었다.

'큰일 났네! 양쪽 다 네 명, 각각 일대일로 붙으면 크게 다치거나 어쩌면 죽는 사람이 나올지도 몰라······. 모두의 힘을 믿지만 만일의 경우란 것도 있고, 반대로 여유가 없어서 상대에게 치명상을 입힐 수도 있고······. 뭐 좋은 방법 없을까······. 아, 그렇지!'

마일은 불현듯 떠오른 아이디어를 시도해보기로 했다.

"잠깐만요!"

마일의 말에 가까이 접근하던 마족들이 걸음을 멈췄다.

"뭐야? 포기하고 항복이라도 할 셈인가?"

리더의 말에 마일이 고개를 가로저었다.

"그건 아니고요. 이대로 난투극을 시작해봐야 『아름답지 않다』는 생각이 들지 않나요?"

"""""""""뭐어어어어어?"""""""""

마일을 제외한 모두의 목소리가 화음을 이루었다.

"아, 아름답지 않다니……."

"그게 무슨 의미야?"

레나와 메비스마저 황당해했다.

"도대체 무슨 소리를 하는 거야, 이 녀석은?"

마족 리더가 메비스에게 물었지만 당연히 메비스도 대답할 수 없었다.

"단체전, 그것도 승패를 동그라미로 표시하는 방식으로 4인제를 하는 거예요!"

마일의 말에 모두 어리둥절한 표정을 지었다.

그리고 마일의 설명이 시작되었다.

"제 말 잘 들으세요. 모처럼 명승부가 펼쳐질 것 같은데 다들 자기 싸움에만 정신이 팔려서 다른 싸움을 보지 못한다면 너무 아깝지 않나요?"

싸움을 좋아하는 듯한, 마족 중 두 사람이 격한 공감을 표시했다.

"그래서 말이죠, 양쪽에서 한 사람씩 나와 대결을 펼치고, 다른 사람들은 거기에 일절 간섭하지 않고 관전하는 거예요. 그걸 네 번 해서 먼저 3승을 거두는 쪽이 이기고, 진 쪽은 상대에게 붙잡혔다고 치고 순순히 항복하는 겁니다. 2대 2로 무승부가 됐을 경우는 우열을 가리지 못했으니 무력이 동등한 걸로 치고 협상하죠. 이렇게 하면 어떻겠어요?"

"……잠깐만 시간을 좀 줘."

그렇게 말한 마족들이 자기들끼리 속닥속닥 의견을 나눈 후 다시 대답했다.

"좋다, 우린 이의 없어."

아마도 인간 소녀 따위에게 마족인 자신들이 밀릴 리가……, 하는 늘 있는 패턴이겠지. 그것 플러스 심심풀이 오락 대신.

한편 '붉은 맹세'는 이렇게 상대와 신경전을 펼칠 때 거래와 관련 있는 일이 아니면 보통 마일에게 맡기는 편이어서 다들 이견을 내놓지 않았다.

이렇게 해서 이야기가 마무리되었다.

"그럼 합의했다고 봐도 되겠죠?"

"선봉은 폴린 씨, 차봉은 레나 씨, 부장 메비스 씨, 마지막으로 대장은 저, 이렇게 정해요."

마일은 강자일수록 뒤에 나가는 정석대로 구성을 짰다. 아마 상대 쪽 역시 그럴 것이다.

경우에 따라서는 일부러 꼬아서 적이 선봉을 내보낼 때 자신들은 차봉, 차봉에는 부장, 부장에는 대장을 배치해서 확실하게 3 승을 거두고, 적의 대장이 나올 때 선봉을 배치해버리는 방법도 있지만, 마족 측은 그런 방법을 취하지 않을 게 분명했고 마일 역시 그럴 생각이 전혀 없었다.

"마, 마일, 정말 괜찮을까? 내가 부장이라니……. 난 선봉이 낫지 않아?"

불안해하는 메비스에게 마일이 생긋 미소 지었다.

"괜찮아요, 메비스 씨는 절대 안 질 거예요! 그도 그럴 게, 메비스 씨는『기사를 꿈꾸는 사람』이니까요!"

"그…… 그런가? 그래, 맞아, 그렇지!"

메비스는 잔뜩 긴장된 표정을 짓더니, 곧 입꼬리를 일그러뜨리고 미소 지었다.

그 후 규칙 조율이 이루어졌는데, 관전자는 자기 팀 선수가 위험하다고 판단했을 때 시합 종료를 선언하거나 상대 선수의 공격을 막을 수 있고, 그 경우에는 자기 팀 선수의 패배로 간주한다는 등의 규칙을 정했다.

그렇다, 이것이 마일의 목적이었다. 이렇게 해서 양쪽에 중상자나 사망자가 나오는 일 없이 승부를 낼 수 있게 되었다.

만약 단체전에서 지더라도 딱히 상관없다.

아무도 죽거나 중상을 입지 않고 끝난다면, '조사 의뢰를 받고 왔다'는 사실이나 지난 번 사건에 대해 말해도 '붉은 맹세'와 인간 측에 아무런 손해가 없었다. 이번 의뢰 역시 '상대는 마족, 목적은 조사'라는 정보만 가지고 돌아가도 아마 의뢰 성공으로 간주될 것이다.

또 이미 인간 측이 고룡의 지시로 마족과 수인이 조사를 벌이고 있다는 사실을 알고 있다면 굳이 마일 일행을 구속할 이유도 없다. 필시 이야기가 끝나면 풀어주겠지.

만약 풀어주지 않으면 그때는 달아나면 그만이다. '붙잡힌 후에 달아나는 것'은 약속을 깬 게 아니니까.

그리고 물론 마일은 애당초 질 생각 따위 손톱만큼도 없었다.

넓게 펼쳐진 바위 밭 위에서 마주 보고 선 폴린과 서른 가까이 되어 보이는 마족 남자.

어디까지나 서른 정도로 보일 뿐이다. 마족의 나이와 외모의 상관관계 따위, 마일 일행은 알 길이 없었다.

폴린은 겁에 질렸는지 아니면 긴장했는지 살짝 떠는 것처럼 보였다.

무리도 아니다. 수인들을 마족인 줄 알았을 때 느낀 공포와 절망감. 그것이, 이번에는 반대로 상대가 수인이어서 쉽게 이길 줄 알았는데 설마 했던 마족이라니. 심지어 일대일로 마법 승부라니. 제대로 싸워서 이길 수 있다고 생각하는 사람이 어디 있겠는가.

관전하는 마일 일행과 마족들은 모두 한곳에 모여 있었다. 따로따로 떨어져 있으면 빗나간 마법에 맞을 위험도 있고, 상대편이 관전 중에 나누는 대화도 유익한 정보가 될 수 있으리라.

마일에게 관통상을 입은 남자 역시 동료에게 치유 마법을 받아 상처를 메운 후 어느새 관전조에 합류해 있었다. 하지만 아무리 상처를 메웠다고는 하나 마일과 폴린이 구사하는 '다소 상식에서 벗어난 치유 마법'이 아니기 때문에 얼마간은 싸울 수 없어 전력에서 제외되었다.

마일이 관전 장소에서 소리쳤다.

"그럼 파이트, 레디, 고!"

"아이스 재블린!"

"어스 월!"

폴린이 얼음창 공격을 펼치자 마족은 땅에서 바위벽을 융기시켜 막았다. 실체가 된 얼음 공격을 막으려면 마법 방어가 아니라 물리적인 벽이 필요했다.

흙이라면 모를까 바위 밭에서 벽을 세우려면 상당한 마력과 재능이 필요했다. 그런데도 폴린과 마찬가지로 주문 영창 없이 마법명, 그러니까 영창 생략 마법을 써서 손쉽게 해치우는 마족.

"……, ……, 아이스 니들!"

폴린은 이번에는 작은 목소리로 단축 영창을 해서 다시 공격마법을 가했는데, 질량이 적은 얼음 바늘은 바람마법에 전부 날리며 막히고 말았다.

"…………."

공격이 하나도 통하지 않자 동요했는지 주문을 외지 않고 공격하던 손을 그대로 멈추자, 마족 남자가 천천히 폴린에게 다가가며 말했다.

"헛수고야. 인간 계집애가 쓰는 마법으로는 우리를 털끝 하나

건들지 못해. 그리고 우리 마법은 너희의 방어를 식은 죽 먹기로 뚫지. 어때, 항복하지 않을래? 그렇게 하면 괜히 따끔한 맛을 보지 않아도 될 텐데?"

그 말에 눈물 그득한 눈으로 고개를 가로젓는 폴린.

하긴, 마족의 강력한 공격마법을 그대로 받으면 폴린의 방어는 간단히 뚫리겠지.

그렇다, '만약 공격을 제대로 받는다면' 말이다.

"어쩔 수 없군, 최대한 안 아프게 한방에 끝내주마."

마족 남자가 거드름 피우며 오른손을 머리 위로 들어 올리고 일부러 느릿느릿 마법을 쏠 자세에 들어갔지만, 마일이 개입하려는 기색은 보이지 않았다.

그리고 마족 남자가 공격마법을 쏘려고 했을 때.

"물이여, 저자의 손발을 휘감아 얼어붙게 하여 자유를……, 으헉!"

갑자기 믿을 수 없다는 듯 경악하더니 뒤이어 온 얼굴, 아니 온몸으로 땀을 마구 쏟아내는 마족 남자.

"으아아아아아악!"

그리고 엉덩이를 누르며 데굴데굴 굴렀다.

정면으로 실체 비상계 마법만 계속해서 쏘았던 폴린.

그리고 그 모든 공격이 간단히 막히자 심하게 동요한 나머지 속수무책으로 있는 것만 같았던 폴린.

……폴린이 그 정도 그릇일 리가 없었다.

"웃음을 너무 꾹 참았더니 눈물이 나고 말았네요……."

떨고 있는 듯 보였던 것도 다 웃음을 참았기 때문이었다.

아무것도 못하는 상태인 척하면서 무영창으로 은밀하게 상대의 발밑으로 쏜, 아주 작은 규모의 핫 마법.

그것을, 몹시 약한 기류에 얹어 마족의 바짓가랑이 사이로 올려 보냈다. 민감한 점막 부분을 노리고.

"왜, 왜 저래! 도대체, 뭐가 어떻게……."

당황하는 관전조 마족들. 하지만 울부짖으며 데굴데굴 구르는 동료의 모습에 예삿일이 아니라고 생각하면서도 패배로 이어질 개입을 할 결심은 서지 않는 모양새였다.

그때 폴린이 다음 영창을 시작했다.

"얼음 칼날이여, 적의 심장을 관통하라! 아이스……."

"항복! 항복이야, 시합 종료!"

그 영창의, 너무도 위험한 주문에 표정이 잔뜩 굳은 마족 리더가 허둥지둥 시합 종료, 즉 패배를 선언했다.

'나머지 세 번, 전부 이기면 그만이야…….'

그렇게 생각하면서도, 왠지 불길한 예감을 억누를 수 없는 마족 리더였다.

선봉전, 승자는 '붉은 맹세'의 폴린.

그리고 제2전, 차봉전은 레나 대 열두세 살쯤 되어 보이는 마족 소년이었다.

조금 전과 마찬가지로 외모는 레나와 비슷한 연령대로 보였지만, 정말로 몇 살인지는 알 수 없다. 물론 그렇게 따지면 레나 역시 실제 나이는 열여섯 살이지만 말이다.

외모만큼은 동갑으로 보이는 두 사람이 대치했다. 둘 다 무술이 아니라 마술 전문이었다.

레나는 기교파 폴린과 달리 엄청난 위력의 마법을 때려 퍼붓는 파워 타입 마술사였다. 그리고 이러한 특징은 그보다 더 강한 위력의 마법을 쓰는 상대에게는 맞지 않았다. 그렇다, 이를테면 마족이라든가…….

물론 그건 레나도 잘 알고 있었다. 하지만 아무리 안 맞는 상대라도 싸워야 할 때는 어쩔 수 없다. 늘 자기 입맛에 맞는 적만 있는 것은 아니니까 말이다.

"파이어 랜스!"

이번에는 마족 소년이 선제공격을 날렸다.

조금 전, 너무도 비참한 싸움을 목격한 직후인 만큼 경계했겠지. 그것도 무리는 아니다.

"배리어!"

그리고 레나는 공격형 마술사임에도 불구하고 무영창으로 홀드해 두었던 방어마법을 발동시켰다.

아무리 상대의 공격을 막아도 방어마법은 직접적인 승리로 이어질 수 없다. 특히 자신보다 마법의 위력과 지구력이 모두 앞서는 자를 상대로 할 때는, 방어만 하다가 힘이 빠져 점점 상황이 악화되는 것보다는 처음부터 공격마법을 연타하는 것이 옳다. 하지만 왜 그런지 레나는 제일 먼저 방어마법을 사용했다.

그리고 마일이 고안한 강화판 배리어는 다른 사람의 상식을 아득히 초월하는 강도를 자랑했다. 그래서 아무리 마족의 공격이라고 해도 그리 간단히는 뚫을 수 없었다.

"뭐야……."

마족인 자신의 공격을 고작 인간 계집애가 간단히 막자 동요하는 소년.

"염탄!"

"마법장벽!"

이번에는 레나의 공격을 소년이 막았다.

"플레어 스톰!"

"배리어!"

"염열지옥!"

"장벽!"

공격과 방어가 이어졌지만, 둘 다 상대의 방어를 뚫지 못해 좀처럼 승부가 나지 않았다.

하지만 이대로 계속된다면 당연히 마력량이 뒤처지는 레나가 파국을 맞을 것이다. 그리고 그건 마족 소년도, 그리고 당연히 레나도 잘 알았다.

몇 번째인지 모를 공격과 방어가 오간 후, 레나에게 공격 순서가 찾아왔을 때.

레나는 마법 영창을 하지 않고 상대방을 향해 전속력으로 뛰었다.

"뭐야……."

의표를 찔려 순간 놀란 표정을 지은 소년은 곧 평정을 되찾았다.

"마법전으로는 안 되겠다고 판단해서 스태프(지팡이)를 쓰는 근접 전투를 시도하는 건가요……. 하지만 저는 마족인걸요? 아무리 마법 전투가 전문이라고는 하나, 최소한의 장술 정도는 마스터했고, 같은 마법 전투 전문인 인간 소녀를 상대로 무술과 체술에서 밀릴 거라는 생각은……."

여유만만하던 소년은 가까이 달려온 레나가 지팡이에서 손을 떼서 그 지팡이가 땅을 데구르르 구르는 모습을 보고는 혼란에 빠졌다.

"엥……?"

근접 전투 직전에 무기를 버리다니?

의미를 모르겠다. 이해가 안 된다.

빈손인 인간 소녀, 그것도 몸이 썩 단련되지 않았을 마술사이니 때리려고 하든 목을 조르려고 하든 강건한 신체 조건을 가진 마족이 지리라는 생각은 도저히 들지 않았다. 혼란에 더해 그런 정신적 여유도 있었던 탓인지 소년의 반응이 느렸다.

게다가 무기도 없는 연약한 인간 소녀를 지팡이로 때리는 것을 주저한, 나이에 걸맞은 안이함이 몸의 움직임을 속박했다.

와락!

"엥……."

정신을 차렸을 때, 소년은 레나에게 안겨 있었다. 정면에서 제대로.

자신의 가슴에 닿는, 말랑말랑하고 보드라운 감촉.

'이, 이건…….'

'살아온 세월=여자친구 없는 연차'인 소년의 얼굴이 새빨갛게 물들었다.

그리고 자신의 콧구멍을 간지럽히는 여자애의 달콤한 향기……

머릿속이 새하얗게 됐을 때 귓가에 소녀의 목소리가 들려왔다.

"자박 마법, 메가텐*!"

화라락!

"으아아아악!"

두 사람의 몸을, 소용돌이치는 불꽃이 휘감았다.

"자, 장벽! 마법장벽어어어어어억!"

소년은 필사적으로 마법장벽을 치려고 했지만 지금까지 장벽은 자신과 상대방 사이를 벽처럼 가로막거나 아니면 자신의 주위에 반구형, 그러니까 돔 모양으로 치던 것이 전부였지, 이렇게 밀착된 상태에서 자신을 보호하기 위해 쳐본 적은 없었다. 그래서 모처럼 친 장벽은 그 안에 레나와 불꽃까지 함께 들어가는 형태가 되어 아무런 의미도 없었다.

반면 레나는 마일의 지도 아래, 자기 몸에 밀착한 형태로 배리어를 치는 훈련을 거듭해온 데다가, 자기 의지로 만들어낸 불꽃이 자신에게 해를 미치지 않는 건 당연하다고 여기도록 사고유도가 되어 있었다.

레나가 그러한 것들을 마스터했기 때문에 마일이 전수해주었던 것이다. 자신의 몸을 던지는 필살기, '자박 마법, 메가텐'을.

---

*게임 '드래곤 퀘스트' 시리즈에 나오는 자폭 마법. 메가텐(目が点)은 '눈이 점이 될 만큼 놀라다'는 뜻. 일본어로 '자폭'과 '(자승)자박'의 발음이 같은 것을 노린 말장난)

자기 몸으로 상대를 꼭 붙들어서, 상대가 너무 심하게 놀란 나머지 눈이 점이 되고 마는 경이로운 마법.

물론 명명자는 마일이었다.

"으아아아아아악~~!!"

마법장벽의 효과도 없어, 비명만 내지를 뿐인 마족 소년.

"그, 그마안! 그만하라고오오~~!"

차마 볼 수 없을 만큼 잔혹한 광경에 그대로 얼어붙었던 마족 리더가 필사적인 표정으로 달려와, 불길도 아랑곳하지 않고 뛰어들어 두 사람을 떼어놓았다. 다른 두 마족은 허둥지둥 물마법을 영창해서, 불타오르는 두 사람에게 물줄기를 계속 쏘아댔다. 남은 마족도 아직 완치되지 않아 아픈 몸을 꾹 참고 달려왔다.

레나를 떼어냈기 때문에 옷에 붙은 불은 곧바로 꺼졌고 이번에는 필사적으로 계속 치유마법을 거는 마족 남자들.

"손댔으니까 우리가 이겼네."

그런 레나의 말에 대꾸할 만큼 여유로운 마족은 단 한 명도 없었다.

"그럼 단체전 제3라운드, 부장전입니다."

마일이 선언하자 괴로운 표정을 짓는 마족 리더.

그야 당연했다. 더는 마족이 이길 가능성이 없었으니까.

앞으로 부장전, 대장전을 연승한다고 해도 2승 2패로 무승부가 된다. 그리고 만일 한 번이라도 지면 바로 패배 확정이다.

마족, 그것도 중요한 임무를 맡은 선택된 마족인 자신들이 나이도 한참 어린 인간 계집애들에게 지다니. 평생 흑역사로 짊어지고 가야만 하는 엄청난 수치였다.

이미 진 둘은 마족의 강건한 몸과 치유마법 덕택에 어떻게든 되었다. 1라운드에 나섰던 남자는 마일이 매운맛 성분을 분해하는 마법을 걸어준 덕분에 겨우 이성을 되찾았다.

둘 다 화상과 점막은 그럭저럭 수습되었지만, 마음의 상처는 상당히 깊어 보였는데…….

일단 둘 다 시합 관전은 하고 있었다. 아니, 정확하게는 리더가 시켜서 보고 있었다. 미래를 위한 공부가 될 것이고, 억지로라도 보게 하지 않으면 구석에 틀어박혀 훌쩍거릴 테니 마음이 불편했던 것이다.

뭐, 마술사는 재능만 있으면 나이는 상관없다. 하지만 무술은 그렇지 않다.

남은 둘은 검사인 만큼 예상을 크게 뒤엎지 않을 것이다.

마족 리더는 그렇게 생각했다. 그렇다, 대부분의 사람이 생각하듯이.

"『붉은 맹세』 리더이자 검사, 메비스 폰 오스틴, 갑니다!"

"검사, 렐트버드다. 간다앗!"

마족이라고 모두 마술사인 것은 아니다. 수인 중에도 마술사가 있듯이 마족 중에도 마술이 약한 자가 있었고 전위 검사와 창사, 궁사 등도 당연히 있었다.

그리고 이 마족 검사 렐트버드 역시 그에 속했는데, 인간보다 뛰어난 마족의 신체 능력은 그를 무시무시한 실력자로 성장시켰다.

하지만 메비스는 자신의 필살기인 비검에 절대적 신뢰를 가지고 있었다. 이 비검이 있는 한, 마일 이외의 그 누구에게도 질 생각은 없었다. 설령 상대가 수인이라고 해도, 고룡이라고 해도. 그리고 물론 마족이라고 해도.

"비검 진 신속검!"

그냥 신속검으로는 B등급, 잘해도 A등급 하위 헌터 정도의 속도만 낼 수 있었다. 그래서는 도저히 마족 검사를 상대할 수 없다. 하지만 진 신속검이라면 A등급 상위와 비등한 속도를 낼 수 있다. 첫째 오빠와도 대등하게 겨루었던, 이 힘이라면.

그렇게 생각한 메비스였는데.

채앵!

챙, 챙, 챙!

몇 번 검을 주고받은 후 곧바로 이해했다.

'……야단났다, 이건 말도 안 돼! 나를 가지고 놀고 있어!'

메비스는 자신의 힘을 과신하는 타입이 아니었고, 동료들을 위해서라면 흙탕물을 마시는 일도 마다하지 않았다. 모두의 승리를 위해서라면…….

그리고 지금 먹는 건 흙탕물이 아니라 이것이었다.

주머니에서 꺼낸 캡슐 한 알.

메비스는 캡슐을 열고 효과를 높이기 위한 기도를 중얼거렸다.

"너만 믿는다, 마이크로스!"

단숨에 그 내용물을 들이마신 메비스는 마족 검사 렐트버드를 향해 소리쳤다.

"간다! 엑스트라(EX) 진 신속검!"

"흥분제 같은 건가? 그런 걸 마시면 종족의 차이, 남녀의 차이, 그리고 단련하는 데 들인 오랜 세월의 차이가 어떻게든 만회될 거라고 생각하나? 인간, 그것도 아직 한참 어린 계집애치고는 꽤 미래가 기대된다고 생각했건만, 그렇게 쉽사리 약물에 의지하다니. 겨우 그 정도였나……."

마족 검사 렐트버드는 흥미를 잃은 표정으로 검을 고쳐 잡았다.

"시시하군. 와라, 빨리 끝내주마."

메비스가 달려가며 함성을 질렀다.

"엑스트라 진 신속검, 1.4배다아아아아~앗!"

슈웅!

"뭐얏!"

휘익!

챙!

채앵!

챙챙. 채앵!

"마, 말도 안 돼! 나보다 더 빠르다니! 인간이, 그것도 이렇게 어린 계집애가! 이건 아니야! 말도 안 되는 일이라고!"

렐트버드가 평정을 잃었다.

그것도 무리가 아니다. 마족인 자신이, 마술사가 아닌 검사의 길을 택해서 오랜 세월 수행을 쌓아온 만큼 자신감도 자부심도 있었다. 그런데 고작 태어난 지 20년도 채 안 된 듯한, 연약한 인간 소녀에게 미치지 못하다니.

믿어질 리 없었다. 그리고 용납될 리 없었다.

상대에 대해서가 아니다. 자신 그리고 이런 현실에 대해서 말이다.

"우오오오오오!"

속도로 따라잡을 수 없다면 참격의 위력으로 압도하면 그만이다.

그렇게 하면 자세가 무너지면서 다음 동작으로 잘 연결되지 않을 것이다.

마족 리더는 그렇게 생각하고 혼신의 힘을 다해 검을 휘둘렀다.

"……말도 안 돼!"

그리고 칼싸움을 중단하고 한 걸음 후퇴하는 렐트버드.

"어째서! 어째서, 나보다 빠르고 나보다 참격이 묵직한 거냐! 20년도 채 살지 않은, 연약한 인간 계집이! 어째서냐고오오오오!"

렐트버드가 소리치자, 메비스가 조용히 대답했다. 그렇다, 늘 그렇듯이, 마일의 마무리 대사를 베껴서.

"어째서냐고? 그건, 내 마음이 불타오르고 있기 때문이다!"

"젠자아아아아아앙!"

렐트버드는 검사의 긍지를 내팽개쳤다.

자포자기한 것은 아니다. 이미 자신들이 두 번 연달아 진 이상,

이번에는 반드시 이겨야만 한다. 검사의 긍지보다 마족의 의무를 우선했다. 그게 전부였다. 게다가 어린 인간 계집애를 상대로 마족이 3연패라니, 지울 수 없는 오명은 절대 쓸 수 없었다.

날카롭게 파고든 렐트버드는 마법명만 내뱉는 영창 생략 마법을 쏘았다.

"파이어 볼!"

"윽!"

불덩어리를 피하면서 자세가 무너진 메비스를 향해 렐트버드의 참격이 이어졌다.

그걸 어떻게든 피하기는 했지만, 메비스는 압도적으로 불리한 입장에 놓였다.

"검의 길을 선택했지만, 그렇다고 내가 딱히 마법을 못 쓰는 건 아니야. ……썩 잘하진 않지만 말이지. 그래도 웬만하면 검 실력만으로 겨루고 싶었어. 그 점은 부끄러워해야 할 일이고, 미안하게 생각한다. 하지만 내 자존심이 무너지더라도, 반드시 이겨야만 하는 순간이 있는 법이야. 미안하지만 이해해주길 바란다!"

그렇게 말하며 파이어 볼과 참격을 교대로 쏘는 렐트버드.

아무래도 마법과 참격을 동시에 쏘는 건 어려운 모양이다. 하지만 교대로 쏘는 것만으로도 메비스는 공격할 여유가 전혀 없어 힘든 상황이었다. 이대로라면 메비스의 패배는 시간문제이리라.

'생각해! 생각하는 거야, 메비스 폰 오스틴! 어떻게 하면 이길 수 있지? 『마이크로스』를 한 알 더 먹을까? 아니야, 속도는 좀 더 빨라질지 몰라도, 마법과 검 공격을 동시에 대처하면 반격으로 전환하기 어려워. 그리고 『마이크로스』를 두 알이나 먹어서 신체 능력을 강화하면, 고룡전 때처럼 몸이 버티지 못해 자멸할 뿐이야. 뭔가, 뭔가 방법이…….'

그때 메비스는 예전에 마일과 나눴던 대화를 떠올렸다.

그렇다, 말도 안 되는 제안=마일. '붉은 맹세'의 상식이었다. 지금은 상식을 갖춘 인간이 어떻게 해볼 수 있는 상황이 아니다.

그리고 죽기 직전의 주마등처럼, 예전에 마일과 나눈 대화가 메비스의 머릿속을 스치고 지나갔다. 엄청난 속도로 말이다.

속도에 익숙해지면 돼요

기력으로 근육이 강화되어서

고통은 단순한 위험신호예요. 그러니까 '그건 이미 알거든!' 하고 무시하면 그만이에요

내가 하면 로맨스 남이 하면 불륜!

아니, 그게 아니고……

속도는 위력 향상에

회전력이라는 거예요

고양이는 참 좋죠

그것도 아니고.

기에는 내기공과 외기공이 있어요

드래곤 브레스는 마법일까, 아니면 기공포의 일종일까……

그거다!

자신은 마법을 쓸 수 없지만 기의 흐름이라면 어느 정도 조작할 수 있다. 그렇다면!

메비스는 뒤로 점프해서 싸움을 잠시 중단했다.

조금 전 렐트버드가 물러났을 때 메비스는 공격을 멈추고 기다려주었다. 그래서 렐트버드 역시 공격을 멈춰주었다.

"어때, 이제 포기하고 항복할 생각이 좀 드는가?"

"잠꼬대하기에는 아직 이른 것 같은데요?"

렐트버드에게 그렇게 말하고 씨익 웃은 메비스는 주머니에서 두 번째 금속 캡슐을 꺼냈다. 그리고 뚜껑을 비틀어 열었다.

"너만 믿는다, 마이크로스!"

그렇게 말하고 또다시 내용물을 들이키는 메비스.

그 모습을 본 마일은 순간 뭔가 중얼거렸지만 그대로 계속 지켜보았다.

지난번에 세 시간 정도 들여서 설교했던 것이다. 메비스가 진심으로 눈물 흘리며 애원할 때까지. 그래서 이번에는 메비스를 믿어보기로 했다.

"또 흥분제냐. 그런 건 많이 먹는다고 효과가 올라가는 게 아니야. 남용하면 오히려 몸과 마음의 균형을 깨트려 자멸을 부르는 법이다.”

하지만 메비스는 렐트버드의 말 따위 들리지도 않았다.

그녀의 머릿속은 온통 기공포로 가득 차 있었다.

'나는, 쏠 것이다. 기공포를. 불. 불꽃. 불길. 나는, 불꽃을 다루는 자. 불꽃을 조종하는 자다!'

메비스는 배가 확 따뜻해지는 것을 느꼈다.

『긴급 사태 발생! 긴급 사태 발생! 복부에 고열원체가 발생, 에너지 급속 상승 중! 이대로라면 자폭한다! 발열 행위를 하고 있는 자는 지금 당장 위의 중심부로 이동하라. 나머지 자는 위장을 따라 실드를 형성, 몸을 보호하라!』

중요한 순간 쓰이는 특별한 역할로 발탁되었건만, 정작 자신들이 마법행사자를 본인의 의도에 반해 죽게 만드는 건 나노머신의 불명예! 무슨 일이 있어도 몸을 지켜야 한다!

'이 몸과 불꽃은 일심동체. 이 몸은 불꽃. 불꽃은 이 몸. 작열하는 불꽃이여, 이 몸의 의지가 되어라!'

메비스는 '나'에서 '이 몸'으로 단어를 바꾸어 보았다. 그편이 '더 힘이 실린 말'처럼 느껴졌기 때문이었다.

하지만 그럴 거면 좀 더 있어 보이는 말을 쓰는 게 낫지 않을까. 이를테면 황제처럼……

『식도부에서 구개부까지, 반발 필드 전개! 구강부와 안면에 반사 코팅 형성!』

'요(余, '나'라는 뜻)가, 불꽃. 요가, 요가……'

나노머신이 겨우 방호 장치를 완료했을 때, 메비스는 소리치며 입에서 불덩어리를 발사했다.

"요가 파이어!(내가 불꽃의 화신이다!)"

'붉은 맹세'도 마족들도 입을 쩌억 벌리고 아연실색했다.

용 종류라면 모를까, 입으로 화염탄을 발사하는 자는 인간도 마족도 이제껏 존재한 적 없으니 당연했다.

렐트버드도 필사적으로 염탄을 피한 후 마찬가지로 어이없어 했다.

그리고 천하의 마일 역시 경악해서 눈을 동그랗게 떴다.

"이, 인간이 내뱉는 숨으로, 불꽃을……. 브, 브레스와 파이어?"

"요가 파이어!"

퍼억 !

"파이어 보오올!"

채앵 !

"요가 파이어!"

퍼억 !

"파이어 보오올!"

채앵 !

"요가 파이어!"

퍼억 !

"파이어 보오올!"

채앵!

난비하는 염탄, 불꽃 튀기는 검극.

　이미 인간의 싸움이 아니었다. 그것은 그야말로 '괴수 대진격'이라는 이름이 훨씬 잘 어울렸다.

　처음에는 교대로 쏘다가 점차 순서가 뒤죽박죽 섞여 마법과 기공포를 동시에 쏘기 시작했다.

　이대로 계속 이어진다면 체력과 마력에서 앞설 렐트버드가 유리할 거라고 생각했는데…….

　"메비스가, 앞서고 있어……."

　그렇다. 레나의 말대로 메비스가 우세했다.

　그 이유는.

　"파이어 보오올!"

　"요가 파이어!"

　그렇다. 마법명을 외쳤을 때 메비스의 요가 파이어가 더 짧게 발음되었기 때문이다.

　"『살충 펀치(애니메이션 『불꽃의 전학생』에 나오는 필살기)』인가요옷?!"

　그리고 마일이 외친 말의 의미를 이해할 수 있는 사람은 물론 아무도 없었다.

　승부는 어이없게 결정 났다.

　지구력이 불안한 메비스가 승부수를 걸어, 기공포(로 되어 있지만 사실은 불꽃마법) 연속 발사라는 수단을 썼기 때문이다.

　어쩔 수 없이 파이어 볼로 대항한 렐트버드는 발사 속도에서 밀렸고, 기공포를 한 발 맞은 사이에 목으로 칼날이 들어왔다.

"거, 거기까지!"

그리고 마족 리더가 시합 종료를 선언했다.

완벽한 패배에 할 말을 잃은 렐트버드는 검을 자기 목에 대느라 아주 가까운 거리에 있던 메비스의 얼굴을 그저 멍하니 쳐다보았다. 회심의 미소를 짓는 메비스의 얼굴이 반짝거려 마치 미소 짓는 여신처럼 보였다.

"…………."

살짝 거동이 불편해져 허둥지둥 고개를 돌리는 렐트버드.

마족으로 웬만큼 나이를 먹은 렐트버드는 마족이라도 마법이 썩 뛰어난 편은 아니라는 점, 검도에 몰두했다는 점 등의 이유로, 성실한 성격에 그리 나쁘지 않은 외모임에도 불구하고 지금까지 단 한 번도 여성과 사귀어본 적이 없었다. 그런 그의 볼이 살짝 붉어졌다.

……물론 메비스의 얼굴이 반짝반짝 빛난 건 나노머신이 안면 방호를 위해 덮은 반사 코팅 때문이었다.

"""""………….""""""

침묵하는 마족들.

설마 했던 3연패. 그것도 마술, 검술 모두 완패. 심지어 나이도 어린 인간 소녀들에게.

"""""………….""""""

엘프보다 근력이 있고, 수인보다 민첩하며, 드워프보다 마력이 뛰어나다. 그런 완벽한 종족인 마족이 고작 인간 계집애들에게…….

너무도 충격적이었고, 너무도 굴욕적이었다.

믿을 수 없다. 아니, 믿고 싶지 않다…….

경악. 아연실색.

아무 말도 못하고 서 있기만 할 뿐인 다섯 명의 마족들.

그리고 알고 있겠지, 빨리 안내해라, 하고 무언으로 위압하는 '붉은 맹세'.

아무리 기다려도 진척이 없자, 마침내 마일이 말로 재촉했다.

"약속대로 빨리 안내해 주세요!"

그런데 마족 리더가 고개를 가로저었다.

"아니, 아직이야!"

"……약속을 깰 생각인가요?"

마일의 목소리가 확 가라앉더니, 뿡뿡 심통 나 있던 얼굴에서 급속도로 표정이 사라졌다.

"'아아아, 화났다!'"

그렇다, 레나 일행이 걱정하듯 마일은 화나 있었다.

메비스가 모두를 위해 말 그대로 인간의 한계를 초월한 힘을 쥐어짜내서 몸, 영혼, 그리고 위장을 불태우며 거둔 승리. 그걸 무효로 만들려고 한다면 마일에게도 생각이 있다.

"……그렇습니까? …………그렇습니까?"

"자, 잠깐만! 아니야, 그런 게 아니야. 서두르지 마!"

마일의 위태로운 분위기에 리더가 당황하며 손을 휘저었다.

"약속은 지킬 거야, 반드시 지킬 거니까! 우리도 더 이상 수치를 당할 수 없고, 여기서 전면전이 펼쳐진다고 해도 이길 것 같지도 않은걸……. 어차피 우리가 딱히 나쁜 짓을 한 것도 아니니까. 동료가 있는 곳으로 너희를 데려가는 건 그리 힘든 일도 아니야."

"그럼 왜?"

감정이 빠져나간 듯한 마일의 질문에 리더가 대답했다.

"단체전의 승부는 결정되었지만, 난 아직 싸우지 않았잖아. 이걸로 리더로서 패배한 책임을 지는 거야 뭐. 리더란 원래 그런 거니까 어쩔 수 없다는 걸 잘 알지만, 개인적으로는 너무 부끄럽단 말이지. 그래서 그래. 나와 너도 제대로 싸우길 원해. 내가 이기면 내자기만족, 그리고 전패가 아니라 한 번은 되갚아 주었다는, 마족으로서의 마지막 자존심을 지킬 수 있어. 그리고 만약 진다면……."

호흡을 가다듬은 후 리더가 다시 말을 이었다.

"리더로서가 아니라 나 개인적으로, 무엇이 됐든 네 소원을 하나 들어줄게."

그렇게 해서 시작된 제4라운드.

마일은 마족 리더의 주장이 그리 이상하지 않았기 때문에 화를 가라앉히고 평소대로 돌아와 있었다. 한편 마족 리더 쪽은 어떤가 하면.

'……미안하군. 보고할 때『나는 당연히 이겼는데……. 설마 다른 녀석들이 인간 소녀 나부랭이에게 질 줄은 생각지도 못해서……』하고 말하면, 리더로서의 책임은 면할 수 없지만 적어도 내 개인적인 명예는 지킬 수 있어. 이래 봬도 우리 씨족 안에서 세 손가락 안에 들고 작년 모든 씨족 대회에서 최종전까지 갔던 몸이야. 리더 자질을 의심받을 뿐이라면 모를까, 이런 걸로 나 개인의 실력에 대한 평가까지 흠집이 나선 안 되지. 아, 미안하다. 정말, 미안하다!'

걱정스럽게 자신을 지켜보는 동료들을 힐끔 쳐다본 리더는 그런 생각을 했다.

쓰레기였다.

게다가.

'분명 이 가장 어린 아이는 신분이 높겠지. 귀족 자제, 우리로 따지면 촌장의 손녀딸 정도라고 할까? 그래서 마법도 못 쓰고 무술도 형편없는데도 불구하고 아마 인간 중에서 최고 레벨로 보이는 세 호위를 대동해서, 저렇게 무시무시한 위압감이 나오는 걸 거야……'

그렇다, 마일을 얕보고 있었다.

검사 스타일이란 마법에 약하다는 이야기였으며, 몸놀림과 근육이 잡힌 모양새, 검을 많이 쥐면 생기는 굳은살도 하나 없는 가늘고 맨들맨들한 손, 그리고 작고 여리여리한 체격을 봤을 때 무술에 재능이 없다는 것쯤은 아마추어라도 알 수 있었다.

"그럼 시작하지. 괜찮아, 우리는 치유마법을 쓸 수 있으니, 상처가 남지 않게 치유해 줄 수 있고 고통도 곧 사라질 거야. 뭐, 다치기 전에 항복하면 더 좋겠지만……"

혹시 몰라 살짝 다친 것만으로도 호위들이 공격에 나서지 않도록, 말뿐이기는 하지만 안전책을 세워 두었다. 이미 단체전의 승패는 결정되었으므로, 그녀들이 주인을 지키기 위한 개입을 주저할 이유는 없을 테니까.

"그럼, 간다! 아이스 바인드!"

너무 위험하게 느껴지는 마법을 쓰면 호위들이 일제히 공격할 위험이 있다. 그래서 얼음 족쇄로 손발을 묶는, 치명상을 입을 걱정이 없는 구속마법을 썼다. 구속마법이라고 해도 싸움에 사용되는 것으로 공격마법의 일종이다.

소녀는 저항할 기색도 없이 양 손목과 발목에 얼음덩어리를 뒤집어써서 딱 붙었는데……,

쨍!

얼음이 그대로 깨지고 말았다.

"엥…….'

깜짝 놀라는 마족들. '붉은 맹세'는 아무렇지 않은 모습이었다.

"마법이 무효……, 아니야, 제대로 발동했다고! 그냥 깨진 거야. 그것뿐이야…….'

관전하던 마족이 그렇게 분석했지만, 싸우는 당사자는 그 말을 들을 여유 따위 없었다.

"제, 젠장, 최대한 안 다치게 하려고 했는데, 그 정도로 만만한 상대는 아니었나! 아이스 재블린!"

"아이스 실드!"

끝이 뭉툭해서 관통력이 없는 얼음 투창이 날아갔지만 마일의 앞에 갑자기 등장한 얼음벽에 가로막혔다.

"……진지하게 해볼 생각이 있긴 한가요?"

"엥……."

"진지하게 해볼 생각, 있느냐고 물었습니다!"

모두 반사적으로 마일의 얼굴을 쳐다보자.

……무표정.

"'우와아아아아!'"

레나 일행은 잘 알고 있었다. 그게 무엇을 의미하는지 말이다.

그렇다, 마일은 화나 있었다.

일대일로 싸우자고 해서, '미스릴의 포효'의 글렌과 싸웠을 때처럼 그리고 메비스의 아버지와 싸웠을 때처럼 즐겁지 않을까 하고 기대했던 것이다.

그 두 번의 싸움은 검을 썼지만 이번에는 마법이 특기인 마족과의 마법 대결이다.

마족과의 마법 대결!!

힘 조절을 하지 않고 마음껏 펼칠 수 있는 최초의 마법 승부.

게다가 시합 형식이어서 거리낄 것도 없었다.

그런 생각에 두근두근 설렛는데, 설마 했던 대충 봐주는 접대 마법이라니.

"그쪽이 그럴 생각이라면 저도 생각이 있어요……."

"당신들, 좀 더 이쪽으로 붙어!"

레나가 관전하던 마족들에게 말했다.

원래도 모두 한 곳에 모여 있긴 했지만, 역시 적군과 아군이어서 약간의 거리는 두고 있었는데 레나가 그래서는 위험하다는 판단을 내렸던 것이다.

"엥……."

그 말을 듣고 조금 전의 보드라운 감촉과 달콤한 향기가 떠올라 얼굴을 붉히는 마족 소년. 그 밖의 세 사람은 어리둥절한 표정이었다.

"아, 됐으니까 빨리 오라고! 안 그러면 만약의 사태가 벌어졌을 때『배리어』로 지켜줄 수 없어!"

무슨 말인지는 몰랐지만, 자신들의 목숨과 관련된 일이라고 냄새를 맡은 네 사람이 허둥지둥 레나 일행 쪽으로 달려왔다.

그렇다, 이럴 때 눈치 없는 자는 대부분 빨리 죽는다. 지금 싸우고 있는, 자신들의 리더처럼…….

마일이 공격에 나섰다.

"페이저(위상광선), 발사!"

슝!

"엥……."

자신의 옆얼굴을 눈이 따라가지 못할 속도로 통과했다고 할까, 통과한 듯한 느낌이 드는 '무언가'. 슬금슬금 뒤돌아보자, 자신의 뒤에 있던 바위에 몇 센티 정도 되는 작은 구멍이 뚫려 있었다.

끼익끼익, 목을 다시 앞으로 돌리니 그 소녀가 히죽 웃고 있었다. 눈은 전혀 웃고 있지 않았지만.

"진지하게 임해 주시겠어요?"

삐질!

온몸에서 땀이 솟구쳤다.

그렇다, 리더는 이제야 겨우 깨달은 것이다.

자신의 앞에 서 있는 소녀가 단순한 뿔토끼가 아니라는 사실을.

"메. 맹독 흉폭 지옥 뿔토끼……."

그리고 자신이 선택한 문이 '붉은 문'이었다는 사실을…….

'진지하게 싸우지 않으면, 죽는다!'

마일은 시선을 휙 돌려 레나가 모두를 배리어의 범위 안으로 들이는 모습을 확인했다. 이제 어떤 마법을 구사해도 괜찮을 것이다. 자신의 눈앞에 있는 남자만 빼고.

주변도, 가지만 앙상한 나무가 듬성듬성 있긴 했지만 대부분은 바위 밭이어서 환경이 파괴될 걱정도 없었다.

"그럼 갑니다!"

부웅……

마일이 쥔 검에서 진동음이 울리더니 검신이 파랗게 빛났다.

"뭐야!"

마법검.

마법이고 검술이고 쓸 수 없는 그저 신분만 높은 소녀인 줄 알았는데, 조금 전의 마력탄은 눈으로 따라잡을 수 없을 만큼 빨랐다. 그래서 마법 실력은 그럭저럭 있나 보다, 하고 여겼더니 이번에는 아무래도 검을 쓰려는 모양이다. 그것도 검신에 마력을 입힌 고등 기술을 구사해서.

하지만 아무리 마법검을 구사할 수 있어도 검을 다루는 실력이 형편없으면 별 의미가 없다.

그리고 검 실력에 재능이 없다는 건, 조금 전에 판단한 대로 몸놀림과 근육이 붙은 모양새, 상처 하나 없는 매끈매끈한 팔다리와 연약한 체격을 봤을 때 틀림없었다.

검을 찬 모습을 보고 마법에 재능이 없다고 판단했을 뿐이기 때문에 그 예상이 빗나간 건 어쩔 수 없었다. 하지만 이번에는 관찰을 통한 객관적 사실이다. 분명하다.

그럭저럭 쓸 수 있는 마법이 아닌 검으로 전환한 까닭은 마력이 부족해 조금 전에 쏜 한 발이 최대한이어서가 아닐까.

아니, 그렇다면 지속적으로 사용하고 있는 마법검은 뭐란 말인가. 게다가 애초에 조금 전 마법을 쓴 일격을 내게 명중시켰으면될 일이다.

도대체 무슨 생각을 하는 거지?

그때 마족 리더의 머릿속에 꺼림칙한 생각이 떠올랐다.

……가지고 놀고 있나?

설마, 설마 그런…….

내가. 조사대의 호위 리더를 맡은 이 몸이, 약해빠진 인간 그것도 새파랗게 어린 꼬마 계집애에게?

바보 같다. 바보 같다, 바보 같다 바보 같다!

리더의 머릿속이 순간 새하얘졌다. 그리고 무의식중에, 속으로 공격 주문을 영창했다.

"파이어 랜스으으으!"

순간적으로 불타오른 분노에 맡긴, 과도한 마력을 담은 영창 생략 공격마법.

'아뿔사!'

쏜 순간 제정신으로 돌아왔지만 이미 늦었다. 치사성이 높은 강력한 불꽃계 공격마법이 소녀를 향해 날아갔다. 이제 아무도 막을 수 없었다. 그 공격을 쏜 본인까지 포함해서.

'죽겠다!'

다섯 마족이 모두 그렇게 생각한 순간.

파시이잇!

불꽃 창이 검에 막혀 튕겨나갔다. 너무도 간단하게, 대수롭지 않다는 듯.

"""""말도 안 돼!"""""

마일은 입을 일자로 꾹 다물었다.

보통 이것은 불안이나 긴장을 드러내는 표정이지만, 마일의 경우는 조금 다르다.

그렇다, 그것은 마일이 느슨해지려는 표정을 붙잡기 위해 하는 행위였다.

"아무래도 기분이 다시 좋아진 것 같아."

레나의 말대로였다.

드디어 재미있어졌다.

그건 마일이 그렇게 생각할 때의 얼굴이었다.

배리어는 쓰지 않았다. 상대의 공격을 전부 배리어로 튕겨내면 재미없으니까.

그리고 공격마법의 위력을 낮추었다. 상대의 방어를 너무 간단히 뚫으면 재미없으니까.

얕보는 플레이냐고? 아니 아니, 이건 핸디전이다.

이것이 전체적인 승패와 관련 있다면 결코 그런 짓은 하지 않는다. 하지만 단체전의 승패는 이미 결정 났으니, 조금은 즐겨도 되지 않겠는가.

마일은 그렇게 생각했던 것이다.

"염탄!"

리더가 영창 생략으로 쏜 것은 단순한 염탄이 아니었다.

네 발 동시. 머리, 하복부, 양 옆구리를 노린 공격은 몸을 쭈그리든 점프하든 좌우로 피하든 간에 한 발은 반드시 맞도록 되어 있었다. 게다가 파이어 볼과 달리 닿으면 폭발한다. 재빨리 쏴서 반드시 명중시키고, 덤으로 폭렬 효과까지.

이제 힘 조절을 할 생각은 조금도 없었다. 그렇게 해서 이길 수 있는 상대가 아니다. 드디어 그 사실을 깨달았던 것이다.

죽이지만 않으면 된다. 그렇게만 하면, 부상쯤은 치유마법으로 어떻게든 된다.

네 개의 불꽃 탄환이 마일에게로 날아갔다. 빠른 속도이긴 했지만 총알에 비하면 몹시 느렸다. 마일이라면 몸을 살짝 움직이는 것만으로 간단히 피할 수 있으리라. 하지만 그렇게 하면 재미가 없다.

마일은 일부러 염탄의 정면에 섰다. 검을 쥐고.

슈슝!

"엥⋯⋯."

사라졌다.

네 개의 염탄이 한순간에.

레나와 폴린은 마일이 검을 휘두른 것 같다는 정도만 알 수 있었다. 하지만 동체 시력이 뛰어난 메비스와 다섯 마족은 겨우 판별해낼 수 있었다. 마일이 검을 세로, 가로로 두 번 휘두르자 마족 리더가 쏜 염탄이 전부 베여 소멸되었다는 사실을.

"어째서, 어째서 폭발하지 않았지?!"

리더가 소리쳤다.

그렇다, 폭렬성이 있는 염탄이었으니, 검으로 베면 그 시점에서 폭발해야 했다. 그래서 다소 피해를 주거나 심하면 상대의 자세를 무너뜨리거나 한순간이라도 시야를 차단해줘야 했다. 그리하여 다음 공격을 확실히 성공하게 만들어줄 터였다.

그런데 소멸하고 말았다. 폭발하지도 않고 그저, 사라졌다.

원래대로라면 검으로 베는 순간 폭발했으리라. 하지만 마일은 검에 마력을 입힌 상태였다. 그 마력이 염탄의 마력을 상쇄시켰던 것이다.

그때 마일의 머릿속에 '쌍소멸'이라는 굉장한 난어가 떠올랐지만, 마일이 딱히 반물질을 만들라고 할 생각은 없다는 걸 제대로 파악한 나노머신들은 그냥 단순히 에너지를 상쇄시켰을 뿐이다. 이 정도의 융통성을 발휘하는 면이 나노머신들의 대단한 점인데, 마일은 전혀 알아차리지 못했다.

"염탄!"

그리고 이번에는 마일이 똑같은 마법을 쏘았다. 상하좌우, 네 발 동시 발사였다.

전함은 보통 자신의 주포와 똑같은 위력의 공격에 견딜 수 있도록 장갑 강도가 설계되어 있다. 그래서 이 마족 역시 자신과 똑같은 공격에 견딜 수 있는 기술을 몸에 익혔을 터. 그걸 보여주리라고 생각했던 것이다.

"윽!"

마법이 특기라면 앞쪽에 마법장벽을 치면 그만이다.

하지만 처음에 마일이 구사한 공격의 관통력을 목격한 이상, 괜한 위험은 무릅쓸 수 없다. 지금은 안전책을 써야 한다.

염탄을 맞는 빈도를 최대한 줄이고, 특히 급소를 맞지 않게 주의한다. 그러기 위해서는 몸을 왼쪽으로 피해 머리와 하복부, 심장을 탄막에서 벗어나게 하고, 유일하게 남은 오른쪽 가슴 부위로 오는 염탄을 향해 반격한다.

"플레어 랜스!"

지금은 상대의 공격 강도를 모른다. 그럴 때는 다소 강력한 마법을 쓸 수밖에 없다. 그것도, 재빠르게 쏠 수 있는 것으로.

마력 낭비여도 어쩔 수 없다. '정보량에서 뒤처진 자의 자업자득'이니까.

그게 싫으면 상대의 정보를 손에 넣든가 자신의 마법에 자신이 있어야 하고, 그렇지 못한 자는 불평할 자격이 없다.

'상쇄시켰나! 다음은 파이어 재블린 아니면 파이어 볼로도 될까? 아니, 강도를 떨어뜨려 반격했다가 만약 뚫리기라도 한다면…….'

고민이었다. 자칫 판단을 잘못하면 자기보다 수준 낮은 자의 공격을 받고도 질 수 있다. 그렇다고 매번 과도한 마법으로 반격하다간, 상대의 마력량이 인간치고 상당히 많았을 경우 마력이 떨어져 인간에게 지는, 자신이 상상할 수 있는 최악의 결과를 초래하고 만다. 만약 그렇게 된다면 그것이야말로 후세에까지 길이 길이 웃음거리로 남을 일이었다.

'아니, 잠깐만! 내가 지금 무슨 약해빠진 생각을 하고 있지?! 방어 따위는 생각할 것도 없이 상대에게 공격할 틈을 안 주면 그만이잖아. 공격하고 또 공격해서 주도권을 쥐는 거다!'

마족 리더는 무슨 영문인지 공격을 멈춘 대전 상대의 빈틈을 노리고 전력으로 공격에 나섰다.

한 발의 위력보다 걸리는 시간을 중시한 연속 공격. 그렇다, 조금 전에 렐트버드와 상대 여자 검사와의 전투처럼 말이다.

이번에 싸워서 승리하는 쪽은 자신이 될 것이다.

그리고 위력보다 연사 속도를 중시한 공격은 기본 중의 기본, 이것밖에 없다. 전투 중인 만큼 무영창으로 할 필요는 없다. 빠르게, 그리고 위력을 높이려면 영창 본체는 머릿속에서 재빨리 읊고, 입 밖으로 꺼내는 건 마법명 뿐, 즉 영창 생략 마법이었다.

"……파이어 볼!"

슝!

약간 작긴 했지만 동시에 붉은 불덩어리 다섯 개가 상대를 향해 날아갔다.

하지만 그게 끝이 아니었다.

"파이어 볼! 파이어 볼! 파이어 볼!"

연속으로 쏜 다섯 발의 불덩어리.

처음에 머릿속으로 영창하고, 그 뒤로는 같은 마법이어서 마법 명만 계속해서 말해도 연발 가능하다. 마족의 특기인 연속 발사였다. 이것을 쓸 수 있는 자가 많기 때문에 마법 대결로는 마족을 이길 수 없다는 정설이 퍼졌다고도 할 수 있는, 마족 특유의 공격 방법이었다.

생각해 보면 그것을 웃도는 연속 공격을 했던 메비스는 지구력만 빼면 어떤 의미로 '마족을 능가했다'고 말할 수도 있겠다. 마족들이 얼마나 놀랐을까.

그리고 다수의 불덩이가 유성우처럼 마일을 향해 쏟아져 내렸다.

이중 몇 발이 명중하면 몸집이 아담한 소녀는 잠시도 버티지 못하고 전투력을 잃겠지.

하지만 마일은 검을 쥔 채 움직이지 않고, 피할 생각도 없어 보였다.

점점 가까워지는 유성우 같은 불덩어리들.

마일은 당황하지 않고 두 손으로 쥔 검을 휘둘렀다.

"비검, 잡어 B로 유성타법!"[*]

아무리 하찮은 잡어라도 이 기술을 구사하면 B등급이 된다는 비검. 물론 마일이 고안한 것이다.

마일은 검선이 예각이 되도록 재빨리 움직여, 불덩이들을 폭발시키지 않고 하나하나 제거했다.

그리고 그 과정에서 검이 깨져 상대방에게 파편이 날아가거나

---

[*]만화 『아스트로 구단』에 나오는 필살기 '자코비니 유성타법'의 패러디. '잡어'를 '자코'라고 발음한다

하지도 않았다.

"뭐야……."

"다음은 제 차례네요!"

마일이 검을 휘두르자 진공 충격파가 발생해 마족 리더를 덮쳤다. 즉사하지 않게 상대의 무릎 부근을 노렸다.

"대마족검, 진공으로 날아 무릎 베기!"

"우옷!"

초승달 모양의 새하얀 것이 자신의 무릎으로 날아오자, 있는 힘껏 도약해서 겨우 피한 마족 리더. 제대로 맞으면 두 다리가 댕강 잘려나갈 것 같아 필사적이었다.

"위, 위험햇!"

하지만 안심하는 것도 잠깐, 이미 마일은 다음 마법을 쏠 준비를 마쳤다.

"개구쟁이의 눈싸움!"

마법명만 외치는 영창 생략 마법을 썼는데, '눈싸움'이라는 마법명과는 대조적으로 마일의 머리 위에 등장한 것은 주먹만 한 불덩어리 십여 개였다.

주먹이라고 해도 마일의 손을 기준으로 한 이야기였기에 그리 크지는 않았다. 그리고 불덩어리의 색깔은 당연히 붉은색. 그렇다는 건 온도 역시 불마법치고는 낮은 편이다.

"슈우웃!"

마족 리더에게 일제히 날아가는 불덩어리들.

'저렇게 한꺼번에 날아오면 도저히 피할 수 없어. 하지만 각각의 크기가 작고 속도도 썩 대단하지 않아. 불마법은 얼음마법과 달리 물질로서의 실체가 없지. 마력 덩어리에 의한 열과 불꽃만으로 이루어졌으니 마법장벽으로 얼마든지 막을 수 있고, 만약 장벽을 뚫고 나온다고 해도 장벽을 통과하면서 약해졌을 테니 한두 발쯤 맞아봐야 대수롭지 않을 거다!'

이대로 거리를 벌리고 마법만 계속 쏘면 불리해진다.

그렇게 판단한 리더는 승부수를 걸었다.

그렇다, 불덩어리들을 돌파해서 상대에게 불리한 근접 전투에 돌입하는 것이다.

"마법장벽!"

전방에 장벽을 형성한 마족 리더는 왼팔로 얼굴을 보호하고 오른손으로는 스태프를 잡고 마일 쪽으로 돌진했다.

"우오오오오오!"

그리고 너무도 간단히 마법장벽을 돌파해서 위력을 거의 유지한 채 계속 날아오는 불덩어리들.

'제기랄, 생각보다 상대의 마력이 더 강했던 건가! 하지만 장벽으로 약해진 불덩어리라면 몇 발 맞아도 버틸 수 있어! 스태프 일격만 성공한다면 승부는 결정…….'

퍼억!

순간 배에 맞은 불덩어리의 충격과 고통, 그리고 운동에너지에 의해 마족 리더의 발이 멈췄다. 손으로 배를 누르며 몸을 굽히는 바람에 왼팔이 움직여 정면이 노출된 얼굴.

탁!

그리고 경쾌한 소리를 내며 이마에 명중한 두 번째 불덩이.

퍽, 탁, 쿠웅!

이어서 세 발이 더 명중해 마족 리더의 몸이 서서히 뒤로 기울어지더니 쓰러지고 말았다.

그렇다, 마일이 영창한 마법은 불마법인데도 마법명이 '개구쟁이의 눈싸움'이었다.

그리고 개구쟁이는 눈싸움 할 때 눈 속에 돌을 넣는 법이다.

그 이름을 붙인 마일의 불덩이 역시 그런 의도를 간파한 나노머신들에 의해 속에 돌이 들어 있었다.

그래서 마력에 관한 것은 막을 수 있어도 실체가 있는 물질은 막을 수 없는 마법장벽이 불덩어리의 겉을 살짝 약하게 만드는 데에만 그쳤고, 물질과 운동에너지라는 '물리적인 힘'에는 영향을 거의 주지 못했던 것이다.

마족 리더의 머리를 때린, 소녀 주먹만 한 크기의 돌.

성인을 기절시키기에는 너무도 충분한 임팩트였다.

땅을 구르며 외부를 뒤덮은 불꽃이 사라지자 정체를 드러낸 전(前) 불덩어리 현(現) 돌.

""""""너무하잖아아아아아아!""""""

관전하던 마족들이 일제히 소리쳤다.

리더는 뇌진탕이 일어나 순간 의식을 잃었다가 곧 정신을 차렸다. 마족의 강건한 몸은 겉멋이 아니었다.

"제, 젠장……."

비틀거리면서도 겨우 일어나 자세를 바로잡은 리더는 접근전을 포기하고 마법전에 집중하기로 했다.

접근전을 선택하려고 했다니 도대체 그 무슨 정신 나간 생각이란 말인가. 강한 적을 상대로 있는 힘을 다해 싸우려면 마법전에 올인하는 것이 정답. 그렇다, 자신들은 마족이니까!

"우오오오오, 필살! 폭염지오오옥!!"

""""우와아아앗, 리더가 열받았다앗!""""

마족 전사로서의 자긍심에 모든 것을 걸었을까, 아니면 뇌진탕의 영향으로 자신이 지금 전장에 있다고 착각이라도 하고 있는 것일까. 온힘을 다해 쏜 그것은 이른바 '반드시 죽여주마 마법'이었다.

단순한 단발 발사가 아니라 쏜 후에도 마력을 계속 주입하여 그 위력을 유지, 아니 더욱 증강시켜서 상대가 죽을 때까지 끝나지 않기 때문에 '반드시 죽이는' 말 그대로 필살마법이었다.

회오리치는 불꽃이 마일을 휘감고는 기세를 더욱 키워 열량이 상승했다.

반사적으로 배리어를 친 마일은 전혀 동요하는 기색이 없었다. 그러기는커녕 기뻐 보이기까지 했다.

자중하려고 생각했던 배리어를 이제는 쓸 수밖에 없다. 그 말인즉슨, '진심으로 싸울 수 있다'는 뜻이었다.

불꽃은 점점 더 거세져 온도가 급격히 올라갔다. 마일의 배리어이기에 망정이지, 평범한 방어마법이었다면 불꽃은 막을 수 있어도 열과 산소 부족으로 쓰러지고 말리라.

그래도 강력한 마법이었다. 너무 강력했다. 마일은 살짝 찔러 볼까, 하고 생각했다.

"파이어 볼!"

마일은 지극히 평범한 파이어 볼을 쏘았다. 약한 것으로 다섯 발. 자신의 마법이어서 배리어를 신경 쓰지 않고 쏘았다.

여기에 마족이 어떻게 반응할까.

공격을 멈추고 방어마법을 쓸 것인지, 체술로 피할 것인지, 그것도 아니면 공격마법의 방향을 바꾸어 반격에 나설 것인지 지켜보고……

쿵, 쿵, 쿵!

""""""엥……"""""""

마일뿐 아니라 관전조까지 모두 깜짝 놀라 목소리를 흘렸다.

……무반응.

마족 리더는 전혀 반응하지 않고 마일이 쏜 다섯 발의 파이어 볼 중 세 발을 그대로 맞았다. 그런데도 동요하는 기색 없이 계속해서 공격마법에 마력을 불어넣었다.

결코 효과가 없었던 것이 아니다.

불에 탄 옷에, 입에서 흘러나온 핏줄기. 그리고 얼빠진 표정……

"전원, 방어마법, 최대 출력으로 전개! 마이이일~! 마력 폭주야, 도망쳐! 폭발할 거야!"

레나가 크게 소리쳤다.

마력 폭주.

그렇다, 제대로 의식을 유지하지 못하는 상황에서 무리하게 위력이 큰 마법을 행사했을 경우, 그 상태에 의식이 고정되어 폭주해버리는 것이다. 그래서 마법의 위력이 너무 강한 나머지 폭발하거나, 마력을 소진해(피폐해져서) 마술사가 혼절하거나, 마법회로가 전부 불타서(마법을 행사할 때 쓰는 뇌와 기관의 일부가 손상되어) 마법 불능 상태가 되는 것 중 어느 하나가 빨리 나타날 수 있고, 혹은 복수의 현상이 동시에 나타나 대체로 비참한 결과를 맞이하고 만다.

혼절만으로 끝나면 다행이지만, 다른 사태가 되면 본인과 주변인들에게 큰 피해를 끼칠 수 있다. 그리고 본인도 부상이나 마법 불능 선에서 그치면 그나마 다행이지, 자칫 잘못하면 뇌가 손상되어 폐인이 될 수 있다. 그리고 그러한 사실은 마일도 당연히 애클랜드 학원에서 배웠다.

'일어서긴 했지만, 뇌진탕으로 의식이 아직 제대로 돌아오지 않은 상황에서 무리하게, 그것도 계속 대출력 마법을 썼기 때문인가…….'

막아야 한다.

하지만 공격해봐야 제정신도 아니고 고통도 느끼지 못하니 중상을 입는다고 해서 멈추지 않으리라. 그렇다면 힘을 다 빼게 만들 수밖에 없다!

"내 쪽에 있는 나노머신 씨, 적의 마법을 돕고 있는 나노머신을 방해해!"

┏┳┳┳네에에에에에엣~~?!!┛╜╜

전대미문의 명령에 혼란스러워하는 나노머신들.

"빨리!"

마일이 재촉하자 일단 마족 리더 쪽으로 향하는 나노머신들. 그리고 마일도 뒤따랐다.

아무리 마일 쪽의 출력이 강하다고 해도 거리가 멀어지면 그만큼 강도가 약해지기 때문이다. 그래서 마일이 상대에게 접근하면 할수록, 마법에 쓰이는 나노머신의 수가 상대 쪽은 감소하고 마일 쪽은 증가하는 셈이다. 이렇게 해서 마법 폭발을 억제할 수 있었다. 남은 건 상대가 자폭하기 전에 정신을 잃게 하면…….

『야, 뭐, 뭐하는 거얏!』

『그만둬. 임무를 방해하지 마!』

『얌전히 있어 줘. 그것도 나노의 길, 이것도 나노의 길…….』

『무슨 뚱딴지같은 소릴 하는 거얏! 너, 제조 로트 번호, 몇 번이얏!』

『일에 선후배가 무슨 상관이야!』

무려 나노머신끼리 싸우고 있었다.

아니, 마일이 그렇게 명령한 탓이니 어쩔 수 없다.

그리고 불꽃 회오리를 배리어로 밀어 헤치며 마일이 마족 리더에게 접근했을 때.

철퍼덕

리더가 앞으로 고꾸라졌다. 귀에서 피를 흘리며.

"우와아아아아아~!"

초조해진 마일이 치유마법을 걸었다. 마구 걸었다.

'나노, 상황은?!'

『뇌의 일부가 극단적으로 피폐해졌고 일부 출혈이 있습니다. 정신파 공명 부분 손상, 도파(導波) 부분 결손……』

‘으아아아악! 고, 고칠 수 있어? 응? 고칠 수 있어?’

『마일 님이 구체적으로 지시하시면 가능합니다. 다행히 기억이나 사고와 관련된 부분에는 문제가 없기 때문에……』

‘고쳐줘! 완전히 고쳐줘어어!’

그리고 몇 분 후.

배리어와 방어마법이 해제되어 달려온 관전조가 걱정스럽게 지켜보는 가운데, 땅에 누워 있던 마족 리더가 천천히 눈을 떴다.

“여기는……. 나, 나는…….”

마력 폭주로 자멸, 그것도 귀에서 피를 흘리는 지경까지 간 자는 그나마 운 좋으면 마법을 못 쓰게 되고 운이 나쁘면 폐인이 되기 마련이었다. 최악의 사태는 면했다는 것을 알고 안도의 한숨을 내쉬는 마족들.

“리더, 마, 마법은…….”

“응? 마법이 왜?”

이상하다는 듯 되묻는 리더. 아무래도 아직 상황 판단이 안 되는 것 같았다.

“마, 마법, 쓰, 쓸 수 있어요?”

괴롭게 겨우 목소리를 쥐어짜낸 마족.

마일과 레나 일행도 걱정스러운 얼굴로 리더의 상태를 살폈다.

“도대체 무슨 소리야? 뭐, 아무튼 됐어, ……라이팅! 봐, 평소대로 쓸 수 있는데?”

그 모습을 보고 믿을 수 없다는 듯 마족들이 눈을 크게 떴다.

"우……."

""우우…….""

"""""우아아아아아앙!"""""

부하들이 갑자기 울음을 터트리자 영문을 몰라 당황하는 리더.

"뭐, 뭐야! 왜 이래, 너희……."

그리고 마일이 큰 목소리로 선언했다.

"『붉은 맹세』, 완전한 승리입니다!"

"""""오오오오오!"""""

제47장 유적

"······여기다."

마족들이 안내한 바위산의 한 모퉁이. 별로 눈에 띄지 않는 작은 동굴이라고 할까, 바위 틈새가 숨어 있는 형태로 입을 벌리고 있었다. 아무래도 큰 바위로 막혀 있다가 어떤 원인에 의해 비틀어지면서 틈새가 생긴 모양이다.

처음부터 탐색할 목적으로 오는 것이라면 모를까, 웬만하면 인간이 접근하지 않는 바위산인 데다가 일반적으로 오르기 쉬운 루트에서 완전히 벗어난 장소, 그것도 비쭉 튀어나온 바위에 가려진 틈새이니 그리 쉽게 발견되지는 않으리라.

"이 안에 조사반 일행들이 있어."

이 팀은 지금 있는 호위 다섯 명과 안에 있는 조사원 세 명으로 이루어진 모양이었다.

정보를 바탕으로 유적을 찾을 때는 세 명의 조사원에게 호위가 하나씩 붙고, 나머지 둘은 따로 떨어져서 유격, 그러니까 인간이나 마물의 접근을 미리 파악하기 위한 전진 경계에 해당하는 듯했다. 하지만 지금은 그럴 만한 존재가 발견되지 않았기 때문에 조사원이 전부 집결했고 호위들은 조사원이 있는 곳에 셋, 주변 경계 담당으로 두 명이 밖에 나와 있었던 것인데, '붉은 맹세'를 발견하는 바람에 나머지 호위도 밖으로 나온 것이었다.

마족들의 안내를 받아 살짝 좁은 입구를 지나 동굴 안으로 들어가자, 금세 허리를 펴고 걸을 수 있을 높이와 인간 둘이 나란히 설 수 있는 넓이가 되었다. 바닥과 벽은 거친 바위 그대로였다.

하지만 조금 더 걸으니 상황이 달라졌다.

"……인위적으로 다듬은 건가?"

그렇다, 레나가 중얼거린 것처럼 바닥과 벽, 천장이 가공된 형태로 모습을 드러냈던 것이다.

"그때 그 유적이랑 똑같으려나……."

하지만 그 말에 대답하는 자는 아무도 없었다. 마일 일행이야 알 수 없는 일이고, 마족들은 애당초 '그때 그 유적'이 무엇을 가리키는지 모르므로 당연했다.

통로로 보이는 이 길은 마족들이 계속 오가서인지 가운데는 바위 표면이 그대로 드러나 있는 반면, 가쪽은 먼지와 부스러기 등이 쌓여 있어서 평소에 다니는 길이라고는 도저히 생각할 수 없었다.

이런 동굴은 짐승이나 마물이 안에 살고 있어도 이상하지 않은데 그런 것 같지도 않다. 그건 그저 우연일까, 아니면 어떤 이유가 있어서일까…….

"나다!"

모퉁이 바로 앞에서 리더가 크게 소리쳤다. 침입자라고 경계하는 것을 막기 위해서리라.

"오오, 수고했다! 인간 미소녀 헌터들은 어떻게 됐어?"

안에서 돌아온 목소리가 '미소녀'라고 하자 수줍어하는 '붉은 맹세'의 네 멤버.

그리고 그 모습에 "너희가 그럴 그릇이 되냐!" 하고 어이없어하는 다섯 마족들.

"뭐, 뭐야, 그 녀석들은!"

모퉁이에서 모습을 드러낸 호위 마족들과 '붉은 맹세'를 보고, 조사반인 세 마족이 깜짝 놀라 소리치며 반사적으로 공격 자세를 취했다.

"붙잡은 거야?! 그런데 왜 여기로 데려왔어?! 쫓아내기만 하자고 했잖아. 굳이 여길 알려줘서 뭘 어쩔 셈이야! 도대체 무슨 생각으로……."

그렇게 비난하는 조사반의 세 명에게 호위 리더가 한심하다는 표정으로 설명했다.

"아니, 붙잡힌 건 우리 쪽이다. 그러니까, 포로가 되어서 강제로 여길 안내한 거지. 미안. 정말로, 면목 없다……."

리더와 함께 고개 숙이는 나머지 네 사람.

"""엥……."""

조사반의 세 사람은 예상을 초월해서 도저히 믿기 힘든 이야기에 그저 멍하니 서 있을 뿐이었다.

호위반 멤버들에게서 자초지종을 듣고 기막혀하는 조사반 멤버들.

"자원, 너 말이야……."

"말하지 마! 부탁이야, 아무 말도 하지 말아줘!"

책망하려는 조사반 멤버에게 하염없이 고개를 숙이는 호위반 리더.

그의 이름이 자윈인 모양이다.

여기까지 오면서 마일 일행이 들은 이야기에 따르면 마족 조사대는 지휘계통이 호위반과 조사반으로 나뉘어져 있는데, 조사에 관한 판단은 조사반 리더가 맡고 전투와 그 과정에서 일어나는 철퇴 등의 판단은 호위반 리더가 결정권을 쥐고 있어 모두가 거기에 따라야 하는 듯했다.

즉, 호위반 리더인 자윈이 항복하기로 결정하면 조사반까지 포함해서 모두 그 결정을 받아들여야 하는 모양이었다.

"그럼 앞으로 어떻게 되는 거야! 우리 모두 포로가 되어 인간들에게 심문당하는 거야?! 그런 걸 받아들일 수 있을 리 없잖아! 그래, 너희가 져서 포로가 되었지만 우리, 새로운 전력이 출현했으니 우리가 이기면 되는 거 아닌가? 그래서 포로를 되찾으면 아무런 문제도 없을 거야."

조사반 리더 헬스트의 발언에 고개를 마구 끄덕이는 조사반 멤버 둘 그리고 고개를 마구 가로젓는 호위반 멤버 다섯.

"그만둬……."

"하지만 너희는 상대가 어린 인간 계집애들이라고 방심했거나 어쩌다가 허를 찔렸을 뿐이잖아? 제대로 상대하면……."

그렇게 말이 격해지는 헬스트에게 자윈이 어이없다는 표정으로 말했다.

"아까 내가 한 얘기 어디로 들었어? 싸움은 순서를 정해서 했다고 말했잖아. 계속 지는 걸 지켜봤는데, 그래도 방심했다고 말하는 거냐? 그리고『어쩌다가』가 네 번, 아니 처음에 보초를 섰던 코이얼을 쓰러트린 것까지 합하면 다섯 번인가. 그렇게 많이 이어졌다고? 너, 우리를 물로 보는 거냐?"

"…………."

호위반 자원의 말에 입을 꾹 다무는 조사반 헬스트.

"이건 호위반 리더로서 내린 판단이자 명령이다. 우리는 저 애들에게 졌어. 정식 전투였다면 전멸, 혹은 반죽음이 되어 붙잡혀 인간의 도시로 끌려갔을 거다. 그렇게 되면 그 뒤에 어떻게 될지 말 안 해도 알겠지?"

"…………."

여전히 묵묵부답인 조사반 멤버들을 보며 자원은 어쩔 수 없이 마일 쪽을 향했다.

"미안하지만 뭔가 좀 보여줄 순 없을까?"

마일은 자원의 의도를 꿰뚫고 아무 말 없이 바위벽을 손가락으로 가리켰다.

두두두두두두두두두두두!

순간 그 공간이 정적에 휩싸였다.

머릿속으로 영창했다고 해도 너무 빠른 마법 발동.

그리고 완전히 무영창으로 한 무서운 속도의 연사.

바위벽에 뚫린, 깊이를 알 수 없는 8개의 구멍.

……8개. 여기 있는 마족의 수와 동일한 개수.

이 연사 속도, 마법의 비상한 빠르기, 그리고 위력.

막을 수 있을 리 없다.

"…………미안하다."

헬스트가 자원에게 사과하며 고개 숙였다.

"네 실력을 잘 아는데도 판단을 의심했어. 미안하다."

"………….."

성의를 보이고 사과하면 자원은 용서해주리라. 그렇게 생각했건만 자원은 아무 대답도 하지 않았다. 그렇게 화났나, 하고 헬스트가 고개를 들자.

"너, 너, 너어……."

자원이 인간 소녀를 손가락으로 가리키며 부들부들 떨고 있었다.

"너, 아까는 대충한 거였냐아아앗?!"

＊　　＊

"그러니까 사정을 알고 문제없다고 판단하면 우리를 붙잡아 갈 생각은 딱히 없는 거지?"

마일이 가까스로 변명해서 격앙된 자원을 진정시킨 후에야 일동은 겨우 대화를 시작할 수 있었다. 마족 측은 주로 자원, '붉은 맹세' 측은 마일이 나섰다.

"네, 고룡, 그러니까 베레데테스인가 하는 심부름꾼 용한테 대충은 들었어요. 그래서 인간 측도 그걸 알고 지금쯤은 그 정보를 각

나라에 알리고 있는 중일 거예요. 그러니까 여러분도 그 범위 내에서 행동하고 있고, 인간의 영역에 침범할 생각이 없다는 게 확인되면 그렇게 보고하고 끝낼 겁니다. 아니, 이곳 영주와 국왕이 어떤 판단을 내려서 대처할지는 저도 잘 모르겠지만, 적어도 조사를 의뢰받은 저희의 임무는 끝이니까 그대로 돌아갈 거예요. 아마 나라에서나 영주도 경솔하게 간섭하진 않을 거라고 생각해요……."

"베레데테스 님을 알아?! 그, 그런데, 『심부름꾼』이라니……."

"엥, 본인 입으로 말했는걸요. 『단순한 연락원에 지나지 않는다』라고."

"연락원이랑 심부름꾼은 엄연히 다르잖아……."

자원은 그렇게 말했지만, 상위종 고룡인 베레데테스를 감싸준 것일 뿐이지 사실은 '듣고 보니 심부름꾼이 맞긴 하네, 베레데테스 님이 하시는 역할은……' 하고, 마일의 말에 수긍했다.

그리고 마일 일행이 정말 어느 정도 사정을 알고 있다는 사실이 확인되자, 자원은 '털어놓아도 괜찮은 것', '이미 마일 일행이 알고 있는 것'의 범주에서 정보를 알려주었고, 마일 일행은 그것만으로도 충분했다. 다만, 언제까지 이곳에 머무를지는 조사 진척 상황에 따라 다르므로 미정이었지만.

그리고 그 조사 상황에 대해서인데.

지금 마일 일행이 이야기를 나누고 있는 다소 넓은 장소. 그 막다른 곳의 바위벽에 뭔가가 있었다…….

"저기, 저것은……."

마일이 마침내 참지 못하고 조사반 헬스트에게 물었다.

자원이 돌아왔음을 알리고 모퉁이를 돌아 조사반의 세 마족을 만난 순간. 그때부터 지금까지 줄곧 마일의 시야에 들어와 있던 그것에 대해 말이다.

"아아, 저 구석에 있는 거? 보물창고로 보이는 작은 방이야. 금속으로 되어 있고 크기가 작으니까 금고라고 부르는 편이 더 나을지도 모르겠지만. 힘들게 겨우 열었더니 안이 텅 비어 있었어. 하긴, 보물이 있었으면 여길 버리고 떠날 때 가져가는 게 당연하겠지."

"…………."

그 유적 때와 똑같았다.

마족과 레나 일행에게 그것은 보물창고 혹은 금고로 보였다.

하지만 마일의 눈에는 이렇게 비쳤다.

문을 억지로 여는 바람에 망가진 엘리베이터…….

지구보다 훨씬 진화한 듯 보이는 선사 문명의 사람들이, 과연 마일이 한 눈에 엘리베이터라고 알 수 있는 수준의 이동수단을 사용했을까? 그보다 더한, 상상을 초월하는 이동수단을 쓴 것은 아닐까.

순간 그런 생각이 든 마일이었는데, 곧 생각을 고쳤다.

선사 문명은 하룻밤 사이에 망하지 않는다. 서서히 쇠퇴했다면 말기에는 기술력도 기자재도 대부분 잃어버렸을지도 모른다.

게다가 과학이 발달해도 전통 기술 역시 활용할 때가 있으리라. 필요성, 안전성, 지구성, 유지 경비, 기타 여러 가지 이유로.

아무리 과학이 발달했다지만 바로 옆방에 가는 데 운송기를 타지는 않겠지. 그리고 지구에도 백화점 등에 가면 엘리베이터나 에스컬레이터가 있지만 계단도 반드시 있지 않은가. 또 비상계단이나 긴급 탈출용 피난기구도 설치되어 있다. 그렇게 생각하면 이것은 어쩌면 일종의 비상용 탈출 슈트일지도 모른다.

또 겉보기는 지구의 엘리베이터와 비슷하지만 사실은 운송 장치라거나 케이블이 아닌 중력 제어나 자기부상식일지도 모르고, 동력원은 쌍소멸 엔진일 가능성도 있다.

딱 하나 분명히 말할 수 있는 것은.

이렇게 오래된 정도를 봤을 때 움직일 거라는 생각은 도저히 들지 않는다.

만약 움직일 것 같다고 해도, 무서워서 탈 엄두가 안 나겠지만.

그리고 어차피 얼마 전까지 기능을 잃지 않았다고 해도, 문이 망가진 지금 상태로는 아마도 안전장치가 작용해서 가동되지 않으리라.

마일은 몰래 탐사 마법을 발동시켰다.

그렇다, 혹시 이것이 엘리베이터의 기능을 했다면 계단이나 점검용 작업 갱에 해당하는 것도 있으리라는 생각에.

*　　*

"그럼 우린 여기서 이만. 오늘 밤은 근처에서 야영하고 내일 아침 출발할 거예요. 단순한 조사 같아서 아무 문제 없다고 보고하겠지만, 조사나 교섭하기 위해 사자가 올 가능성이 있다는 건 미리 염두에 두세요. 시간이 좀 지나면 저번 유적 이야기가 퍼지면서 인간 측의 대응도 통일될 거라고 생각하지만…….”

'붉은 맹세'를 대표해서 마일이 말하자 마족들이 고개를 끄덕였다.

그리고 마일 일행이 떠나려고 했을 때.

“한 가지만 알려줘. 지금의 인간들은 너희처럼 강한 녀석들이 많나?”

그렇게 묻는 자원에게 마일이 대답했다.

“저희 헌터는 견습인 G등급을 제외하고 밑에서부터 F, E, D, C, B, A, S로 총 7개의 등급이 있다는 걸 아시는지?”

“그, 그래, 그건 들어서 아는데…….”

“저희는 그중에서 C등급 헌터랍니다.”

“뭐……라고……?”

황당, 아연, 경악.

마일 일행이 떠난 후 그곳에는 입을 쩍 벌린 여덟 개의 돌상이 남았다.

＊　　＊

늦은 밤.

야영 텐트 안에서 담요를 뒤집어쓰고 몰래 빠져나온 마일.

다음 순간.

피잉!

쿵!

"으악!"

다리에 묶인 끈 때문에 마일이 멋지게 자빠졌다.

"무, 무무무슨……."

당황한 마일 그리고 굼실굼실 일어나서 나온 나머지 세 사람.

"그럴 줄 알고 네가 곯아떨어졌을 때 끈을 묶어두었지."

양손으로 허리를 짚고 몸을 뒤로 젖히며 의기양양하게 말하는 레나.

"너, 너무해요!"

"너무한 건 어느 쪽인지?! 그렇게나 일렀거늘 또 우릴 내버려 두고 혼자 가려고 하다니!"

"우……."

뿡뿡 화내는 마일이었지만, 폴린이 그렇게 따지니 할 말이 없었다.

레나와 메비스는 그렇다고 치고, 폴린에게는 그때 '폴린 따돌리기 미수 사건'이라는 빚이 있었다.

"……잘못했어요……."

"애초에 네가 『오늘 밤에는 이 근처에서 야영하자』고 말한 시점에서 다 들통났거든."

"우우……."

이미 레나와 폴린은 마일의 행동을 거의 간파하고 있었다. 마르셀라 일행만큼은 아니지만…………

"자, 가자!"

"네……."

물론 목적지는 예의 동굴이었다.

"마족들은 동굴 안에서 야영한다고 했죠. 아마 잠자는 곳은 제일 구석 쪽이고, 입구 근처에 보초를 세워두었을 거라고 생각하는데……."

"뭐, 그렇겠지."

마일의 예상에 레나가 동의했다.

그리고 동굴 근처까지 갔을 때 마일이 탐사 마법을 펼쳤다.

"입구 바로 안쪽에 둘. 나머지는 동굴 깊숙한 곳에 있어요. 예상대로네요."

이번에는 수면 마법을 사용했다. 마족의 얼굴 앞에, 혼수상태에 빠지는 약품을 띄운 것이다.

드라마에서 종종 나오는, 손수건에 적신 클로로포름이나 에테르로 한순간에, 하는 건 사실 비현실적이다. 호흡 마취는 좀 더 시간이 걸리고, 자칫 잘못하면 호흡 기능까지 마비되어 죽을 수도 있다.

하지만 그 부분은 지구와는 비교도 안 되는 기술의 산물, 나노머신이 있다. 마일이 희망하는 대로 순식간에 효과가 나타나고 생명에 아무런 지장 없고 후유증도 남기지 않는 무색무취의 약품, 이라는 요청을 들어주는 것쯤은 일도 아니었다.

그리고 앉은 채 서서히 의식을 잃어가는 두 마족.

만약 마족이 서 있었다면 마일은 다른 방법을 생각했으리라.

서 있는 상태로 돌바닥에 쓰러지면 크게 다치거나 경우에 따라서는 죽을 수도 있으니까. 하지만 앉은 상태라면 안심이었다.

잠든 마족을 곁눈질하며 동굴 안으로 들어가는 '붉은 맹세'의 네 사람.

얼마간 걷다가 막다른 곳이 가까워지자, 마일이 다시 수면 마법을 행사했다.

원래도 모두 잠들어 있었기 때문에 그냥 보기에는 아무런 변화도 없었지만, 이렇게 해서 당분간은 잠에서 깰 일이 없다. 그래도 혹시 모른다며 마일은 마족들의 주위에 소리 차단 마법까지 걸었다.

"자, 가요."

마일은 문이 망가진 '엘리베이터로 보이는 것'이 아니라, 거기서 조금 떨어진 바위벽을 문지르기 시작했다.

"으음, 이렇게 했던 것 같은데⋯⋯."

지난번에 조사했을 때, 계단 같은 공간을 탐지해서 나노머신에게 부탁해 입구가 열리는지 알아본 적 있었다. 그 결과, 입구는 카무플라주되어 있었을 뿐이고 개폐 기구는 건재했으며 자물쇠가 잠겨 있지도, 녹이 슬어 붙어 있지도 않았다.

비상용이어서 잠그지 않은 것일까, 아니면 마지막에 쓴 자가 잠그기를 깜박한 걸까, 그것도 아니면 그럴 여유가 없었던 것일까⋯⋯.

딸깍

마일이 조금 튀어나온 아래쪽 바위 부분을 손가락으로 더듬자 작은 소리가 났다.

"좋았어!"

그 부분을 잡고 힘을 주어 옆으로 잡아당기자, 바위벽 일부가 소리도 없이 움직이더니 작은 공간이 드러났다.

"이, 이것은……."

"비상구의 종류라고 생각해요. 비상구가 잠겨 있으면 아무런 의미가 없어서인지, 아니면 잠그는 걸 깜박해서인지는 모르겠지만 어쨌든 우리에게는 잘된 일이네요."

이것을 만든 존재들의 잠금 기술이 어느 정도인지는 가늠이 되지 않는다.

나노머신에게 기구에 대해 알아보라고 시키거나 우격다짐으로 파괴하는 방법은 있지만, 지금까지 오랜 세월을 버텨온 유적을 간단히 망가뜨리는 것에 심리적 저항감이 있었다.

마일을 따라 모두 그 입구를 지나 안으로 들어오자 지하로 통하는 계단이 있었는데, 약간 어둑한 불빛이 계단을 밝히고 있었다.

조명이 그리 밝지 않은 건 유럽인이 색소나 태양광의 세기 관계로 일본인보다 어두운 조명을 선호하는 것과 같은 이유일까, 아니면 그냥 통로여서 그렇게까지 밝을 필요가 없다고 판단해서였을까, 그것도 아니면 단순히 경비나 에너지 절약을 위해서였을까…….

또, 그 조명은 횃불이나 전등이 아니라 벽 전체, 그러니까 공간 자체가 밝고 광원을 알 수 없는 신기한 원리였다. 마법인지 과학 기술인지도 알 수 없었다.

마일은 전생(前世)에서 읽은 책의 한 문장을 떠올렸다.

'충분히 발달한 과학 기술은 마법과 분간하기 어렵다'

그리고 마일은 생각하기를 그만두었다.

하나부터 열까지 일일이 나노머신에게 묻는 것은 재미가 없고, 지금은 그럴 시간도 없다.

마일은 어느 정도 밝으니 안심하고 입구를 살짝 닫았다.

아마 문밖에서 보면 완전히 닫혀 전혀 알아볼 수 없는 단순한 바위벽이겠지.

"가요. 아마 굉장히 오래되어서 사는 사람이 있을 것 같지는 않지만, 혹시라도 침입자에 대비한 덫이 설치되어 있거나 너무 오래되어 계단이 무너질지도 몰라요. 천천히, 그리고 조용히 걸으세요. 또 괜히 이것저것 만지지 말고, 큰 소리 내지 말고, 뭔가 이상한 낌새가 있으면 반드시 모두에게 바로 알려야 해요."

마일의 말에 진지한 표정으로 고개를 끄덕이는 일행들.

조심조심 계단을 내려가면서 마일은 생각했다.

'저번에 본 유적과 달라……. 거기는 그 놀라운 벽화는 그렇다고 쳐도, 전부 지금의 기술로 만들 수 있는 것들뿐이었어. 막대한 수고와 근성이 필요한 건 제쳐놓더라도. 그런데 여기는…….'

그렇다, 명백히 달랐다. 이 조명도 그렇고, 바닥과 벽의 매끈한 가공이며 깊은 지하로 나 있는 계단이며…….

동굴 안은 그 '엘리베이터 같은 것'을 제외하고 어느 정도 인간이 손댔다고는 해도 현재의 인간이 얼마든지 가공할 수 있는 수준이었다. '엘리베이터로 보이는 것' 역시 마일 이외의 사람에게는 견고한 보물창고 혹은 금고로만 보이니, 그렇게 생각하면 수상한 구석은 별로 없다.

혹시 인간 혹은 그 계통의 생물이 이곳을 발견할 경우에 대비해서 일부러 그렇게 만들어 놓은 걸까? 단순히 '보물을 감춘 동굴, 하지만. 이미 누군가 보물을 훔치고 난 후여서 탈탈인 동굴'이라고 여기게 만들어, 더 이상의 침입을 막기 위해.

'그렇다면 이 앞에 있는 건 고룡이랑 크레레이아 박사가 말했던 『선사 문명』 유적? 하지만 그렇게 오래된 거라면 기록물도 기계도, 아니 금속 자체가 부식되어서 땅에 분말 형태의 먼지만 쌓여 있는 게……. 동굴이랑 이 계단은 아무리 가공 기술과 깊은 지하로 들어가는 공사 기술이 뛰어나다고 해도, 재질로 따지면 돌을 깎은 것일 뿐이고 조명은 어쩌면 단순한 발광성 광석일 뿐일지도 모르고. 바위는 세상에서 제일 오래 가는 건축 재료고, 발광성은 우라늄 235나 238처럼 반감기가 수억 년, 수십억 년인 것도……, 으, 무서워! 아니 아니, 뛰어난 문명이라면 인체에 유해한 방사성 물질 따위를 쓸 리가…….'

걸으면서 어려운 얼굴로 생각에 잠긴 마일을 보자 레나 일행도 신묘한 표정으로 묵묵히 걸음을 옮겼다.

"기네……."

계단을 내려간 지도 한참 지났다. 거리나 숲속을 걷는 것에는 익숙한 레나 일행도 이렇게 긴 계단을 내려가는 것에는 익숙하지 않았다. 당연하다, 이 세계에 고층건물이 존재할 리 없으니까.

성은 그럭저럭 높지만 그래 봐야 썩 대단한 높이가 아니고, 애초에 레나 일행이 성을 오르락내리락할 기회도 없었다. 그리고 최대의 문제점은.

"무, 무릎이랑 허리가……."

그렇다, 폴린이 우는 소리를 낸 것처럼, 긴 계단을 계속 내려가다 보니 무릎과 허리에 통증이 느껴졌던 것이다. 특히, 익숙하지 않은 사람에게는.

얼마 더 지나 드디어 종점으로 보이는 장소에 도달한 '붉은 맹세' 멤버들.

도중에 문이나 갈림길이 없었던 점으로 짐작하건대, 역시 이 계단은 평소에 쓰는 실용적인 용도가 아니라 가장 아래층에서 지상으로 곧장 나가기 위한 긴급용이었을 가능성이 높았다.

그리고 막다른 곳에 있는 단 하나의 문.

"……들어가 볼까요?"

마일이 묻자 또 말없이 고개를 끄덕이는 나머지 멤버들.

그리고 살짝, 아주 살짝 문을 열고 안을 들여다보는 마일.

탁

마일이 다시 문을 닫았다.

"……뭐, 뭔가 있어…………."

"왜, 왜 그래!"

레나가 묻자, 관자놀이에 땀이 맺힌 마일이 대답했다.

"……뭐, 뭔가가 있었어요…………."

"뭔가, 라니, 그게 뭔데!"

"뭔가, 예요……."

궁금증이 해소되지 않자 이번에는 레나가 문을 살짝 열어 안을 훔쳐보았다.

그리고 닫히는 문.

"뭔가 있어……."

""아니, 그러니까 뭔가가 뭐냐고!""

메비스와 폴린의 목소리가 겹쳐졌다.

다시 두 번, 똑같은 일이 반복되었다.

""뭔가 있어…….""

그렇다, 문 너머에 통로가 있었는데 그곳에 뭔가가 있었다.

여섯 개의 다리로 철컥철컥 걷는, 대형견 크기의 뭔가가…….

곤충처럼 생겼지만 곤충은 아니다. 여섯 개의 다리에 검게 빛나는 딱딱한 껍질을 가졌는데도 곤충이 아닌 최대의 특징. 그것은 바로 곤충 같은 몸통과 별개로, 몸통에서 수직으로 솟은 인간의 상반신과 머리, 그리고 그 상반신에 달린 네 개의 팔이었다.

이형(異形).

그렇게밖에 형용할 수 없는, 다른 생물과는 한 획을 긋는 기이한 형상이었다.

그것이 통로를 걷고 있었다.

"스카벤저……."

잠시 시간이 지난 후 레나가 불쑥 중얼거렸다.

"스카벤저?"

그 말에 의아한 표정을 짓는 메비스.

"양성 학교에서 배우지 않았는데, 극소수의 목격 사례가 있는, 생태를 알 수 없는 생물이야. 『붉은 번개』 아저씨들한테 들은 적 있어. 전멸한 파티 등의 시신에 모여들어서 무기와 방어구, 장신구, 돈 등 금속제는 몽땅 가져간다나 봐. 시신 자체에는 손을 대지 않으니까 뭘 먹는지, 금속을 왜 모으는지는 전혀 밝혀진 바가 없는 수수께끼의 생물이지. 뒤를 밟으려고 해도 엄청난 속도로 좁은 공간을 빠져나갈 수 있기 때문에 소굴을 발견하는 것조차 불가능한 모양이야. 살아 있는 인간에게는 접근하지 않고, 해를 끼치지 않아서 화제에도 오르지 않고, 목격 사례가 적은 만큼 아는 사람이 그리 많지 않대. 나도 확증은 없지만 들은 이야기가 딱 저런 느낌이었어……."

곤충 같은 생물이 지하 동굴에 정착했다.

흔히 있는 이야기이다. 그래서 아무도 의문스럽게 여기지 않았다.

……마일만 제외하고는.

'그, 금속 같아! 금속 같다고! 게다가 오랜 세월 여기서 일하고 있었던 것 같아……. 근속 37년('금속'과 '근속'은 일본어 발음이 같다). 아니, 아니지, 이게 아니야!'

"그런가, 이런 유적의 깊은 지하에 살고 있으면 소굴이 발견되지 않는 것도 이해가 가네."

"좀 기분 나쁘게 생겼어요……. 그래도 인간에게 해가 없다고 하니 안심이네요."

마일은 메비스와 폴린의 말도 귀에 들어오지 않았다.

'유적. 곤충형 로봇. 인간에게는 위해를 끼치지 않는다. 금속을 회수. 이거…….'

마일의 머릿속에서 한 가지 답이 도출되었다.

'메인터넌스인가, 제조 담당 자동 기계…….'

만약 그게 맞는다면 할 수 있는 말은 단 한 가지이다.

"이 유적, 현역이야……."

"방금 뭐라고 했어?"

레나가 마일의 말을 되물었다.

"……이 유적, 아무래도 현역인 것 같아요."

"""뭐라고?"""

"그리고 저기, 스카벤저라는 건 유적을 메인터넌스, 그러니까 유지하고 정비하는 역할을 하는 게 아닌가 하는……."

"그런 거야?! 그래서 금속이 필요했던 건가!"

과연 메비스. 그런 방면으로 머리가 잘 돌아간다.

일반 지식에는 레나, 장사와 금전과 관련된 지식은 폴린, 군사 · 전투 · 병참에 메비스, 그리고 상식에서 벗어난 지식의 마일. 완벽한 포진이었다.

"자, 잠, 잠깐만! 그럼, 뭐야? 저 벌레 같은 마물이 지성을 가지고 있는, 이 유적의 지배자라는 거야?"

레나가 경악해서 눈을 동그랗게 뜨고 소리쳤지만, 그런 뜻이 아니다.

"아니에요. 『지배자』는……. 그냥 단순히 명령받은 일을 할 뿐이라고 생각해요. 머나먼 옛날에 망해서 사라져버린 자신의 주인에게 명령받은 대로……."

"자, 잠깐만, 마일 짱. 그 말은, 그러니까 저 생물이 그렇게 오랜 옛날부터 계속 살아남아 있었다는 거야?"

폴린이 지극히 당연한 의문을 품었다.

"아뇨, 저건 일반적인 의미에서 『생물』이 아니라고 생각해요. 그래요, 비유하자면 골렘 같은 게 아닐까요? 그리고 망가지면 다른 동료가 수리해주거나 혹은 스스로 복제하거나……. 그래서 모든 개체가 동시에 파괴되지 않는 한 서로 수리해주고 생산하면서 계속 존재할 수 있지 않은가 하고."

아무리 그래도 '영원히'는 아니겠지, 하는 생각에 '계속'이라는 단어를 고른 마일이었다.

"""…………."""

"이렇게 있어 봐야 소용없어요. 계속 나아가야죠."

"계, 계속 나아가자고 해도……."

마일의 말에 레나가 주저했다.

통로로 나오면 스카벤저가 볼지도 모른다.

아무리 인간에게 위해를 가하지 않는다지만, 그건 밖에서의 이야기이다. 자기 구역에 침입한 자에게도 그런 박애 정신을 발휘할지는 아무도 모를 일이다. 주인이 '이곳을 지키고 침입자를 해치워라' 하고 명령하지 않았다는 보장이 없는 것이다.

레나는 과거에 인간이 스카벤저와 싸웠다는 이야기를 들어본 적이 없었다. 그건 싸움 자체가 일어난 적이 없어서일까, 아니면 스카벤저와 싸운 자나 목격자가 단 한 사람도 생존하지 않아 단순히 소문낼 존재가 없었던 것은 아닐까……

어떤 전투 방법을 취하는지. 독이 있는지. 집단 연대하는 공격을 하는지. 이러한 정보가 아무것도 없는 낯선 적과의 싸움은 무척 위험했다.

"괜찮아요. 눈치채지 못하게, 불가시 필드랑 소리 차단 결계를 칠 테니까요."

"불가시 필드?"

레나가 그게 뭐야, 하는 표정으로 머리 위에 물음표를 띄웠다.

"상대의 눈에 보이지 않게 하는 거예요. 소리 차단 결계랑 비슷한데 소리가 아니라 광판인 거죠."

"흐으음……."

마일이 간단히 설명했고 레나도 가볍게 받아들였지만, 사실 그건 상당히 성가신 일이었다.

소리 차단 결계는 자신과 상대 사이에 공기 진동을 막아주는 스크린을 펼치면 그만이다. 하지만 빛의 경우 그렇게 하면 상대가 이쪽을 볼 수 없게 하는 것까지는 좋으나 이쪽 역시 바깥이 보이지 않게 된다. 또 빛이 도달하지 않는다는 건 칠흑 같은 어둠, 이라는 이야기여서 주위가 보이지 않아 움직일 수 없고 상대 입장에서는 돔 모양의 어두운 공간이 보여서 은폐는커녕 엄청나게 눈에 띄고 만다.

게다가 바깥을 볼 수 있게 하겠다며 자신에게서 나오는 빛은 밖으로 나가지 않게 하고 밖에서 들어오는 빛과 전자파만 통과시키게 하면, ……이번에는 내부 온도가 계속해서 상승하게 된다. 이른바 온실효과다.

그 열을 배출하려고 하면 가시 범위가 넓어져서 적외선을 볼 수 있는 상대라든가, 뱀처럼 적외선을 감지하는 피트 기관 같은 것을 지닌 상대에게 들키고 말 것이다.

그렇다고 자신들이 보내는 빛을 차단하면 그만인 이야기도 아니다.

자신들의 뒤에 펼쳐진 풍경, 거기에서 오는 빛을 자신들이 없는 것처럼 투과시켜야 하는 것이다. 이 모든 문제는 가시광선뿐 아니라 적외선, 열, 빛의 특성 등에 대해 모르는 이 세계의 인간이 어떻게 해결할 수 있는 문제가 아니다.

레나가 마일의 설명을 간단히 흘려들은 까닭은 그런 사실을 전혀 모르기 때문에 얼마나 힘든지 깨닫지 못하고 그저 소리 차단 결계와 비슷할 거라며 별로 신경 쓰지 않았거나, 아니면 늘 있는, 요컨대 '마일이니까 어쩔 수 없어' 하는 생각으로 끝냈거나 둘 중 하나이리라.

여하튼 그런 이유로 평범한 사람이 마법을 써서 완전한 불가시 필드를 형성하기란 무척 어렵다.

제대로 된 과학 지식도 없이 그 모든 현상을 정확하게 이미지해서 사념 방사, 그것도 무의식으로 하다니, 일반인은 도저히 불가능한 기술이다.

하지만 마일은 '불가시 필드로 보이지 않게 되어라! 그리고 그에 따른 여러 가지 처리도 잘 부탁해!' 하고 생각하기만 하면, 나머지는 전부 나노머신이 알아서 해준다. 마일은 그것을 '자신의 사념에 의한 통상적인 마법 행사'라고 생각하지만, 물론 그렇지 않았다.

나노머신 사용 권한 레벨 5.

사념파에 의해 구체적인 현상의 이미지를 방사하지 않아도, 말이나 최종 결과의 이미지만 있으면 그에 필요한 세세한 일은 전부 나노머신이 알아서 판단하는 것이다.

그렇다, 그것은 마치 세금의 청색 신고(납세자가 세금의 과세 표준과 세액을 자진 신고하는 일) 수속을 전부 본인이 하는 것과 돈만 내고 세무사에게 일임하는 것 정도의 차이였다.

"그럼, 갑니다."

그렇게 말한 마일은 소리 차단 결계와 불가시 필드를 펼친 후 문에 손을 댔다.

조심조심 문을 열고 통로로 나온 '붉은 맹세'의 네 멤버.

지금은 스카벤저의 모습이 보이지 않아서, 우선 문을 닫고 이 장소를 확실하게 익힌 다음 조사에 나서기로 했다.

"먼저 어디 가볼까?"

메비스가 묻지 않았어도 마일 역시 그것을 고민하고 있었다.

잠시 생각에 잠겼던 마일은 아이템 박스에서 녹슨 검 한 자루를 꺼냈다. 언젠가 물리친 도적에게서 몰수한 것이었다. 그것을 통로 바닥에 조심스레 내려놓고는 모두에게 조금 뒤로 물러나라고 지시했다.

그리고 기다리기를 십여 분.

스카벤저 한 마리가 통로 한쪽에서 나와 바닥에 놓인 검을 발견하더니 곧장 그것을 줍고 다시 왔던 방향으로 돌아갔다.

"저쪽이에요, 갑시다!"

레나 일행이 고개를 끄덕였다.

레나는 스카벤저가 재빠르다고 말했지만, 이동 속도가 그다지 빠르지 않았다. 아마 마음먹으면 빨리 움직이겠지만, 평소에는 천천히 이동하겠지. 빨리 움직이면 에너지 소비가 많아지기도 하고, 신체 소모도 커진다. 어차피 시간이야 남아돌 테니, 그런 단점을 감수하면서까지 서두를 필요는 전혀 없다.

그래서 마일 일행은 별 무리 없이 스카벤저의 뒤를 따라갈 수 있었다.

"아, 방으로 들어간다……."

마일의 말대로 스카벤저가 방 입구로 보이는 곳을 통과했다.

물론 문 따위는 달려 있지 않았다. 저 체격과 키로 일일이 문을 여는 것은 힘들 테니까.

아니, 자동문이라는 방법도 있지만, 가동 부분이 많은 기계는 그리 긴 세월을 견딜 수 없고, 애초에 스카벤저들에게는 문이 필요하지 않으리라.

네 사람은 몰라 스카벤저의 뒤를 따라 입구를 지나쳤다.

"뭐, 뭐야, 저거……."

"""…………."""

그녀들의 눈앞에 펼쳐진 것은.

쭉 늘어선 커다란 작업대들 위에 뭔가가 놓여 있었고, 스카벤저들이 공구를 들고 모여 있었다.

레나, 메비스, 폴린은 전혀 이해할 수 없는 광경.

그리고 마일의 눈에는 이렇게 보이는 광경이었다.

"동네 공장……."

결코 대규모가 아닌, 기껏 해야 동네 수준인 작은 공장, 속칭 '동네 공장'이라고 불릴 수준이었다.

물론 벨트 컨베이어가 돌아가면서 하는 작업이 아니라 고정된 대 위에 있는 뭔가에 대고 어떤 작업을 하고 있는 스카벤저들.

"골렘……."

그렇다, 작업대 위에 있는 것은 골렘들이었다.

록골렘 그리고 아이언골렘.

금속제 골렘은 철제든 구리제든 간에 전부 '아이언골렘'이라고 부른다. 그들은 힘이 록골렘과 비교도 할 수 없다. '붉은 맹세' 역시 아마 마일을 제외하고는 상대가 안 될 것이다.

헌터들에게 다행인 것은 골렘들은 자기 구역에서 절대 벗어나지 않아서, 마을에 쳐들어와 사람들을 공격하는 일이 없다는 점이었다.

골렘이 인간을 공격하는 것은 인간이 골렘의 구역에 침입했을 때 뿐. 다른 사냥감이나 소재, 그리고 때로는 금속제인 아이언골렘의 몸 자체를 소재로 노리는 헌터들이 골렘의 구역에 침입하면 싸움이 일어나기도 한다. 그리고 아이언골렘과 싸운 헌터들의 승률은 결코 높지 않았다.

"뭐, 뭘 하고 있는 걸까요……."

"수리, 겠지. 골렘한테 『치료』라는 단어는 어울리지 않으니까 말이야."

폴린이 중얼거리자 메비스가 그렇게 대답했다.

과연 신규 제조로는 보이지 않았기에 마일도 같은 의견이었다.

수만 년에 걸쳐 신규 제조를 계속한다면 온 대륙에 골렘이 넘쳐나고 말리라. 하지만 그런 일은 일어나지 않고, 또 구역을 확장하는 모습도 보이지 않는 만큼 아마도 틀림없을 것이다.

"……그거였나!"

마일은 시각과 청각 센서만 있는 머리를 파괴했을 뿐인데 왜 골렘이 움직임을 멈출까, 라는 의문에 대한 답에 도달했다.

아마도 외부에서 입력하는 정보가 끊긴 상태일 때 움직이면 금지된 일, 그러니까 아군을 공격하거나 아마도 지금은 존재하지 않을 '주인님'에게 예기치 못한 피해를 줄 가능성이 있기 때문에, 센서류가 전부 파손되면 동작을 멈추고 데리러 오기를 기다리도록 설정되어 있는 것이다. 그렇다, 스카벤저가 수거하러 올 때까지 말이다.

"뭘 혼자서 이해하고 있어?!"

레나가 불평했지만 설명은 이동 중이나 야영할 때 천천히 해도 된다.

마일은 그렇게 생각하고는 레나를 무시하고 탐색 마법을 발동했다. 이 정도 깊이의 시설을 만들었는데 시설이 이게 전부라는 건 말이 안 된다고 생각하며.

아마 이 유적은 다양한 기능이 복합적으로 통합된 시설임에 틀림없다.

"……이세키('유적'의 일본어 발음 '이세키'는 농기계 회사 이름과 같다) 콤바인……."

전생에서 마일은 기계 팸플릿을 보는 걸 정말 좋아했다. 그 기능미가 좋았던 것이다.

그리고 그 흥미는 대형 농기구에까지 미쳤다.

"엥……."

없었다.

탐색 마법을 발동시킨 결과, 이곳 이외에 가동되고 있는 설비는 없었다.

다만, 바위와 토사에 파묻힌 방, 바위에 눌려 망가진 기계로 보이는 것의 잔해 등 흔적에 대한 반응은 대량으로 있었다. 기계로 보이는 것, 이라고 해도 이미 원형조차 남아 있지 않은 녹 덩어리이거나 가루였다.

파묻혀 있긴 하지만 시간을 들이면 충분히 파낼 수 있었을 것이다. 그걸 굳이 하지 않았다는 건 이곳 이외에는 스카벤저들의 담당이 아니라는 건가. 그리고 금속 재료로 재활용하지 않은 건 '주인님'의 것이기 때문일까. 전멸해버려서 복구할 수 있는 자들조차 사라진, 다른 동료들의 담당 재료여서일까……

살아남은 몇 안 되는 스카벤저가 자기 몸을 스스로 수리한 다음 담당부서의 동료를 수리하고, 거의 없다시피 한 재료를 사용해서 자신들의 복제를 만들어내 담당부서를 부활시켰다.

……뭘 위해서?

더 고도의 로봇이라면 모를까, 그 벽면에 그려진 것처럼 발달된 문명이었다면 쓰기 불편할 것 같은 록골렘과 아이언골렘을 일상적으로 이용했다고는 도저히 생각할 수 없다.

그럼 어째서 이런 골렘을 만들고 계속 유지 정비를 이어오고 있지? 경제성과 제조 및 수리의 간단함 이외에는 장점이 없어 보이는, 투박한 오토마타(자동인형)를…….

스카벤저들은 자신의 존재 의의 전부를 걸고, 무엇을 위해 유구한 시간을 그 무의미하게만 보이는 작업에 투자하는 걸까? 그건 아마도…….

기다리기 위해.

주인님의 명령에 따를, '그때'를 기다리기 위해.

그 주인님이라는 존재는 파묻힌 방에서 화석이 되었을까, 아니면 마일 일행이 지나온 계단과 엘리베이터 같은 것을 통해 무사히 탈출했을까.

마일 일행은 그런 까마득한 옛날 일 따위 알 길이 없었다.

"……그만 돌아가요. 여기에는 이것 말고 다른 설비가 없어 보이고, 여기는 이대로 그냥 내버려뒀으면 좋겠어요."

"""…………."""

"알았어. 돌아가자."

몇 초 후, 레나가 그렇게 대답했고 메비스와 폴린도 고개를 끄덕였다.

이곳을 파괴하면 이 바위산의 골렘의 수는 자연히 줄어들고 머지않아 사라지겠지. 인간을 위해서는 그렇게 하는 편이 좋지 않을까. 하지만 그녀들은 그렇게 할 생각이 조금도 없었다.

웬만하면 자기주장을 하지 않는 마일이 그렇게 말했기 때문일까, 긴 세월을 견뎌온 유적을 지금 자신들의 손으로 파괴하는 게 내키지 않아서일까, 그것도 아니면 그녀들 역시 뭔가 생각한 부분이 있었기 때문일까. 그건 본인들밖에 모를 일이다.

'붉은 맹세'는 왔던 길을 역행해서 다시 동굴의 종점 부분으로 돌아왔다.

돌아오는 길은 갈 때와 반대로 계단을 올라야 해서 체력적으로 더 힘들었지만, 허리와 무릎은 훨씬 나았다. 중간중간 쉬기만 하면 대수롭지 않다. 이래 봬도 일단은 C등급 헌터가 아닌가.

입구의 바위벽도 원래대로 돌아왔고, 마족들은 발견하지 못하리라는 것을 확인한 후, 마일은 길모퉁이까지 돌아갔을 때 약효가 사라지는 마법을 썼다.

처음부터 잠들어 있었기 때문에 그대로 내버려둬서 자연스레 약효가 사라지기를 기다려도 됐지만, 만일 우연히 마수나 야수가 침입했을 경우 약효가 남아 있으면 전멸해버릴 수 있다. 괜한 위험은 피하고 싶은 마일이었다.

그래서 동굴 입구를 나간 후에 파수꾼의 약효를 풀어주고, 자신들의 모습이 완전히 보이지 않는 장소에서 정신이 들게 하는 마법을 썼다.

파수꾼이 계속 잠들어 있으면 역시 곤란하다고 생각했던 것이다.

아침이 될 때까지 눈을 붙이기 위해 야영 장소로 돌아온 '붉은 맹세'의 네 멤버.

"아마 입구도 바위로 막혀 있어서 통로가 쓰이지 않게 되어 그대로 방치되었다고 생각해요. 그러다가 어떤 힘에 의해 입구를 막고 있던 바위가 움직이면서 다시 틈새가 생긴 거겠죠. 앞으로도 계속 방치될지, 아니면 스카벤저가 입구가 열렸다는 걸 알아차리고 다시 출입구로 쓰게 될지……. 뭐, 그것 말고도 출입구는 여러 개 있을 테니, 알고도 그대로 내버려두는지도 모르겠지만요. 그 엘리베이터 같은 것을 수리해준다면 다음에 갈 때는 편할 텐데."

"다음이라니, 너 또 갈 생각이야? 도대체 뭐 하러?"

레나가 꼬집었지만 마일은 생각했던 것이다.

이번에는 완전히 잊고 있었는데, 언젠가 돌려줘야 하지 않을까 하고 말이다.

그렇다, 예전에 쓰러트린 록골렘에게서 회수해 아이템 박스에 넣은, 동체의 중심부에서 꺼낸 그 구체.

마일은 왠지 거기에 골렘의 마음이 깃들어 있다는 느낌을 받았던 것이다.

*　*

"뭐, 만약에 마족이 그곳을 발견한다고 해도 어쩔 수 없겠죠. 우리한테는 간섭할 권리가 전혀 없고, 마물의 소굴을 발견해서 없앴다고 하면 그걸로 끝이에요. 우리라고 할까, 인간 측 입장에서도 딱히 곤란하지 않고. 그리고 아마 그곳의 의미 따위 모를 테니 『텅 빈 아담한 유적에 마물이 정착했을 뿐인, '탈락' 지역』으로 여기고 다음 장소 조사에 나서겠죠."

왕도로 돌아가는 길, 마일은 모두에게 그렇게 말했지만 속으로는 마족이 그 계단과 지하를 발견할 수 없으리라고 생각했다. 그리고 만약 발견한다고 해도 상관없었다. 모두에게 말한 대로니까.

그곳을 그대로 두고 싶다고 생각한 것은 마일의 단순한 감상에 지나지 않는다. 아득히 먼 옛날부터 자신들을 만든 주인님의 명령을 지키며 계속해서 일하고 있는 기계들이⋯⋯, 라니 어딘가에서 들어본 이야기이다.

'⋯⋯나노?'

속으로 살짝 불러봤는데, 웬일로 나노머신의 대답이 없었다.

'어디 갔나⋯⋯.'

그리고 마일은 생각했다.

어쩌면 그밖에도 '살아 있는 유적'이 있지 않을까 하고.

또한, 그 유적들은 좀 더 완전한 형태로 기능을 유지하고 있는데 그것이야말로 고룡들의 목적이 아닐까 하고.

지금은 그저 부디 그 목적이 평화로운 것이기를 바랄 뿐이었다.

✳　✳

왕도로 돌아온 '붉은 맹세'는 곧장 길드 지부에 보고하러 갔다.

"저기, 의뢰 완료 보고는 길드 마스터를 직접 만나서 하고 싶은데요……."

메비스가 그렇게 말하자 접수원 페리시아가 눈을 동그랗게 떴다.

"너, 너희들……."

당신들, 이라고 말해야 하는 부분인데 자기도 모르게 본성이 드러나 말투가 살짝 거칠었다.

"무, 무사히 돌아온 건 다행이지만, 완료한 건가요? 그들의 정체를 확인했어요?"

"하아, 뭐……."

카운터에서 몸을 쑥 내민 페리시아의 무시무시한 기색에 한 걸음 뒤로 물러나는 메비스.

"그래서, 길드마스한테 직접 보고하고 싶다는 거네요. 다른 헌터들이 이야기를 들을 수 있는 여기서 일개 접수원한테 보고하는 게 아니라."

"네, 네에, 뭐……."

페리시아의 눈빛에 약간의 공포를 느끼면서도 요구사항을 굽히지 않는 메비스.

"따라와요. 네셀, 잠깐만 창구 좀 부탁해!"

그리고 다른 사람과 창구를 교대한 페리시아의 안내를 받아, '붉은 맹세'는 길드 마스터의 방으로 향했다.

길드 마스터의 방은 어느 곳이나 그렇듯 2층 구석에 있었다.

우선 마일 일행을 복도에 대기시킨 채 페리시아 혼자 방에 들어가 길드 마스터에게 사정을 설명했고, 그 후에 모두 방으로 들어가자 길드 마스터가 이야기를 재촉했다.

"그럼 보고를 들어볼까?"

이곳 헌터 길드 바노라크 왕국 왕도 지부의 길드 마스터는 내가 바로 은퇴한 전 상급 헌터다, 하고 말하는 듯한 풍채였다. 사십 대 후반 아니면 오십 대 초반인 나이는 마술사라면 모를까 전위 헌터로 현역을 유지하기란 어려우리라. 은퇴 후에 왕도 길드 마스터가 되었다는 것은 몹시 뛰어난 실력의 소유자라는 증거이다. 넉살좋고 대범한 얼굴에 위엄을 드러내려고 기른 것인지 콧수염이 한층 관록을 더했다.

어린 신참 파티의 희망으로 만나는 것이니 붉은 맹세가 낮은 입장이다. 그래서 길드 마스터는 자신의 데스크에 앉아 있는 상태인 반면, '붉은 맹세'는 서서 길드 마스터와 마주했다. 접수원 아가씨 페리시아는 길드 마스터와 조금 거리를 두고, 마찬가지로 서 있었다.

"저는 C등급 헌터, 『붉은 맹세』의 마일이라고 합니다. 이번에 받아들인 의뢰의 결과와 그에 관련된, 아직 이곳에 전달되지 않았으리라고 여겨지는 최신 정보에 대해서 설명해 드리려고 합니다."

그리고 마일은 자세한 보고를 시작했다. 물론 지하와 그곳에 나 있는 계단에 대한 것은 쏙 뺐다.

"……보고는 잘 들었다. 대응에 관한 판단은 왕궁에 맡겨야 하겠지. 뭐, 보고 내용을 보아하니, 왕궁에서 계속 회의가 이어진 후에 대처 방안이 정해져도 그때쯤이면 이미 마족들이 떠난 후일 것 같지만 말이야. 어쨌든 고생 많았어. 의뢰 달성, 평가는 A로 처리해. 아아, 다른 나라에서 온 최신 정보에 대한 보수로 금화 1닢을 추가하도록. 공적 평가 포인트도 말이지."

마지막 말은 접수원 페리시아에게 한 것이다.

이리하여 바노라크 왕국 왕도 지부에서 '붉은 맹세'가 받은 최초의 의뢰 임무는 무사히 완료되었다.

'그나저나 무사히 돌아온 건 좋은데, 설마 마족을 상대로 조사 의뢰를 완전히 수행할 줄이야……. 길드마스한테 설명했던 고룡이랑 수인과의 일도 그렇고, 생각했던 것 이상으로…….'

접수 업무로 돌아온 페리시아는 '붉은 맹세'에 대한 평가를 대폭적으로 수정했다.

『백은의 손톱』한테 미안한 짓을 한 건가……. 뭐, 별일도 아니니까 괜찮겠지.'

페리시아는 가볍게 넘겼지만, '백은의 손톱'의 입장에서는 엄청난 민폐였다.

녹초가 되어 돌아온 '백은의 손톱'은 다른 헌터들과 길드 직원들 앞에서 '약해빠진 겁쟁이', '아직 어린 여자애들을 따라 걷는 것조차 하지 못하는 무능아'라며, 페리시아에게 엄청나게 까이고 매도당했다.

페리시아의 입장에서는 B등급 파티 '백은의 손톱'이 미성년자가 포함된 소녀들의 뒤를 따라가지 못했다는 게 도저히 믿어지지 않아서, 귀찮아서 도중에 발길을 돌려놓고 대충 변명을 둘러댄다고 여겼던 것이다.

성가시다는 이유로 자신의 부탁을 무시했고, 신인 파티가 사지로 가는 걸 뻔히 보고도 그대로 내버려두었다. 그렇게 생각한 페리시아는 그들을 심하게 매도했다.

'백은의 손톱' 멤버들은 제대로 반론하지도 못하고 고개를 푹 숙인 채 숙소로 돌아갔다. 이대로는 원래 예정했던 대로 멀리 나갈 수 있는 상태가 아니었기에 그럴 수밖에 없었다.

그리고 페리시아의 매도가 그냥 트집이 아니라 '전부 진실'이었기 때문에 그들의 충격은 몹시 컸다.

아무리 장비와 짐이 있다고는 하나 어린아이들의 속도를 조금도 따라잡지 못했다. B등급인 자신들이 말이다.

그 후 극심한 충격에 빠져 며칠간 숙소에 틀어박혔던 '백은의 손톱'은 '붉은 맹세'가 무사히 의뢰를 완수하고 돌아왔다는 사실을 듣고, B등급이라고 우쭐했던 자신들이 사실은 아직 한참 멀었음을 깨닫고 뒤늦게 예정했던 곳으로 원정을 떠났다.

그렇게 열심히 분발한 '백은의 손톱'이 A등급 파티가 된 것은 조금 더 뒤의 일이었다.

제48장 필살기

"4인실로 빈방 있나요~?"

'붉은 맹세'가 찾아온 여인숙은 물론 선택의 여지 없이 파릴 짱이 있는 곳 '파릴정', 이 아니라 '여명의 여행'이었다.

○○정이라는 이름을 쓰지 않는 여인숙은 꽤 많지만, 여인숙의 이름이 '여명의 여행'인 건 어째서일까. 새벽녘에 여행한다는 건 여인숙에 묵지 않는다는 이야기가 아닌가. 아니면 새벽 여명이 스며들 무렵에 출발한다는 의미인가. 하지만 그건 너무 이른 시간이니 숙소에 민폐이고, 느긋하게 머물 수 없다면 차라리 여인숙이 아닌 야영을 선택하는 게 더 낫지 않은가.

한 번 생각하기 시작하면 궁금해서 밤에 잠도 자지 못하는 마일이었다.

이 '여명'이 새벽녘을 뜻하는 게 아니라는 사실을 깨닫기에 마일은 아직 인생 경험이 부족했다.

"아!"

마일이 여인숙 이름에 대해 생각하고 있는데 파릴 짱이 안내 카운터에서 달려 나와 마일의 다리에 매달렸다.

'음, 날 따르네, 엄청 따르네!'

헤벌쭉, 하고 칠칠맞은 미소를 흘리는 마일.

"이제 영영 안 오는 줄 알았다고요오⋯⋯."

'우오오, 눈물이 그렁그렁 맺혀서 나를 올려다보고 있어! 쫑긋 쫑긋 움직이는 귀! 못 참아!'

쿵

"그만두지 못해?!"

무심코 쭈그려 앉아 파릴을 안으려는 마일의 정수리에 레나가 꿀밤을 먹였다.

"⋯⋯그래서, 고룡의 중개로 수인들과 사이가 좋아졌어요."

"다행이네요옷~!"

아무리 그래도 따끈따끈한 최신 정보를 누설할 수는 없었기에 이번 이야기가 아니라 이전 이야기를 최대로 편집, 각색, 가필, 수정하고 새로 쓴 단편까지 붙여서 파릴에게 들려주는 마일이었다.

이 이야기도 이곳 왕궁에는 아직 흘러 들어가지 않았을지도 모르지만, 다른 나라에는 이미 돌고 있으니 괜찮으리라. 자신들만 알고 있는 이야기도 아니고. 마일은 그렇게 생각했다.

저녁 식사 후 아직 몇몇 손님이 남아 있는 식당에서 할 일이 없어 놀고 있는 파릴을 테이블로 불러 이야기를 들려준 것인데, 헌터로 보이는 다른 손님들이 살짝 엿듣고는 그저 아이를 즐겁게 해주려고 지어낸 황당무계한 이야기라는 생각에 흐뭇한 미소를 지었다.

그리고 며칠 후, 길드 지부의 정보 보드에 붙은 고지를 보고 아연실색해서 그대로 얼어붙었던 것이다.

마지막 주문이 끝난 주방 안에는 뒷정리와 내일 준비를 시작한 주인이, 원망스러운 눈으로 '붉은 맹세'와 파릴 짱의 즐거워하는 모습을 힐끔힐끔 엿보고 있었다. 그 너머에는 쓸쓸하게 웃는, 부인으로 보이는 여인의 모습이.

'……엥? 남자애들은?'

파릴에게 물어보니, 오빠들과 업무 분담이 확실히 되어 있어서 오빠들은 아침에 주방과 식당 청소, 감자 껍질 벗기기, 채소 씻어 썰어두기 등 '여동생에게 시키고 싶지 않은, 조금 힘든 일'을 맡는 모양이었다. 그리고 파릴은 접수와 계산, 이따금 손님이 돌아간 테이블 뒷정리를 맡았다.

다소 과보호하는 느낌이 들었지만, 유럽계에 가까운 인종과 수인의 피가 섞여 비록 외모는 조금 성숙해 보여도 파릴은 아직 여섯 살이었다. 힘든 일을 시키기에는 너무 어렸다.

그리고 특히 바쁜 조식 시간과 무슨 이유 때문에 특별히 바쁠 때, 이를테면 단체손님이 왔다거나 큰 행사가 있어서 왕도에 사람이 넘쳐날 때 등에는 모두 함께 총력전을 벌인다고 했다.

그래서 지금 오빠들은 자기 방에서 놀고 있거나 내일 아침 일찍 일어나려고 벌써 자고 있거나, 둘 중 하나일 것이었다.

이 세계에서는 열 살이 채 되지 않았어도 밖에서 일하는 아이가 있다. 가업을 돕는 건 당연한 일이었다.

"마일, 부탁이 있어!"

방으로 돌아와 잠시 휴식을 취한 후, 메비스가 진지한 얼굴로 마일에게 말을 걸었다.

"저기, 『비검, 잡어 B로 유성타법』이랑 『대마족검, 진공으로 날아 무릎 베기』를 나한테 전수해줄 수 없을까? 내가 이렇게 부탁할게."

그렇게 말하며 바닥에 꿇어 앉아 머리를 숙이는 메비스.

그렇다, 그것은 예전에 마일이 불미스러운 일을 저질러 모두에게 사죄했을 때 피로했던 '재패니즈 무릎 꿇기'였다.

"이, 이러지 마세요, 메비스 씨!"

마일은 자신이 진심으로 사죄할 때는 무릎 꿇기도 마다하지 않지만, 그걸 다른 누군가가 하는 것, 심지어 자신에게 하는 것을 허용할 수 있는 인간이 아니었다.

……아니, 허용 가능한 인간이고 뭐고 간에, 마일은 애당초 '인간의 범위'에 들어가지 않을지도 모르지만, 그건 차치하기로 한다.

"그, 그럼!"

"우……."

마일도 알고는 있었다. 메비스가 마법조에게 열등감을 느낀다는 사실을.

물론 '엑스트라(EX) 진 신속검'을 쓰면 무쌍이 될 수 있다고는 하나 그걸 쓰려면 큰 제약이 따랐고, 어차피 약에 의존한 힘 따위는 기사로서 자기 능력이라고 자랑할 만한 것도 못 되었다.

게다가 그 '요가 파이어(내가 불꽃의 화신이다)' 역시 약의 힘이었고, 그 후 메비스에게 후유증이 남았다.

그때는 문제가 없었지만 나중에 왕도로 돌아가는 길에 메비스가

"배가 타는 것처럼 뜨거워", "목구멍이, 목구멍이……" 하면서 괴로워하기 시작해, 몹시 당황하며 치유마법을 걸어주었던 것이다.

치유마법의 효과로 겨우 안정을 되찾은 메비스를 쉬게 하려고 이른 시간에 야영에 들어갔고, 모두 잠든 후에 첫 불침번 당번으로 깨어 있던 마일은 나노머신에게 물었다. ……동료의 몸에 관한 일이니 '별로 의지하고 싶지 않다'는 말 따위를 하고 있을 때가 아니었다.

'나노, 메비스 씨의 증상은…….'

『죄송합니다. 방호 장치는 해두었는데 설마 그렇게 연발할 줄은 예상하지 못했는지……. 직접적인 화상은 막을 수 있었지만 마지막 몇 발은 입자선이 살짝 유출된 모양입니다.』

'뭐어어어어어어~~?!'

입자선……. 전자선, 양자선, 중성자선.

마일의 뇌리에 '입자선 장애'라는 단어가 떠올랐다.

'메, 메비스 씨, 괜찮은 거야?!'

얼굴이 창백해진 마일의 고막을 나노머신이 울렸다.

『안심하십시오. 입자선이라고 해서 곧바로 인체에 큰 영향을 미치는 것만 있는 건 아닙니다. 이번에는 유사 마법에 의해 에너지를 생성하는 단계에서 부차적으로 입자선이 발생한 것인데, 아주 조금만 유출됐기 때문에 그 정도로 세포와 DNA를 심각하게 손상시키지는 않습니다.』

'……『그 정도로』?'

『아, 그게 아주 조금이라서……. 그것도 마일 님의 치유마법으로 완전히 회복되었습니다. 저 역시 치유마법으로 메비스 님의 체내에 진입한 나노머신들에게, 특별히 신경 써서 치유하라고 신신당부했으므로……』

'……그렇구나. 고마워…….'

그런데 마법을 쓸 때 입자선이 발생하는 것일까. 그럼 위험한데…….

『예외니까요! 이번에는 예외니까요!! 용종처럼 체내에서 불덩어리를 만드는 존재는 보통 없으니까요! 폐쇄 공간에서 에너지를 발생시키기 위해 차원 연결 시스템을 쓰거나 여러 가지 특수한 조작이 필요했기 때문이니까요! 일반적인 유사 마법이면 그럴 필요가 없고, 용종이라면 강인해서 대처하기도 편하고……』

딱히 나노머신에게 말을 건 게 아니라 그저 마일의 독백 같은 생각이었는데 몹시 당황하며 설명에 나서는 나노머신.

아무래도 마일이 마법에 불신감을 가지는 것이 정말 싫었던 모양이다.

그렇게 해서 마일은 '요가 파이어(내가 불꽃의 화신이다)'의 사용을 금지했다.

모처럼 마술사에 대항할 수 있는 기술을 터득했다고 생각한 메비스는 강하게 반발했지만, 그 기술은 용종 정도 되는 강인한 육체를 가진 존재나 쓸 수 있는 것이라서 쓰게 되면 몸에 이상이 생겨 죽을 위험도 있다는 사실을 알리며 마일이 설득했고, 메비스 스스로도 몸에 이상을 느껴 저항이 점차 약해졌다.

마지막으로 마일이 '인명과 관련된 긴박한 사태, 다른 수단이 없는 경우를 제외하고는 사용 금지. 만약 이것을 어긴다면 앞으로『마이크로스』제공을 일체 중단하겠다'라고 강력하게 경고하자, 마침내 고개를 끄덕이는 메비스였다.

그런 메비스의 앞에 검기 같은 필살기를   늘어놓았으니.

'포기할 수 있을 리가 없나……'

"저, 저야 가르쳐 드려도 괜찮지 않을까, 하고 생각하는데요……"

"저, 정말?! 고마워. 이 은혜는 평생 잊지 않을게! 무리한 부탁을 해서 미안해. 집안 대대로 내려오는 비전일 텐데. 남한테는 절대 말하지 않을게. 그 부분은 염려하지 않아도 돼!"

몹시 기뻐하는 메비스.

"그런데 제가 가르쳐 드려도 과연 메비스 씨가 쓸 수 있을지 어떨지……"

"괜찮아. 배울 거야. 반드시 터득해 보이겠어!"

"하아……"

그것은 마법을 쓴 기술이다.

검을 휘두르는 속도는 그렇다고 쳐도, 상대가 쏜 마법을 검으로 없애버리거나 마력도를 날리는 것은 완전한 마법의 힘이기 때문에, 체외로 마법을 쓸 수 없는 메비스가 터득하기란 불가능하다.

그런 대화를 마친 후 침대로 파고든 마일은 메비스에게 괜히 쓸데없이 단련만 시켜서, 결국 메비스가 도저히 못 배우겠다며 절망과 낙담만 맛보게 되지 않을까 하는 무거운 마음에 기분이 우울해졌다.

'아아, 왜 그렇게 말해버리고 말았을까……. 하지만 그렇게나 필사적인 메비스 씨한테 이유도 설명하지 않고 거절하는 건 도저히 못 하겠단 말이야…….'

『도와드릴까요?』

'우왓!'

돌연 들려온 목소리에 움찔 놀라는 마일.

'갑자기 뭐야?'

『제 동료의 실수로 메비스 님께 큰 피해를 드렸으니 조금이나마 도움을 드리고 싶어서……. 물론 마일 님이 물어보시면 언제든지 알려드렸습니다만…….』

은근히, 좀 더 자신들을 믿으라고 말하는 듯한 느낌이 들었지만, 하나부터 열까지 나노머신에게 의지할 생각은 없는 마일은 그 말을 한 귀로 흘려 넘겼다.

하지만 지금의 고민을 해결해준다면 그 부분은 고맙게 받아들이기로 했다.

그렇다, 늘 말하는 그것이다.

'그건 그거고, 이건 이거다!'

'내가 하면 로맨스, 남이 하면 불륜!'

*   *

한 가지 임무를 마친 뒤여서 그다음 날부터 휴일이었다. 이번에는 진짜 전투도 있었고 수입이 좋았기 때문에 사흘 연속으로 쉴 예정이다. 길드에는 어제 저녁에 얼굴을 막 내민 참이어서, 아침부터 각자 자유행동에 들어가기로 했다.

"메비스 씨, 오늘 저 좀 따라와 주시겠어요?"

여기서 오늘은 메비스와 대화한 그다음 날이다. 진지한 마일의 얼굴에 메비스는 그 용건의 내용을 눈치챘다.

그리고 메비스 역시 진지한 얼굴로 대답했다.

"……기꺼이 따라갈게."

그 대답에 고개를 끄덕이는 마일.

"우리도 갈래."

옆에서 늘 그렇듯 레나가 끼어들었다. 하지만.

"이번에는 사양할게요."

"엥…….""

설마 했던, 마일의 칼 같은 거절.

어리둥절해하는 레나에게 메비스로부터도 거절이 날아들었다.

"마일의 집안에 내려오는 비전을 전수받을 거야. 나한테 전수해주는 것만으로도 마일에게는 집안의 재산을 팔아넘기는 거나 다름없는 행위인데 얼마나 큰 결심이겠어……. 그걸 남들에게 보여주다니, 그야말로 언어도단이야. 아무리 동료라고 해도 그것만은 용납 못 해. 이번만큼은 몰래 따라오는 것도 반드시 자중해주면 좋겠어."

마일뿐 아니라 언제나 남에게 부드럽게 대하는 메비스마저 딱딱한 목소리로 선언했다.

천하의 레나도 도저히 넘을 수 없는 선이 있음을 자각했다.

"아, 알았어, 마음대로 해!"

그렇게 마일과 메비스는 재미없다는 표정의 레나와 어깨를 으쓱거리는 폴린을 두고 숲으로 향했다.

왕도 근처에 있는 숲으로 들어온 마일과 메비스.

과연, 레나와 폴린은 따라오지 않았다.

만약 그런 짓을 했다간 파티의 신뢰 관계가 갈기갈기 찢기고 말리라는 것 정도는 그 두 사람도 잘 알았다.

"그럼, 시작하겠습니다."

"응. 잘 부탁해."

진지한 표정인 마일과 메비스.

"우선 첫 번째로 기술 설명부터 시작할게요. 아시다시피, 저는 검술로는 메비스 씨의 발끝에도 못 미쳐요. 장점이라고는 속도와 완력뿐이죠."

아니 그거야말로 '넘기 힘든 벽'인데, 하고 생각한 메비스였지만 아무 말 없이 계속 귀를 기울였다.

"그래서 그 기술은 말이죠, 딱히 속도와 완력에 의한 게 아니에요. 아니, 물론 날아오는 마법에 명중시키려면 속도는 필요하지만……."

응응, 하고 고개를 끄덕이는 메비스.

"필요한 건 『기』의 힘이에요."

"오오!"

마력, 이라고 말하면 어쩔 방법이 없지만 기력이라면 자신도 쓸 수 있다.

그렇게 생각한 메비스의 눈이 반짝 빛났다.

그리고 어젯밤 나노머신에게 들은 이야기를 각색해서 꾸며낸 마일의 설명이 시작되었다.

"메비스 씨는 체내에 기의 힘을 쓸 수 있지만, 체외에서는 불가능하죠? 『요가 파이어(내가 불꽃의 화신이다)』도 체내에서 형성한 걸 직접 발사하는 거니까. 그래서 검에 기의 힘을 실어 상대의 마력탄을 없애거나 튕겨내고, 기로 된 칼날을 날리기 위해서는 지금 그 상태로는 안 돼요."

"엥……. 그럼 나는, 쓸 수 없다, 는 말……."

메비스는 깜짝 놀랐지만, 마일의 이야기는 아직 끝나지 않았다.

"그래서 기의 힘을 체외로 내보낼 수 있게, 물리적인 대책을 세워야 해요. 우선 메비스 씨의 피와 머리카락을 좀 받을게요."

"뭐라고……? 아니야, 상관없어! 이렇게 된 이상, 악마에게 영혼을 팔아서라도 그 기술을 습득하고 말 테야!"

피와 머리카락을 달라는 말에 메비스가 연상한 것은 '악마'였다. 뭐, 그런 생각이 드는 것도 어쩔 수 없으리라.

메비스에게서 검을 받아 칼집을 뺀 다음 땅에 내려놓는 마일.

"피를."

마일의 말에 메비스는 예비무기인 단검을 뽑아 주저 없이 칼날을 왼팔에 갖다 댔다. 그리고 스윽 그었다.

뚝뚝 떨어지는 피를 땅에 둔 검에 충분히 묻힌 다음, 이번에는 손에 들고 있던 단검 역시 검과 나란히 두고 그쪽에도 피를 묻혔다.

"그 정도면 돼요."

마일이 메비스의 왼팔 상처에 치유마법을 걸자 상처가 깨끗이 사라졌다.

이번에는 마일이 메비스의 머리카락을 잘라 검과 단검에 뿌렸다.

그렇다고 머리카락을 댕강 자른 게 아니라 끄트머리만 살짝 잘랐을 뿐이어서 메비스의 겉모습은 그대로나 마찬가지였다. 그렇게 잘린 아주 짧은 머리카락이 피가 흠뻑 묻은 검에 달라붙었다.

'나노, 부탁해!'

『알겠습니다!』

피와 머리카락이 각각의 검에 흡수되듯 사라지고, 어디까지나 분위기를 연출하기 위해서인 옅은 빛이 휘감은 후 다시 모습을 드러냈다.

이전에 비해 조금 붉은 빛이 감도는 금색을 띤 검신.

메비스의 피와 머리카락을 거두어들인, 메비스의 신체의 연장. 그리고 안테나였다.

마족은 왜 다른 인간형 종족보다 마력이 강할까?

『그건 외부 안테나가 있기 때문입니다.』

나노머신은 마일에게 그렇게 설명했다.

마족에게는 있고, 다른 인간형 종족에게는 없는 것.

그렇다, 바로 '뿔'이었다. 머리뼈에서 직접 생겨 튀어나온 뿔. 그것이 사념파의 효율적인 방사에 기여하고 있었다.

메비스는 외부로 사념파를 방사하는 기능이 완전하지 않았다.

내장 안테나의 상태 불량. 그렇다면 바깥에 있는 외부 안테나를 마련하면 그만이다.

메비스의 피와 머리카락을 흡수한 검신은 메비스의 몸이나 마찬가지이다. 그러니 검에게도 사념파가 흐르는 게 이치에 맞다.

"메비스 씨, 앞에서 설명해드린 대로 이제 이 두 검에는 메비스 씨의 『기』가 흐를 수 있어요. 이제 그 기술을 연마하세요. 그리고 위력을 키워야 할 때는 검을 쥔 손을 적시세요."

"적시라고?"

"네, 검으로 향하는 『기』의 전달을 방해하는 저항은 손바닥과 검의 접촉 부분에서 발생하는 『접촉 저항』이 가장 큰 원인이에요. 그 접촉 부분이 축축해지면 저항이 줄어들어요. 물이든 땀이든 상관없지만, 제일 효과적인 것은……."

"피, 라는 거지?"

"……네."

예상을 빗나가지 않는 마일의 대답에 메비스는 이를 드러내며 웃었다.

그렇다, 아무리 전압이 높아도 저항값이 크면 전류가 많이 흐르지 못한다.

여름철에 감전사고가 많은 이유는 바로 이 때문이다. 땀 때문에 손바닥이 축축하면 접촉 저항이 적어져서 전류가 많이 흐르는 것이다.

그와 마찬가지로 손바닥이 피범벅이거나 피를 매개로 상처가 검과 직접 닿으면 사념파가 검에 흐르기 쉽다. 그리고 사념파가 흐르는 검은 안테나가 되어 주위에 사념파를 방사하고, 주변에 있는 나노머신에 작용한다. 그렇다, 메비스의 체내에 있는 소량

의 나노머신뿐만이 아니라, 체외에 있는 나노머신까지 이용할 수 있게 되는 셈이다.

"하지만 평소에는 늘 하던 대로 쓰세요. 특히 연습 때는……. 쓰기 쉬운 상태로 연습해서는 제대로 단련할 수 없으니까요. 그리고 손을 적셔서 검이 미끄러져서 쑥 빠지지 않도록……."

"마일, 너 검사를 뭐라고 생각하는 거야? 손이 땀이나 피로 젖어 있다고 그때마다 검이 쑥 빠지는 검사가 있으면 되겠어? 그리고 무엇 때문에 복잡한 방식으로 칼자루를 감는다고 생각하는 거야……?"

"아, 그런 거예요?"

"마일……. 마술사랑 겸업이라지만, 너도 일단은 마법 『검사』 아니니……?"

어이없어하는 메비스였다.

그리하여 마일의 '마력'을 '기'라고 단어만 바꾼 지도가 시작되어, 메비스의 특훈이 이어졌다.

첫날이 끝나고 해가 저문 후에야 숙소로 돌아온 메비스는 몸은 녹초가 되었지만 눈빛만은 반짝반짝 빛났다.

"오늘의『파릴 짱과 놀기』는 메비스 씨부터 하게 해주세요……."

마일의 그 부탁에 레나와 폴린이 고개를 끄덕였다.

지금의 메비스는 '힐링'이 필요하다. 모두가 그렇게 생각했던 것이다.

이틀째. 숙소로 돌아온 메비스는 원래 호리호리한 몸매였는데 점점 더 스마트하게, 아니, 점점 홀쭉하게 야위어가고 있었다.

그리고 몸은 휘청거리면서도 반짝이는 눈동자.

"잠깐만 마일, 괜찮은 거 맞지? 내일은 훈련하지 말고 쉬는 편이 낫지 않아?"

"나, 나도, 그렇게 생각해……."

레나와 폴린이 그렇게 말했지만.

"저한테 말해봐야 소용없을 거예요, 아마도……."

"……내일도 갈 거야. 마일이 안 가면 나 혼자서라도 가. 조금, 조금만 더 하면 된다고……."

침대에 쓰러져 그대로 의식을 잃은 게 아닌가 생각했던 메비스가 끙끙 앓는 목소리로 그렇게 말했다.

"들으신 대로예요. 혼자 보내면 말릴 사람도 없으니 무슨 무모한 행동을 할지……."

그런 소리를 들으니 막을 수도 없었다.

레나와 폴린은 마일을 믿고 맡기기로 했다.

그리고 마일은 고민에 빠졌다.

메비스는 이제 곧 그 기술을 터득하게 되리라.

그리고 그때.

'기술명을 뭐라고 짓는담…….'

*　　*

『진공 베기』, 『마인(魔刃) 베기』, 『마인이 절도(일본어로 발음하면 '마

113

징가제트')』. 아아아, 좋은 이름이 안 떠올라…….'

메비스의 훈련을 지켜보며 고뇌하는 마일. 이는 일회성이 아니라 앞으로 계속 메비스가 남들 앞에서 밝힐 기술명이기에 너무 웃기려고 하는 이름이어서는 안 되었다.

바로 그때.

슈웅!

메비스가 휘두른 검에서 반투명에 모양이 일그러진 것이 떨어지더니 몇 미터 앞에 있는 관목에 부딪혔다.

"아……."

입을 쩍 벌리고 멍한 표정으로 선 메비스.

"축하해요. 『윈드 엣지』를 터득하셨습니다! 이제 남은 건 혼자 계속 연습해서 속도와 위력, 그리고 응용기술을 연마하는 것뿐이에요."

"우, 우아. 우아아아아앙……."

땅에 무릎을 꿇고 눈물을 펑펑 쏟는 메비스.

"기뻐하기는 아직 일러요, 메비스 씨. 다음 차례는 검에 기의 힘을 모아두었다가 적의 마력탄을 없애거나 튕겨내는, 파마검류 오의(破魔劍流奧義, 만화 『허리케인 폴리마』에 나오는 파이권(破裏拳)의 패러디), 『항마검』이에요. 이걸 터득하지 않으면 마술사를 상대로 대등하게 싸울 수 없어요!"

"아, 아아! 익힐게. 당연히, 익히고말고!"

눈물을 줄줄 흘리면서도 메비스는 활짝 웃었고 눈동자가 반짝거렸다.

그리고 마일은 생각했다.

'다, 다행이야! 아슬아슬하게 좋은 명칭이 떠올라서, 정말 다행이야앗!'

윈드 엣지라는 이름으로 정한 건 그 이름을 들은 사람이 단순한 바람마법이라고 생각하게 하기 위해서였다. 일일이 '기에 의한 기술로' 하고 설명하는 것은 귀찮고, 마법을 쓸 수 없는 자도 가능한 기술이라고 생각하게 된다면 일이 커진다.

만약 그렇게 되면 전 세계에 있는 마법을 못 쓰는 검사가 애걸복걸 가르쳐달라고 앞다투어 메비스를 찾아올 게 뻔하다.

*　　*

그리고 그날 밤.

밤2의 종(21시)이 지난 '붉은 맹세'의 방에서는.

"음, 괘념치 말고 좀 더 가까이 오너라."

메비스가 파릴 쨩을 독점했다.

"뭐야, 마일! 어째서 메비스가 저렇게 자신감 넘치고, 심지어 엄청 대단한 사람인 척하는 거야?!"

"아하하……."

계속 고생했으니까 이런 날 정도는 조금 우쭐하게 굴어도 좋지 않을까.

그렇게 생각한 마일이었다.

'메비스 씨의 검에 있는 나노머신 씨?'

『넵!』

『네!』

모두 깊은 잠에 빠진 후 마일이 사념파로 메비스의 주 무기인 쇼트 소드와 예비 무기인 단검을 관리하는 나노머신에게 말을 걸자, 각각의 대표가 대답했다.

'여러 가지로 잘 부탁드립니다. 그리고 만약 검이 수명을 다하게 되거나 화산의 화구에 떨어뜨리거나 도둑맞아서 메비스 씨에게 돌아올 가능성이 희박해졌을 경우에는 곧바로 전속 해제하고 검을 사용 불능으로 만든 뒤 이탈, 메비스 씨의 다음 검으로 이동해주실 수 있을까요? 그렇게 해서 다시 외부 안테나로…….'

『잘 알겠습니다. 메비스 님의 평생을 함께하는 일은 저희에게 찰나일 뿐. 저희도 그 기간을 실컷 즐길 것이니 부디 염려치 마십시오……』

『맡겨만 주십시오!』

양쪽 검 대표가 흔쾌히 승낙하자 한 시름 더는 마일이었다.

이번 비전은 '마이크로스' 없이 메비스가 가진 '기'의 힘만으로 행사할 수 있다. 검이 안테나가 되어 사념파를 방사하므로 체외의 나노머신도 이용 가능하기 때문이다. 물론 방사력이 약해 검을 이용한 두 개의 비전 말고 다른 마법은 제대로 쓸 수 없지만.

하지만 그것도 지금의 검을 잃어버리면 쓸 수 없게 된다는 점에서 '검의 힘에 의존한 것'이 되어 버리고, 검을 잃어버린 메비스가 갑자기 힘이 약해지면 목숨이 위험해질 수 있다.

그래서 조금 억지라고 할까, 치사한 방법이라고 할까, 반칙 같은 느낌은 들지만 '메비스의 애검은 대가 바뀌어도 계속 필살기를 쓸 수 있도록' 손 써두었던 것이다.

아마 그때가 오면 메비스의 피가 검신에 미치도록 잘 조작해줄 것이다. 그 부분은 나노머신을 신뢰하는 마일이었다.

그리고 메비스가 정신적으로는 고양되어 있었지만, 육체적 피로가 몹시 심했기 때문에 결국 '붉은 맹세'는 휴일을 사흘 더 연장하기로 했다.

제49장 남작가(家)

"괜찮아요? 메비스 씨⋯⋯."

"으응, 별거 아니야."

별거 아니야, 라는 건 아직 영향이 남아 있다는 말이다.

그 사흘간의 특훈이 끝난 후 메비스는 몸져누웠다. 극심한 근육통 때문에.

노인도 아니니 통증이 사흘 늦게 찾아왔다고 생각하기는 힘들다. 아마 특훈을 시작한 다음 날부터 아팠을 테지만, 정신력으로 버텼으리라.

그런데 목적을 달성하자 긴장이 풀려 통증이 한꺼번에 찾아온 것이다.

비전을 터득한 다음 날, 메비스는 침대에서 일어나지 못했다.

그렇다고 치유마법을 쓸 수는 없었다.

근육통은 자연스럽게 낫기를 기다려야 한다. 마일이 그렇게 주장했기 때문이다.

격한 운동으로 손상된 근섬유가 회복되면 더욱 강한 근육이 된다. 그 과정에서 발생하는 것이 근육통인데, 치유마법을 써서 '원래 상태로 되돌리는' 것은 모처럼 단련해놓고 성과를 무로 되돌리는 일이나 마찬가지이다.

게다가 피곤하면 회복마법, 근육통이 생기면 치유마법, 이런 식으로 계속해서 쓰는 게 인간으로서 과연 어떠한가, 하고 마일은 생각했던 것이다.

이리하여 사흘간 메비스의 안정 생활이 결정되었다.

그리고 사흘 후.

휴식을 연장하자고 말하는 세 사람에게, '나 때문에 더 이상 모두한테 피해를 줄 수는 없다'며 메비스가 강하게 나와서 오늘은 반강제로 길드 지부에 가게 되었다.

다만, 이른 아침이 아니라 조금 늦은 시간대였다.

아무리 그래도 메비스 역시 아직은 아침 제일 첫 시간의 '비교적 좋은 의뢰 쟁탈전'이 벌어지는 시끌벅적한 곳으로 뛰어들 기력은 없는 모양이어서, 모두의 의견에 반론하지 않았다.

"저건 뭘까요?"

폴린의 말에 모두 그 시선의 끝을 따라가니, 어느 상점 앞에 사람들이 모여 있었다.

이 근방은 개인 손님을 위한 상점, 즉 소매 위주의 소규모 상점이 집중된 구역이다. 군중이 모인 곳도 그런 개인 상점 중 하나였는데, 보아하니 약종상(藥種店) 같았다.

약종상.

쉽게 말해 약방이다.

이 세계에는 치유마법이 있지만 물론 늘 가까이에 치유마술사가 있는 것은 아니다. 원래 실용 수준의 마술사가 적은 데다가 단순히 물이나 불꽃을 만들어낼 뿐인 마법과 달리 치유마법은 어려웠다. 그렇다, 공격마법처럼 말이다…….

공격마법이 '복수의 과정을 동시에 상상해야 하는' 어려움이 있는 반면, 치유마법은 '치유라는, 과정을 잘 알 수 없는 현상을 구체적으로 상상해야 하는' 어려움이 있었는데, 그 어려움의 방향성은 달라도 둘 다 고등기술인 것은 분명했다.

마일에게서 인체 구조와 세포 분열, 신경과 혈관 등에 대해 배운 '원더 쓰리'와 '붉은 맹세' 멤버들은 부상 회복 과정을 구체적으로 이미지(무의식중에 나노머신에게 지시)하는 것이 가능했기 때문에 압도적으로 효율이 높았지만, 단순히 "나아라!" 하고 생각하는 것이 고작인 일반 마술사들은 뼈가 부러진 상태에서 고정하거나 상처가 벌어진 부분을 도로 붙일 뿐이어서 신경과 혈관, 힘줄 등은 여전히 끊어져 있을 때가 많았다.

또 부상이 아니라 질병의 경우 경솔하게 회복 주문을 외웠다가, 질병의 원인까지 활성화되어 단숨에 악화되는 일도 흔하게 일어났다. 그래서 질병은 '밀쳐야 본전'인 경우를 제외하고는 치유마법을 별로 사용하지 않았다.

또, 마법으로 병을 치유하면 설령 나았다고 해도 저항력(항체)이 생기지 못해, 조금 남아 있던 병원균 때문에 다시 재발하는 경우가 많았다. 치유마법도 결코 만능이 아닌 셈이다. ……상당한 의학 지식을 지닌 마일이 행사하는 경우를 제외하고 말이다.

마일 역시 '붉은 맹세'에게 질병 치유에 관해서는 가르쳐주지 않았다. 기껏해야 '여인숙에 돌아온 후에는 손부터 씻기', '떨어진 음식은 주워 먹지 않기' 같은, 기본적인 위생관념에 대해서 시끄럽게 지도하는 수준이었다.

질병이라면 시간적 여유가 있으니까 마일이 직접 대처하면 되고, 반대로 경솔한 행동을 해서 치명적인 결과를 초래하는 쪽이 더 무서웠던 것이다.

그 위험성은 상당히 높았다. 마일은 그렇게 판단했고, 그 판단은 정확하리라. 예컨대 암세포를 치유하기 위해 세포 증식 촉진 마법을 건다면 차마 눈 뜨고 볼 수 없는 일이 벌어지지 않겠는가.

게다가 중간 규모 이상의 상단을 제외하고, 여행자가 늘 치유 마술사를 동행시키는 게 가능할 리도 없었고, 만성 질환을 앓거나 컨디션이 나쁜 사람도 있었다.

그런 이유로 치유마법이 있는 이 세계에도 의사와 약방은 건재했다.

그리고 약을 짓는 약사가 아니라 그 소재나 생약을 취급하고 판매하는 것이 약재 도매상, 약종상이었다.

지금 사람들이 모여 있는 곳은 그 약종상 중 하나였다.

흥미로운 일에는 참견하고 보는 것이 '붉은 맹세'의 방침이다.

또, 메비스가 강경하게 주장해서 의뢰를 받으러 길드로 향하고는 있었지만, 다른 세 사람은 메비스가 조금 더 쉬어야 한다고 생각했기에 이는 그야말로 절묘한 타이밍이었다.

메비스가 눈치채지 못하게 재빨리 눈빛으로 신호를 주고받는 세 사람.

"잠시만 사정을 물어볼까요?!"

그리고 폴린이 어색하게 제안했던 것이다.

"실례합니다. 무슨 일로 이렇게 시끄러운 거죠?"

가슴 크고 귀여운 소녀가 말을 걸었으니 기분이 썩 나쁘지 않으리라. 폴린이 묻자 17~18살 정도 되어 보이는 청년이 기뻐하며 설명해주었다.

"아아, 저기 있는 세 사람 말이지. 여기 점주랑 대규모 상회의 상회주, 그리고 남작가(家)의 집사 같은데 말이야. 듣자 하니 남작가의 영애가 병인가 뭔가에 걸려서 여기에 생약이 들어오길 기다렸다가 사러 왔는데, 상회주가 중간에서 그걸 가로챈 모양이야."

청년은 말다툼을 벌이고 있는 세 남자를 손가락으로 가리키며 그렇게 알려주었다.

""""엥.......""""

그건 아니지.

네 사람 모두 그렇게 생각했다.

애초에 점주가 '예약된 물건이어서' 하고, 딱 잘라 거절하면 끝날 일이다.

폴린이 청년에게 그렇게 말하자.

"그건 그렇지만. 일개 작은 상점주는 규모가 큰 상회의 뜻을 웬만하면 거스를 수 없어. 상업 길드의 파벌, 권력같이 여러 가지가 얽혀 있어서 어려운 이야기거든."

"하지만 상대가 일반 서민이면 또 모를까, 귀족님을 모시는 사람이잖아요! 귀족님의 뜻을 거슬러도 돼요?"

폴린의 질문에 청년이 어깨를 움츠렸다.

"귀족님, 이라고 해도 가난한 남작가라면 큰 상회보다 힘이 약할 수도 있어. 지방 영지라면 모르지만 아무리 귀족이라도 왕도에서 평민을 단칼에 목을 벨 수도 없는 노릇이고. 심지어 상대가 거상이라면 이익을 노린 의도적인 살인으로 간주되어 그냥 끝나지 않을걸? 또 저 사람은 귀족님 본인이 아니라 집사에 불과하니까. 아무래도 입장이 약하지."

"…………."

폴린은 청년에게 감사 인사를 한 후 마일 일행에게로 몸을 돌렸다. 그녀의 얼굴에 불쾌한 빛이 드리워져 있었다.

"'아앗, 왔다 왔어…….'"

마일 일행은 폴린의 그 표정을 몇 번인가 봤었다. 그렇다, 그것은 마일의 무표정과 똑같다.

아무래도 폴린이 가진 '상인의 긍지'에 걸린 모양이었는데, 폴린도 꽤 악랄한 행동을 하는 편이어서 지금은 그 판단기준이 명확하게 잡히지 않았다. 또 '상인으로서'라고 했지만, 폴린은 상인의 딸이지 딱히 자신이 상인인 것은 아니니까 말이다.

하지만 그렇게 따지면 마일의 판단기준도 잘 모르겠고 메비스역시 기사의 입장에서 가치판단을 내리고 있지만 지금 딱히 기사인 건 아니다.

……다루어서는 안 되는 화제. 다들 그 부분에 대해서는 절대언급하려고 하지 않았다.

"그러니까 그건 우리 남작가에서, 아픈 아가씨를 위해!"

"하지만 계약서를 주고받은 것도, 미리 선금을 내서 계산이 끝난 것도 아니잖습니까? 그러니 더 비싼 값을 쳐주는 쪽에 파는 것이 상인으로서 옳은 선택지 아닙니까? 그렇지요? 점주님?"

그렇게 물어도, 정직하지만 심약한 점주는 유력 상인을 적으로 돌릴 용기도, 귀족가의 신뢰를 일방적으로 저버릴 담력도 없었다. 그래서 내뱉은 말은 이것뿐이었다.

"그, 그건, 두 분이 정해주시면……."

그렇다, 벌써 몇 번이나 한 점주의 이 대답이 교착 상태를 만들어낸 원흉이었다.

폴린은 다른 세 사람을 힐끔 쳐다보고는, 모두 고개를 끄덕이는 것을 확인한 후 세 남자의 대화에 끼어들었다.

"잠깐 제가 한 말씀 드려도 될까요?"

원래라면 상회주 두 사람이 "제삼자는 빠져!" 하고 말할 법도 하지만, 이야기가 교착 상태에 빠졌기 때문인지 상회주가 자신의 우세를 확신해서 여유가 있었던 건지, 그것도 아니면 미소녀 사인조가 끼어들어 흥미가 일어서인지, 어쨌든 뜻밖의 대답을 했다.

"네, 좋습니다. 무슨 말씀을?"

강제로 끼어들 작정이었던 폴린은 살짝 김빠지는 기분이었지만 좋다고 말했으니 차라리 잘됐다며 질문을 던졌다.

"저기, 집사님이 물건을 원하시는 이유는 아가씨의 병 때문이니까 당연히 잘 알겠는데, 상회주 씨가 물건을 원하시는 이유는 뭔가요? 마찬가지로 어디 아프신 분이라도?"

폴린이 묻자 상회주가 웃으며 대답했다.

"아닙니다, 아니에요. 그게 아니라 저는 상인이니까 상품 가치가 있는 물건을 매입하려는 것입니다. 단지 그것뿐이에요."

"""""뭐라고요?"""""

폴린과 '붉은 맹세'의 다른 멤버들뿐 아니라 집사, 점주, 그리고 구경하려고 모여 있던 사람들도 모두 놀라움과 당혹스러운 목소리를 흘렸다.

다들 상회주도 어떤 사정이 있어서 그 생약이 간절했기 때문에 이렇게 강제적인 수단을 써서 억지로 밀어붙인다고 생각했던 것이다.

그런데 단순히 돈벌이를 위해서라고?

아픈 귀족 아가씨를 위한 생약을 가로채려는 이유가 고작?

심지어 그 사실을 숨기려고도 하지 않고 태연자약하게 공언했다. ……상식이 의심스러운 행위였다.

"……그거, 그렇게 비싼 건가요?"

폴린은 이번에는 점주에게 물었다.

"아, 아닙니다. 구하기 쉽지 않아서 물건이 적긴 하지만, 그렇게 잘 팔리는 약재도 아니고 생약은 대부분 가공하지 않은, 채취한 그대로인 상태니까 엄청난 가격은……. 이것 전부가 6일분인데 금화로 5닢 정도입니다만."

효과가 있는지 없는지도 모르는 생약에 금화 5닢, 일본 엔으로 환산하면 약 50만 엔에 상당하는 가격. 하지만 그 정도는 서민에게는 결코 싼 값이 아니라도 귀족과 돈 많은 상인에게는 별로 대수롭지 않은 가격이었다.

"그 정도인데 귀족가에 싸움을 거는 짓을? 게다가 뻔뻔하게 그 사실을 공언하면 상회의 평판이 떨어질 텐데요. 왜 굳이 그런 행동을……."

폴린의 의문에 상회주가 태연하게 대답했다.

"아니, 저희는 대규모 거래와 도매 전문이어서 귀족님을 제외하면 소매는 취급하지 않으니까요. 평민들의 평판 따위는 아무 상관도 없답니다. 그리고 저 점주님이 말씀하시는 금화 5닢이라는 건 일반적일 때의 이야기지요. 꼭 가지고 싶어 하는 존재가 있으면 그 물건은 부르는 게 값입니다. 나중에 이 남작가에게『꼭 구해야 하는, 지금부터 준비해도 언제가 돼야 입수할 수 있을지도 모르는 약』을 10배의 값에 다시 팔아도 되고, 남작가와 대립하는 다른 귀족가에 더 높은 값을 받고 파는 것도 가능하니까요. 그 대립하는 귀족 측에서 사들인 약을 어떤 식으로 이용할지는 제 알 바 아니고요."

그 말을 듣고 얼굴이 창백해지는 남작가의 집사.

"과, 과연……. 하지만, 그건 상인으로서는……."

"도리에 어긋납니까?"

폴린의 말을 자르고 선수 치는 상회주.

"그럼 경매는요? 물건의 가치와 매입가격 따위 상관없이 꼭 가지고 싶어 하는 사람에게 돈을 최대한으로 빼내는 수법인데, 그걸 비난하는 사람은 없지 않습니까?"

"윽……."

그 말에 말문이 막힌 폴린.

레나가 마일의 등을 쿡쿡 찌르며 '도와줘' 하고 신호를 넣었지만, 아무리 마일이라도 돌려줄 말이 떠오르지 않는 순간은 있기 마련이다.

마일이 으음, 으음, 하고 반론을 고민하는 사이에 상회주가 어떤 제안을 해왔다.

"이렇게 계속 있어 봐야 서로 양보할 수 없는 사람들끼리는 해결이 안 나죠. 어떻습니까, 때마침 『경매』라는 단어가 나오기도 했으니 지금 이곳에서 경매를 해서 이긴 사람이 사는 것은 어떨까요? 그렇게 하면 점주님도 돈을 벌 수 있고, 불만이 없지 않을까요? 물론 돈은 지금 이 자리에서 전액 지불하기로 정하고, 후불은 없는 겁니다."

그렇게 말하며 상회주는 품에서 돈주머니를 꺼냈다.

'저 주머니가 두둑한 정도를 봤을 때, 안에 금화만 들어있다고 해도 그리 큰 금액은 아니야. 생약을 사는 대금으로 준비한 금액과 언제 필요할지 모르는 예기치 못한 사태에 대비해 늘 지니고 있는 비상금, 그리고 개인적인 돈까지 합하면, 아무리 봐도 저 주머니 속에 든 금액을 밑돌 리는 절대 없어……'

귀족가의 집사는 날카로운 눈빛으로 그 주머니를 뚫어지게 쳐다보며 그렇게 판단했다.

"괜찮겠지요. 그렇게 결정하는 데 동의하오!"

((아차차~……))

이마에 손을 얹는 폴린, 어깨를 움츠리는 마일.

레나와 메비스는 전혀 눈치채지 못했지만 폴린과 마일은 물론 꿰뚫어 보고 있었다. 이 상인이 이런 상황에서 승산도 없는 승부를 걸 리 없다는 사실을 말이다. 또 그 수법도 왠지 알 것 같았다.

그리고 주위의 많은 관중들, 특히 상인으로 보이는 자들은 대부분 마찬가지로 어깨를 움츠리거나 쓴웃음 짓거나 불쌍하다는 표정으로 집사를 바라보았는데…….

"점주님도 동의하시나요?"

상회주가 묻자 점주가 고개를 끄덕였다.

그렇다면 상업 길드에 큰 영향력을 가진 상회주로부터도 귀족가로부터도 원망을 사지 않을 테고 판매가격이 대폭으로 뛸 것이다. 그러니 불만 따위 전혀 없었다.

"그럼 시작해볼까요. 우선 말을 꺼낸 저부터. 금화 5닢입니다."

그렇게 말하며 돈주머니에서 금화 다섯 닢을 꺼내 가게 앞 판매대 위에 올리는 상회주.

"금화 7닢!"

이어서, 꺼낸 돈주머니에 손을 넣어 금화를 꺼내는 집사.

이런 건 야금야금 값을 올리는 것보다 대담하게 확 올려야 상대가 빨리 나가떨어진다.

"금화 8닢."

고작 금화 한 닢을 더 쌓을 뿐인 상회주에 비해, 집사는 과감하게 올렸다.

"금화 10닢!"

그리고 값은 점점 올라가 마침내 금화 25닢을 돌파했다.

하지만 집사의 얼굴에 초조한 기색은 없었다.

'저 돈주머니가 불룩한 모양을 봤을 때 금화는 많아 봐야 30닢을 넘기지 못할 거야. 아마 27닢 내지는 28닢? 슬슬 떨어질 때가 되었어. 반면에 나는 생약 입하량이 많을 경우에 대비해서 주인님으로부터 금화를 20닢 받았고, 또 혹시 모를 사태에 대비해 늘 맡겨놓으시는 10닢, 또 내 개인적인 돈이 금화 3닢이랑 소금화 5닢 조금 안 되지. 상대는 슬슬 금화가 바닥났을 게야…….'

상회주 때문에 지출이 생각지 못하게 커졌지만, 금화 20닢이나 30닢은 아무리 하급 귀족이라도 남작가의 입장에서는 그리 큰 금액이 아니었다.

"그럼, 금화 27닢……, 어라?"

상회주가 또 금화 2닢을 올렸지만, 주머니에서 나온 것은 금화 1닢뿐이었다. 아무래도 금화가 바닥난 모양이었다.

'……이겼다!'

집사가 그렇게 생각했을 때.

"으음, 한 닢 더, 돈주머니를 소매치기 당했을 경우에 대비해서 따로 둔 게 있었던 것 같은데……."

그렇게 말한 상회주가 품속을 뒤적거렸다.

'한 닢이나 두 닢 더 있어 봐야 내 승리는 달라지지 않아.'

집사는 그렇게 생각하고 마음이 놓여 볼을 실룩거렸다. 하지만…….

"오오, 여기 있다, 있어! 자, 이렇게 해서 금화 27닢입니다!"

상회주는 동전 한 닢을 꺼내고, 판매대에 쌓여 있던 금화로 된

산에서 9닢을 도로 주머니에 넣었다.

"""""헉…………."""""

집사도, '붉은 맹세' 멤버들도, 그리고 관중들도 눈을 크게 떴다.

판매대 위에 놓인 한 닢의 동전. 그것은 오리하르콘화였다.

이 세계에서는 백금, 그러니까 플라티나는 거의 가치가 없었다.

은과 비슷하지만 은보다 녹는점이 높은 백금은 은용 가공 설비로는 녹일 수 없어서, '가짜은'이라며 쓰레기 취급을 받고 있었다.

대신 진귀하게 여기는 것은 성은(聖銀)이라고 불리는 미스릴, 그리고 오리하르콘이었다.

희소한 금속인 그것들로 만들어진 무기는 미스릴제라면 모를까 오리하르콘제는 일반인이 도저히 구할 수 없었다. 지구로 예를 들면 플라티나로 만든 검에 해당하니 당연했다.

그래서 오리하르콘으로 만들어진 동전, 오리하르콘화의 가치는 금화 10닢에 상당했다.

오리하르콘화는 일반적으로 거래에 쓰이지 않아 가지고 다니는 자가 없을…… 터였는데.

"왜 그러십니까? 금화 27닢이라니까요?"

히죽 웃는 상점주.

"이, 이거였나요……."

폴린이 신음했다.

상회주가 놓은 덫의 정체가 마침내 드러났다.

하지만 그것은 비난받아 마땅할 비겁한 방법이 아니었다. 상인이나 여행자 등이 만일의 사태에 대비해 비상금을 숨겨두는 것은 지극히 평범한 일이다. 집사의 수읽기가 너무 안이했다. 단지 그 것뿐이다.

집사의 얼굴이 경악과 낭패, 그리고 괴로움으로 일그러졌다.

이번 패배가 좋은 경험이 되었다, 로 끝나고 마는 것이라면 그래도 괜찮다.

하지만 이번에는 주인 아가씨의 목숨과 관련된 일이었다.

또 그것을 미끼로 삼아 남작가에 얼토당토않은 시비를 걸 가능성도 있었다.

실패와 패배가 절대 허락되지 않는 승부. 그런데 지고 말았다.

이제 집사의 얼굴은 절망으로 가득했다.

"왜 그러십니까? 포기하시는 건가요?"

"우……, 아…….'

얼굴이 창백해지면서 식은땀을 뚝뚝 흘리는 집사.

"저 집사 아저씨, 이대로라면 책임감을 느껴서 자기 배를 가를지도 모르겠어요……."

이곳에도 '할복'이라는 풍습이 있는지는 모르겠지만 마일이 그렇게 중얼거렸다.

레나 일행은 마일에게 들은 '고용주가 왕궁에서 살인미수를 저지르는 바람에 직업을 잃은 사람들이 도리어 원한을 품고 피해자 집에 쳐들어가 참혹하게 살해한 이야기'를 통해 할복에 대한 설명을 들었다.

레나 일행이 문득 알아차렸을 때는 폴린의 눈이 번뜩이고 볼이 경직되어 있었다.

"……갈 거예요?"

그리고 마일의 질문에 고개를 끄덕였다.

"잠깐 제가 한 말씀 드려도 될까요?"

폴린이 다시 한번 끼어들자 이미 승리가 확정된 상회주는 너그럽게 받아들였다.

"좋습니다. 조금 전 아가씨의 말씀이 힌트가 되어 경매를 떠올린 덕분에 문제가 해결되었으니까요. 자, 이번에는 또 무슨?"

"아, 조금만 기다려주시면 그걸로 충분해요. 마일 짱, 소리 차단을 부탁해!"

"네~엣!"

"엥? 그건……."

상회주의 승낙을 얻자 폴린은 마일에게 부탁해서 소리 차단 결계를 쳤다. 이제 폴린과 집사, 상회주는 각자 다른 결계 속에 있어서 서로의 목소리가 들리지 않게 되었다.

상회주에게도 결계를 친 것은 폴린이 집사와 이야기하고 있는 사이에 상회주가 불평하거나 멋대로 이야기를 진행하지 않게 하려는 마일의 판단 때문이었다. 폴린은 집사와 몰래 대화만 나눌 수 있으면 그걸로 충분했지만.

모두의 눈에는 입만 뻐끔거리는 상회주, 그리고 뭔가를 속닥이는 폴린과 집사의 모습이 보일 뿐이었다.

집사의 눈이 점점 커지는 것이, 몹시 놀라는 눈치였다.

그리고 폴린에게 허리를 숙였는데, 인사라기보다 군대에서 군모를 쓰지 않을 때 하는 경례와 비슷한 동작이었다. 상체를 깊이

숙인 그 각도는 45도에 가까웠다.

일본 자위대의 경우 군모를 쓰지 않았을 때 경례는 일반적으로 10도이고, 45도로 경례해야 하는 상대는 천황이나 순직한 대원의 관 정도밖에 없다고 들었다. 폴린이 그만큼의 경의를 표할 만한 상대이기라도 한 것일까?

그때 폴린이 마일을 향해 손목을 꺾어 보였다. 소리 차단 결계를 해제하라는 신호였다.

그 모습을 본 마일은 즉시 결계를 해제했다.

"뭐, 뭐였습니까, 방금 그건⋯⋯."

소리 차단 결계 따위 본 적도 들은 적도 없는 상회주가 이상하다는 듯 물었지만 폴린은 그냥 무시했다. 상회주가 마음을 바꾸어 폴린의 개입을 거부하기 전에, 빨리 상황을 진행해야 하기 때문이다.

"여러분!"

폴린은 주위를 에워싼 군중들에게 크게 소리쳤다.

"여러분, 지금 상황은 잘 알고 계시죠? 그래서 여기 이 집사님이 주인 오라 남작가의 명 아래 여러분께 융자를 좀 받으려고 합니다!"

"""""""허어어어어억?!"""""""

그 말이 이해되지 않아 혼란스러워하며 목소리를 높이는 군중들.

"그러니까, 지금 이 자리에서 돈을 빌려주십사 하는 거예요. 곧바로 저택에서 돈을 가져와 이자로 같은 금액을 더 얹어서 돌려

드리겠습니다. 그러니까 순식간에 돈이 두 배로 불어나는 거죠!"

"""""오오오오오!"""""

폴린의 말은 계속해서 이어졌다.

"그리고, 그리고! 여러분의 도움으로 약을 구하게 되어 아가씨가 회복되신다면! 무려! 융자해주신 분들 전원을 아가씨의 쾌차 축하 파티에 초대할 것입니다! 은인 자격으로 귀족가의 파티에 초대받는 것도 모자라 아가씨로부터 감사의 악수를 받는, 우리 평민들에게는 꿈과 같은 기회가! 평생 수없이 회자될 이 영예! 우선 금화 10닢 분까지 받도록 하겠습니다, 빠른 사람이 임자예요! 자, 여러분, 이 오라 가문에 아주 조금만, 현금을 나누어 주세요!"

"""""**와아아아아아!**"""""

쇄도하는 인파.

예상보다 큰 반향에 폴린의 표정이 굳어졌다.

레나와 메비스가 허둥지둥 폴린에게 달려가, 폴린이 사람들에게 파묻히지 않도록 막아 주었다.

그리고 마일은 멍한 표정으로 중얼거렸다.

"혀, 현금옥……."(『드래곤볼』에 나오는 필살기 '원기옥'의 패러디. "나에게 원기를 나눠줘!"라는 대사가 유명하다. 또한, '나'를 뜻하는 '오라(オラ)'는 작중 남작의 성이기도 하다)

*　　*

이로써 승부는 결정되었다.

이곳은 상점가인 만큼 구경꾼 중에는 상점주도 많다.

그리고 상점주란 본디 급한 사태에 대비해 항상 돈주머니와는 별개로 금화 한두 닢 정도는 늘 가지고 다니는 법이었다. 그렇다, 조금 전 상회주가 꺼낸 오리하르콘화처럼 말이다.

그래서 금화 10닢쯤 금세 모였다.

만약 그걸로 부족하면 추가 모집을 해서 얼마든지 더 모을 수 있으리라.

이제 상회주에게 승산은 없었다.

"금화, 28닢!"

집사는 고작 1닢 더 올렸지만, 이제 승부가 눈에 보였다. 계속 해봐야 아무 소용없었다.

"……포기합니다."

과연 대규모 상회의 주인답게 깔끔하게 패배를 인정하고 단념 했다.

"한 방 먹었습니다. 완전한 저의 패배입니다. 이거 참 곤란하게 됐군요…….."

미소와 함께 그렇게 말하면서, 가게 앞 판매대 위에 쌓인 자신 의 금화를 거두어 품에 넣는 상회주.

"그럼 다음을 기약하죠!"

상회주가 예상 외로 기분 좋게 자리를 뜨자, 어리둥절한 표정 을 짓는 '붉은 맹세' 멤버들과 집사.

"뭔가 꿍꿍이가 있어 보여. 조심하는 편이…….."

점점 멀어지는 상회주의 뒷모습을 노려보며 한 레나의 말에 가까이 있던 관중 중 한 사람이 입을 열었다.

"그건 걱정할 필요 없어."

"엥?"

레나가 의아한 표정을 짓자 그 남자가 설명해주었다.

"저 자는 악랄한 상인이긴 하지만, 천성은 착한 사람이거든."

"뭐, 뭐야 그게!"

마치 '거대한 미니카'라든가 '솔직한 거짓말쟁이' 등에 버금가게 모순된 말에 영문을 몰라 소리치는 레나.

"아~, 그러니까, 거래상의 규칙을 깨지 않는 범위에서 아슬아슬한 짓을 하긴 하지만, 결코 도리에 어긋나거나 규칙 위반은 하지 않는다는 얘기야. 그리고 더러운 수법도, 그렇게 해서 상대에게 공부를 시켜준다거나 자기가 즐거워서 하는 거라고. 그러니까 아마 경매에서 이겼어도 고작 금화 몇 닢 올린 가격에 다시 저 집사에게 팔았을 거라고 생각해. 약종상 주인만 돈을 많이 버는 거지. 뭐, 그것도……."

남자는 순간 약종상 점주를 슬쩍 쳐다보더니 말끝을 흐렸다.

"여하튼 이번에는 충분히 즐긴 모양이니까, 적대해서 고약한 계략을 짜려고 하기는커녕 너희를 꽤 마음에 들어 하는 눈치였어. 아마 무슨 일이 생기면 도와주지 않을까? 부럽네!"

그렇게 말하며 웃는 남자.

관중 중에서 상인으로 보이는 사람들 일부는 그 사실을 알고 있었는지 같이 웃었다.

아연실색하는 '붉은 맹세'와 집사.

"""""""엥…….""""""""

"하, 하지만, 그럼 어째서 당신은 돈을 빌려줬죠? 그걸 알았으면 그냥 내버려뒀어도……."

폴린의 말에 그 남자와 마찬가지로 돈을 빌려준, 상인으로 보이는 다른 남자가 입을 열었다.

"그야 우리는 상인이니까. 순식간에 금화가 두 배로 뛰는 기회를 놓칠 수야 있나? 그리고……."

"""""귀족 아가씨랑 악수하고 감사 인사도 듣고 싶다고!"""""

주위에서 커지는 목소리에 어깨를 축 늘어뜨리는 폴린 일행이었다.

하지만 폴린의 회복은 빨랐다. 그녀에게는 아직 해야 할 일이 있었다.

"점주 씨. 그 금화, 어쩔 생각인가요?"

"엥……."

판매대 위에 남겨진, 집사가 쌓은 금화의 산.

그것을 보던 약종상의 주인이 폴린의 말에 어리둥절한 표정을 지었다.

그야 그럴 것이다. 어쩌고 자시고, 경매로 얻은 자신의 돈이니까.

"귀족가에 예약을 받아 놓은 주제에, 가로채려는 자를 거절하지도 않고 경합을 붙여서 값을 올려 6배에 가까운 가격에 상품을 팔아넘긴 가게. 이렇게 많은 관중을 앞에 두고 그런 기성사실을 만들었으니, 앞으로 이 가게에 발주하려는 사람이 있을지 모르겠네요?"

"엥⋯⋯."

경악하는 점주. 자신이 저지른 짓을 그제야 이해한 것이다.

의류나 식료품 등 경쟁 상대가 많은 상품을 취급하는 상인 중에는 그 장소의 분위기와 손님에 익숙한, 산전수전 다 겪은 자가 많다. 반면 약종상은 풍부한 전문지식과 바지런한 상품관리 능력만 있으면 꾸밈없고 소박한 인품이어도 큰 문제가 되지 않는다. 목이 쉬도록 호객 행위를 해서 서로 손님을 빼앗는 업종이 아니기 때문이다.

그리고 이 점주 역시 그런 타입이었다.

⋯⋯다시 말해서 상인치고는 인심의 미묘한 사정에 둔했던 것이다.

"그, 그런⋯⋯. 저는, 그러려던 것이⋯⋯."

"그럴 생각이 있든 없든, 당신이 한 짓이 바로 그런 거예요. 심지어 몰랐다거나 자기도 모르게, 같은 과실이 아니라 상황을 전부 알고 있었으면서도 새치기를 받아들여 경합을 붙였으니까요. 즉, 당신은 원래 그런 짓을 하는 사람이고, 이 가게는 돈벌이를 위해서라면 아무렇지 않게 그런 짓을 하는, 그런 영업 방침을 가진 가게라는 소리예요. 20닢이 조금 넘는 금화랑 맞바꿔서 당신이 잃은 게 뭔지, 부디 잘 맛보길 바라요."

관중들도 유력 상인인 상회주의 압력이 두려워 차마 거절하지 못했다는 건 어느 정도 참작해줄지도 모른다. 하지만 상회주가 떠난 지금, 결과적으로 원래 예약자로부터 23닢의 금화를 받아 챙겼다는 사실만이 남았고 그 사실을 다른 상인과 일반 손님들이 옳다고 생각할지는 모를 일이다.

"""""""…………."""""""

점주에게 쏟아지는 싸늘한 시선.

금화 23닢 따위, 신용과 고객을 잃은 가게가 망하는 것과 비교하면 푼돈에 불과하다.

점주의 얼굴이 새하얗게 질렸고 식은땀이 뺨을 타고 흘러내렸다.

조금 전에 설명해 준 남자가 말을 얼버무렸던 건 이를 예상했기 때문이다.

상회주는 흥정을 즐겼을 뿐 아니라 이 점주에게도 시련을 주었던 것일까…….

"무, 무슨 말씀을 하시는 건지요? 상업 길드의 중진을 화나게 하는 것은 저희 가게의 존속과 직결되는 문제여서 강하게 나갈 수 없었습니다만, 마지막에 가서는 당연히 생약을 집사님께 드릴 생각이었고, 경매는 그저 단순히 승부를 내기 위한 방법에 지나지 않았을 뿐 판매 가격은 원래 제시한 값일 게 당연하지 않습니까! 거참, 당연한 것을 가지고!"

심약해 보이는 점주치고 말을 꽤 술술 잘했다.

무리도 아닌가. 여기서 입을 잘못 놀렸다간 가게가 확실히 망하고 말 테니까.

"아하, 그런 거였습니까? 이거 실례했네요! 죄송합니다, 이상한 말을 해버려서…….

"아닙니다, 너무 마음에 담아두지 마세요. 하하하…….

"아하하…….

""아하하하하!""

속이 시원해질 정도로 익살맞은 대화였다.

하지만 관중을 포함해서, 이 점주가 나쁜 사람이라고 생각하는
자는 아무도 없었고, 모두 쓴웃음 지으며 그냥 넘어가 줄 만큼의
다정함은 가지고 있었다.

                              *   *

"이번 일은 정말 감사드립니다. 그 남자와 점주는 그렇게 말했
지만, 정말 그랬을지 누가 알겠습니까. 최악의 사태로 번질 수도
있었는데, 여러분 덕분에 생약을 무사히 구하고 남작가의 명예도
지키게 되었습니다⋯⋯."

판매대 위에 놓인 금화를 원래 가격인 5닢만 빼고 거두어들인
집사가 그렇게 말하며 '붉은 맹세'에게 감사 인사를 했다. 45도로
허리를 굽혀 최고의 예를 갖춘 것이다. 이 집사에게 '붉은 맹세'는
살아 있는 신, 그리고 영령에 필적하는 존재이리라.

"그러실 필요 없어요, 저희가 마음대로 끼어들었을 뿐인걸요.
자, 집사님, 어서 약을 가지고 댁으로⋯⋯."

폴린에게 집사님, 라고 불리고 나서야 집사는 자신이 아직 통
성명을 하지 않았다는 사실을 겨우 깨달았다.

"아앗, 아직 제 소개도 하지 않았군요! 은인께 이 무슨 결례
를⋯⋯. 저는 오라 남작가의 집사인 반다인이라고 합니다!"

"아, 저는 C등급 헌터 『붉은 맹세』의 폴린이라고 합니다."

"메비스입니다."

"레나예요."

"미나미 하루오(일본의 국민적 엔카 가수)……, 아니, 마일입니다."

레나한테 한 대 맞을 것 같아 재빨리 말을 정정하는 마일.

하지만 속으로는 말장난이 마구 쏟아졌다.

'오, 오라 배틀러(집사), 반다인!!(애니메이션 『성전사 단바인』의 패러디. 오라 배틀러는 작품에 등장하는 탑승형 로봇의 총칭)'

*　　*

"여러분을 꼭 오라 가 왕도 저택에 초대하고 싶은데……."

돈을 빌려준 사람들에게 두 배로 갚고 파티에 초대하기 위해 연락처를 메모한 후, 오라 남작가의 집사 반다인은 '붉은 맹세'를 초대했다.

"괜찮아요, 그런 건……. 저희는 귀족님이라든가 대하기도 어렵고."

"""엥……."""

레나의 말에 깜짝 놀라는 세 명. 그리고 그 소리에 아, 하는 표정을 짓는 레나.

생각해 보면 '붉은 맹세'에는 남작가보다 신분이 높은 자작가와 백작가 사람이 있다. 심지어 자작가 쪽은 자녀도 아니고 자작 본인이 아닌가.

"그러고 보니, 그러네……."

귀족률, 50퍼센트.

그런 헌터 파티는 흔하지 않았다.

"꼭 갈게요!"

"""오잉?"""

귀족과 얽히는 것을 원하지 않는 줄 알았던 마일이 무슨 영문인지 적극적으로 나서자 순간 깜짝 놀란 레나 일행은 마일이 원한다면, 하고 모두 승낙했다.

아무리 하급 귀족인 남작가라고는 하나 주인의 명을 받아 외출했는데 걸어서 왔을 리는 없다. 아무리 걸을 수 있는 거리라도 체면이라는 게 있으니까.

그래서 반다인은 남작 가족이 사용하는 것보다 격은 낮아도 마차를 타고 왔고, 마일 일행은 그 마차를 타고 오라 남작가 왕도 저택으로 향했다.

올 때는 반다인이 객실에 탔었겠지만, 돌아갈 때는 '붉은 맹세'를 객실에 태우고 자신은 마부 옆에 앉았다.

딱히 앉을 공간이 없었던 것은 아닌데, 손님과 함께 객실에 타는 것을 일부러 피했으리라. 멤버의 절반이 귀족, 그것도 격 높은 자작가와 백작가 사람이라고는 상상도 하지 못할 테니, 저택에 도착할 때까지 동료들끼리 편하게 있으라고 배려한 건지도 모른다.

"……그래서, 목적이 뭐야?"

마일이 아무 이유도 없이 귀찮기만 한 귀족가 방문을 원했을 리 없다.

가는 도중에 레나가 묻자 마일은 얼버무리지 않고 솔직하게 대답했다.

"아, 아가씨의 병이 뭔지 알고 싶어서……. 그 약은 단순한 생약이고, 물론 자양강장 같은 의미는 있겠지만 먹기만 하면 무슨 병이든 단번에 낫는 마법의 약일 리 없잖아요. 그래서 어쩌면 제 나라에서는 이미 치료법이 나와 있는 병일지도 모르고……."

"아, 그래. 그럴 거라고 생각했어."

메비스와 폴린도 고개를 끄덕였다.

"마일, 혹시 마법 치료……."

"으음, 그건 상황에 따라 달라지겠죠. 자칫 잘못했다간 살인범으로 몰려 교수형에 처해질 테니."

그렇다, 부상과 달리 치유마법을 병자에게 걸 경우 잘못하면 급격한 악화를 초래해서 환자를 죽음에 이르게 할 수도 있다. 질병에 경솔하게 마법을 쓸 수 없는 이유다.

게다가 열과 가래도 병과 싸우기 위해 필요한 반응이다. 열이 40도 가까이 오를 경우에는 뇌와 생식 기능을 지키기 위해 열을 내릴 필요가 있지만, 병세가 심각하지도 않은데 무조건 증상을 억제하는 것도 썩 좋지 않다.

폴린은 마일이 기본적인 의학 지식을 조금 가르쳐 주었기 때문에 쓰는 방법만 주의하면 마법으로도 질병 치료가 어느 정도 가능하다는 걸 잘 알았다.

하지만 그것은 남에게, 그것도 귀족을 상대로 가볍게 쓸 만한 것이 아니었다. 실패는 말할 것도 없고, 어느 정도의 효과가 나타나도 완전히 낫지 않으면 모든 책임을 져야 할 가능성이 있기 때문이다.

"뭐, 일단 그냥 보기만 해볼까, 하고……."

마일은 그렇게 말하며 헤벌쭉 웃었다.

"아, 그러고 보니 폴린 씨. 왜 그런 귀찮은 일을 한 거예요? 금화 10닢쯤은 우리가 빌려줘도 되는데……."

마일의 의문에 폴린이 시원시원하게 대답했다.

"아아, 그럼 안 되지. 동정심에 돈을 빌려주는 건 거래도 장사도 아니야. 그럴 때는 제대로 된 거래, 제대로 된 장사로 맞서 싸우지 않으면 안 돼. 그리고……."

"그리고?"

"만약 빌려줬다가 못 돌려받으면 엄청난 손해잖아. 친족이나 친구라도 그런데, 하물며 모르는 사람한테 돈을 빌려줄 수는 없지. 무슨 사정이 있든지 간에!"

"'우와아…….'"

역시 폴린은 폴린이었다.

"자, 여기서 잠시만 기다려 주십시오."

응접실에서 홍차와 과자를 내온 후 반다인이 모습을 감추었다.

물론 당주에게 자초지종을 설명하고 손님을 맞이하러 나오게 하기 위해서였다.

"맛있어……."

곧바로 과자와 홍차를 입으로 가져간 레나가 감탄했다.

"정말 맛있어요……."

이어서 폴린도.

유복한 백작가에서 귀하게 자란 메비스, 전생 그리고 어머니가 돌아가시기 전까지 맛있는 음식을 실컷 먹은 마일에게는 평범하겠지만, 행상인의 딸인 레나, 규모가 그럭저럭 되는 상가의 딸이었어도 아버지가 사치를 싫어해서 검소한 생활을 했던 폴린은 상당히 고급품으로 느꼈으리라.

"대접한 걸 남기면 실례겠지."

일단은 이치에 맞는 말을 하면서, 나온 양의 4분의 1 이상을 먹으려고 하는 레나.

"앗, 잠깐만요!"

그리고 허둥지둥 자기 몫을 확보하는 마일.

아무리 옛날에 맛있는 음식을 먹었다고 하나, 최근 몇 년 동안은 구경도 못 했던 것이다. 게다가 연비가 나쁜 마일은 슬슬 배가 고프기 시작한 상태였다. 평소 웬만하면 다 남에게 양보하는 마일도 지금만큼은 레나에게 자신의 몫을 양보할 생각이 조금도 없었다.

"아, 잠깐만, 야. 그건 내가……."

"무슨 소릴 하는 거예요. 이건 제 몫……."

"레나는 벌써 4분의 1이 넘게 먹었잖아요!"

""" 우이씨………… """

폴린까지 가세해 분위기가 험악해졌을 때.

"저기, 괜찮으시면 더 가져 올 테니……."

""" 엥? """

마일과 레나가 뒤돌아보자 메이드가 곤혹스러운 표정으로 서 있었다.

그렇다, 베테랑 집사가 귀한 손님을 그대로 방치했을 리 없다. 잊지 않고 메이드를 배치해두었던 것이다.

"……미안합니다. 그, 그럼 부탁드릴게요."

이대로는 자신의 몫이 남을 것 같지 않다고 여긴 폴린이 부끄러워하며 부탁했고, 천하의 레나도 얼굴을 살짝 붉혔다.

"부탁이니까 제발 부끄러운 행동 좀 하지 말아줘……."

아무래도 귀족 자녀인 메비스로서는 견딜 수 없는 추태였던 모양이다.

하지만 같은 귀족 자녀, 아니, 작위 귀족 그 자체인 마일에게는 별로 대수롭지 않은 문제인 듯했다.

"오래 기다리셨지요? 오라 남작님께서 여러분을 꼭 뵙고 감사 인사를 드리고 싶다고……."

추가로 나온 과자도 전부 먹어치웠을 무렵, 집사 반다인이 돌아와 모두를 다른 방으로 안내했다.

"어서 오게. 난 오라 가의 당주 하발 폰 오라야. 이번에 도움을 준 점, 정말 고맙게 생각해. 덕분에 내 딸 리트리아를 위한 생약을 무사히 구할 수 있었고, 상인 따위에게 우리 오라 가가 욕보일 뻔한 걸 막을 수 있었어. 아니, 그것도 모자라 욕심 많은 상인을 꼼짝 못 하게 만들었으니, 오라 가의 평판이 올라갔을 거야. 감사 인사를 대신해 꼭 함께 점심을 들었으면 하네."

""""기꺼이!""""

메비스를 제외한 세 사람의 목소리가 겹쳐졌다.

쓴웃음 짓는 메비스.

레나와 폴린에게 있어서 귀족의 식사를 맛보는 것은 일생에 한 번 있을까 말까 한 기회다. ……아니, 예의 '가짜 도적' 사건 때 영주님의 부름을 받은 적은 있지만, 그때는 '귀족의 식사'라기보다 '서민용으로 마련해준 연회 요리' 같은 것이었기 때문에 제외였다.

그리고 마일 역시 본격적인 귀족의 식사는 '통합된 아델의 기억' 속에서는 경험이 있지만 지금의 미사토, 아니, 마일로서의 주관 의식으로서는 맛본 적이 없다. 그래서 백작가 영애로 그런 음식을 질릴 만큼 먹은 데다가 기사의 금욕적인 생활이 옳다고 여기는 메비스 이외에는 눈빛이 달라져 있었다.

"오오, 그래. 감사 인사 대신 점심을 대접한다고 했지만, 이렇게 큰 도움을 주었으니 물론 그걸로 끝낼 수는 없겠지. 그건 우리 오라 가의 이름에 먹칠하는 짓이야. 당연히 충분한 사례를 할 테니 안심해도 된다."

하지만 남작의 말에도 '붉은 맹세' 멤버들의 반응은 뜨뜻미지근했다.

귀족과의 점심 쪽에는 마구 덤벼들었으면서, 사례 이야기에는 그다지 관심 없어 보이는 '붉은 맹세'의 모습에 남작의 미소가 깊어졌다.

"……그럼 이번 일을 지명 의뢰의 사후 처리로 부탁드려도 될까요?"

"아아, 물론 나야 상관없는데?"

"그럼 꼭 그렇게 부탁드립니다."

머릿속이 온통 점심식사로 가득해서 반응이 느린 세 사람 대신 메비스가 남작에게 그렇게 부탁했다.

귀족가의 지명 의뢰.

아무리 사후 처리라고 해도 승격을 위한 큰 포인트가 된다. 길드를 통하면 수수료를 내야 하지만, 생활비가 쪼들리지 않아 돈보다는 승격을 우선하는 '붉은 맹세'에게 그것은 대수롭지 않은 문제였다. 승격보다 돈을 중시하는 폴린을 제외하고 말이다.

남작도 헌터 길드에 대해서 물론 잘 알고 있었다. 그래서 메비스의 말을 듣고 '붉은 맹세'가 어린 소녀들이 모인 파티임에도 불구하고 금전적인 여유가 어느 정도 있어 보인다는 것, 그리고 상승 지향 파티라는 점을 파악했다.

"자세한 이야기는 식사하면서, 내 가족들과 함께 듣기로 하지. 모처럼 젊은 여성 헌터로부터 재미있는 이야기를 들을 수 있는 기회인데 나 혼자만 들으면 나중에 가족들에게 혼날 것 같으니까. 하하하! 그럼 반다인, 그때까지 이분들을 잘 모셔라."

그렇게 말한 오라 남작이 모두를 물러가게 했다.

"평민을 상대로도 정중하시네요."

"그러게. 좋은 분 같아."

마일의 말에 메비스가 고개를 끄덕였고, 레나와 폴린도 동의했다.

그리고 점심시간이 될 때까지 집사 반다인이 오라 가에 대해 이런저런 이야기를 들려주었다.

* *

숙소를 나온 시간 자체가 꽤 늦었기 때문에 점심식사까지는 그리 오래 걸리지 않았다.

메이드가 식사 준비를 마쳤다고 알리자 '붉은 맹세' 일동은 함께 대화를 나누던 반다인의 안내를 받아 식당으로 향했다.

추가로 먹은 과자까지 이미 다 소화되어 다들 배가 고픈 모양이었다.

그렇게 안내받은 식당에는 남작 부부, 17~18세 정도로 보이는 남자아이와 여자아이, 그리고 15~16세 정도의 소녀가 자리에 앉아 있었다. 오라 남작 가족 총집결……. 아니, 그런데 세 자녀는 모두 건강해 보였고, 병을 앓는 듯한 소녀는 없었다.

"오늘 초대해주셔서 감사합니다."

식당에 들어가자 메비스가 귀족의 예를 갖추었다. 바지를 입고 있어서 귀족 여성으로서가 아니라 남성의 예법이었다. 아직 기사가 된 것은 아니므로 기사의 예법을 취할 수는 없었다.

이어서 마일이 한쪽 무릎을 살짝 굽혀 인사했다. 원래는 몸을 낮추는 것이 목적이고 치맛자락을 잡는 행동은 긴 치마가 땅에 닿지 않게 하는 부속 동작이므로, 긴 치마를 입지 않은 마일은 그렇게 할 필요가 없었다. 하지만 아델일 때의 버릇으로 자기도 모르게 치맛자락을 잡았다. ……그 편이 더 귀엽게 보이니 문제는 없었다. 다리를 너무 노출하지만 않는다면 말이다.

한편 레나와 폴린은 평민답게 평소대로 머리를 숙일 뿐이었다. 그 모습을 본 남작가 사람들은 몹시 놀랐다.

평민이 귀족을 상대로 귀족 흉내를 내며 예를 차릴 리는 없다. 그것은 귀족에게 무례한 행위였기 때문이다. 그래서 레나와 폴린처럼 평민의 예를 갖추는 것이 당연했다. 그런데 귀족의 예법, 그것도 몸에 밴 모습으로 너무도 자연스럽게 하는 두 사람과 그것을 말리지 않고 자기들은 평민의 예를 갖추는 나머지 두 사람.

이것이 무엇을 의미하는가 하면…….

그렇다, 헌터 중에는 원래 귀족이었던 자, 귀족인데 가문의 대를 잇기 전까지 짧은 자유를 만끽하기 위해 혹은 자신을 단련하기 위해 일시적으로 헌터가 되는 자도 결코 적지 않았다.

또 차남 이하, 대를 잇지 않아도 되는 자식들 중에서 관리나 기사 등 딱딱한 직업이 적성에 맞지 않는 사람은 헌터가 될 수 있다. ……여성의 경우는 아무래도 좀 드물지만 말이다.

하지만 놀랍고 사정이 궁금해도 헌터의 과거를 캐묻는 것은 법도에 어긋난다는 사실을 남작도 잘 알고 있었기에 묻지 않았다.

"아, 아아, 환영하네. 우리 딸 리트리아를 위해 힘써주고, 또 오라 가문이 상인 나부랭이에게 얕보이고 수모를 당할 뻔했는데 막아줘서 정말 고맙게 생각해. 자, 어서 자리에 앉아 느긋하게 식사를 들게나."

동요를 감추고 마일 일행에게 앉으라고 재촉하는 오라 남작.

그리고 놀랍게도 부인과 자녀들은 앉은 상태이긴 했지만 가볍게 고개를 숙였다.

아무리 하급귀족인 남작가라지만, 또 집사 이외에 아무도 없다지만, 귀족 집안의 사람이 평민에게 고개를 숙이는 건 말도 안 되는 일이었다. 이는 리트리아라는 소녀가 가족에게 몹시 사랑받는 존재라는 증거이리라.

……물론 메비스와 마일이 귀족 출신이라고 여긴 것도 이유 중 하나이기는 하겠지만.

요리는 훌륭했다.

아무리 귀족이라도 남작가의 수준으로는 매일 배불리 먹고 남을 만큼 진수성찬이 나오는 게 아니었다. 왕족과 상급귀족이 아니니까. 게다가 끝도 없이 맛있는 음식을 폭식하면 뒤룩뒤룩 살쪄서 전시 상황이 닥쳤을 때 병사를 지휘할 수도 없고, 오래 살 수도 없다.

하지만 오늘은 비록 식재료를 새로 구입할 시간은 없었겠지만 창고에 있는 재료를 아낌없이 썼는지, 고급 요리들이 줄지어 나왔다. 어떻게든 교양 있게 행동하려고 의식하면서도 그 음식들을 허겁지겁 먹어치우는 레나와 폴린.

한편 마일은 전생에서 배운 매너와 이번 생에서 어머니가 돌아가시기 전까지 익힌 매너를 지키며 조신하게 음식을 먹었다. 이상할 만큼 빠른 속도로.

"하하……."

그리고 유일하게 일반 귀족다운 매너와 속도로 오라 가문 사람들과 대화를 나누며 식사하는 메비스.

"호오, 그럼 메비스 님은 오빠가 세 분 계시고 자매는 없으시다는?"

"아, 네, 그러합니다."

남작은 다른 세 사람이 식사에 정신이 팔린 사이에 가장 공략하기 쉬운 메비스부터 정보를 캐냈다.

아니, 물론 마일 역시 접시를 하나하나 비우면서도 그 사실을 분명히 알았지만 그냥 내버려둔 것일 뿐이다. 딱히 숨길 필요도 없고, 출신국과 가문명만 밝히지 않으면 메비스와 마일이 귀족 자녀라는 사실이 밝혀져도 무슨 일이 생기는 것은 아니다.

만약 다른 헌터나 건달이 상대라면 그런 정보를 알려주지 않겠지만 귀족, 심지어 자신들에게 은혜를 느끼는 상대라면 다른 나라 귀족을 상대로 어리석은 짓을 하지 않을 것이다. 그리고 숨기고 싶었다면 처음부터 귀족의 예법 따위 갖추지 않았으리라.

또, 마일이 메비스와 함께 귀족이라는 사실을 감추지 않은 데에는 이유가 있었다.

그렇다, 병을 앓고 있는 리트리아라는 소녀의 용태를 확인하고, 필요하면 손을 대려는 마일로서는 남작이 자신들을 믿게 만들 필요가 있었던 것이다.

그렇지 않으면 어느 귀족 가문 당주가 생전 처음 보는 어린 평민 소녀에게 귀하디귀한 딸의 몸을 맡기겠는가.

어느 정도 배를 채우자 드디어 제정신이 든, 메비스를 제외한 세 사람은 그제야 남작가 사람들과의 대화에 참여했다.

　다른 나라에서 왔다는 사실 등 대략적인 것은 이미 메비스가 말했기 때문에 신입 헌터로 겪은 에피소드 중 귀족 자녀에게 통할 만한 화제를 각색해서 들려준 후, 식사의 답례라며 예의 고룡들의 동향에 대해 남작에게 알려주었다. 어차피 곧 길드나 왕궁에서 소문을 퍼트릴 이야기이다. 그리고 물론 당사자가 아니라 전해 들은 것으로 해두었다.

　이야기 중간에 마일도 남작의 유도에 걸려들어서 자신이 외동딸이라는 사실을 털어놓았다.

　그리고 본론으로 접어들었다.

　"저기, 그런데 약이 필요하신 아가씨는……."

　마침내 마일이 말을 꺼냈다.

　"아아, 리트리아는 자기 방 침대에서 식사하지. 혼자 밥 먹으면 너무 가여우니까, 우리와 시간을 다르게 해서 리트리아가 밥을 먹을 때 우리도 리트리아의 방에서 같이 과자와 홍차를 즐기고 있어. 리트리아는 소식하고 우리와는 먹는 음식도 다르기 때문에, 아무래도 다 함께 밥을 먹긴 힘들어……."

　남작의 시선이 점점 아래로 향하면서, 아버지의 고뇌가 표정에 묻어났다.

　그때 마일이 촐랑대는 목소리가 날아들었다.

　"그때 저희도 같이 가도 되나요?"

　"""""뭐?"""""

　남작 일가가 어리둥절한 표정을 지었는데, 그때 뒤로 물러서 있던 집사 반다인이 일부러 하는 듯 헛기침을 했다.

베테랑 집사 반다인은 아무 이유 없이 그런 행동을 하는 남자가 아니다. 남작이 반다인을 쳐다보자 그가 고개를 크게 끄덕였다.

청을 받아주시죠, 하는 뜻이었다.

그 사실을 깨달은 남작은 자신의 집사를 믿어보기로 했다.

"괜찮겠지. 다른 나라 사람이니 리트리아의 병에 대해 뭔가 알 수 있을지도 모르고. 꼭 같이 가 주게."

그리고 한 시간 후.

오라 가의 막내, 리트리아의 방에 모인 가족과 '붉은 맹세'까지 총 아홉 명.

침대에서 몸을 일으켜 앉은 리트리아는 13~14세 정도로 보이는, 선이 가늘고 가냘픈 미소녀였다.

귀족은 미소녀를 반려자로 들이고 싶어 하기 때문에 아름다운 평민을 다른 귀족가의 양녀로 삼은 다음 아내로 삼기도 하고 첩이 낳은 자식이 대를 잇는 경우도 있어서, 귀족 중에 미남미녀가 많은 것은 당연했다. 그렇다, 탑 브리더의 소행이었다.

리트리아의 앞에는 절대 많다고 말할 수 없는 식사가 준비되어 있었다. 그것조차 리트리아는 도저히 다 먹지 못할 양이었다. 게다가 오늘은 이미 생약을 갈아 한 잔 마신 후라 이 식사는 대부분 남을 운명 확정이었다.

한편 다른 사람들 앞에는 구운 과자와 홍찻잔, 그리고 티포트가 놓여 있었다.

리트리아는 반다인으로부터 마일 일행에 대해 미리 전해 들은 상태였다.

"이번에 저를 위해 여러 가지로 힘써주셔서 정말 감사합니다."

리트리아가 감사를 표하자, 폴린은 별로 힘든 일도 아니었다며 고개와 손을 동시에 가로저은 후 상회주와 있었던 에피소드를 재미있게 들려주었다.

저택 밖으로 나가지 못해 가족과 집사 말고는 남과 말할 기회가 없어 지루해하던 리트리아의 오랜만에 듣는 웃음소리에 남작 부부와 언니 오빠들도 기뻐 보였다.

'반다인의 말대로 하길 잘했어…….'

남작은 그렇게 생각했는데, 그건 시기상조였다.

"남작님, 부탁이 있습니다. 지금부터 야자타임을 해도 될까요?"

"야자타임? 뭐지, 그게?"

마일의 갑작스러운 부탁에 남작은 무슨 의미인지 몰라 고개를 갸우뚱거렸다.

야자타임.

나이와 신분을 막론하고 막 대해도 된다는 뜻의 단어 같지만 물론 마일이 그런 의미로 말한 것은 아니다.

말하자면 '예의를 중요시하고, 출석자의 서열 등에 의해 여러 가지 세세한 규칙과 작법에 묶인 회식 자리'가 끝나고 '이번에는 모두 신분과 의례를 잊고 재미있게 즐겨보자'는 취지이다. 즉, '무례를 범해도 된다'는 게 아니라 '세세한 규칙 없이 즐기자'는 의미인 셈이다.

이따금 의미를 착각한 신입사원이 과장에게 시비를 걸거나 부장의 대머리를 찰싹찰싹 때려 일이 커지는 경우가 있는데 그건 자업자득이다.

지금은 회식 자리가 아닌 만큼 '야자타임'이라는 말은 어울리지 않았지만, 달리 좋은 표현이 떠오르지 않으니 어쩔 수 없었다.

하지만 어차피 '야자타임'이라는 단어는 남작, 아니 이 세계 사람에게 통하지 않았기 때문에 아무런 의미도 없었지만…….

결국 마일은 "다소 실례되는 언동을 해도 너그럽게 봐주세요, 하는 의미입니다" 하고 일본에서의 진짜 의미와는 다른 설명을 적당히 붙였고, 남작은 흔쾌히 승낙해주었다.

그래서 마일은 행동에 나섰다.

"저기, 그거, 맛 좀 봐도 돼요?"

그렇게 말한 마일이 손가락으로 가리킨 것은, 먹는 속도가 느려 아직 거의 새것이다시피 한 리트리아의 식사였다.

"엥……, 아, 그, 그러세요. 저는 괜찮아요!"

순간 깜짝 놀랐지만 리트리아는 곧 받아들였다.

"마, 마일, 너! 아무리 걸신이 들렸어도 정도가 있지! 아픈 사람의 식사를 탐내다니, 도대체 생각이 있는 거야 없는 거야!"

"아, 아아아, 아니에요, 그런 게!"

레나의 엄청난 비난에 얼굴을 붉히며 되받아치는 마일.

"음식을 확인할 필요가 있어서 그래요, 병을 조사하려면! 기본 중의 기본이라고요!"

"오잉, 그, 그런 거야?"

마일이 화내는 것을 보아 아무래도 진짜 같다는 판단을 내리고 목소리 톤을 낮추는 레나.

"아, 진짜……. 그럼 맛을 좀 보겠습니다."

마일은 자리에서 일어나 리트리아의 침대로 다가갔다.

"으음, 이건, 소고기네요. 굽지 않고 찐 후 국물은 버리고 고기만……. 이건 달걀이고, 또 이건 버섯. 채소도 다 삶았네요……. 그리고 식사에 맞춘 음료로는, 물에 희석한 와인이랑 식후에 마실 우유, 인가요? 으~으음……."

조금씩 맛보며 생각에 잠긴 마일.

"리트리아 씨, 가리는 음식은 있나요?"

마일의 질문에 뒤에서 남작이 대답했다.

"가리는 음식이라기보다, 리트리아는 대체로 이 식단이야. 입이 짧아서 빵 같은 걸 먹으면 다른 음식을 못 먹게 되기 때문에 고기와 달걀, 채소, 버섯에 우유까지 골고루 먹으려면 주식인 곡류를 빼고 다른 걸 먹는 편이 나을 것 같아서 말이지. 그리고 이 근방은 수질이 썩 좋지 않아서 와인을 물에 타서 마시게 하고 있어. 와인을 마시면 혈류가 좋아지니까. 물론 그것뿐 아니라 우유도 마시게 하지. 어때, 무슨 문제라도 있을까?"

"으~음……."

마일은 잠시 생각에 잠긴 후 불쑥 말했다.

"독이 들어 있지 않다는 것만은 잘 알았어요."

"""""그건 당연하잖아아앗!"""""

남작 부부, 그리고 리트리아의 언니 오빠를 화나게 만든 마일이었다.

하인과 저택의 관리 상태를 의심받아 기분이 살짝 언짢아진 오라 가 일동.

"그래서 제가 야자타임을 부탁드린다고 한 건데……."

마일이 살짝 투덜거렸지만 일단 확인을 마치고 원래 임무로 복귀했다.

그렇다, 리트리아가 느릿느릿 식사를 마칠 때까지 헌터로서 경험했던 흥미진진한 이야기를 풀어놓아, 리트리아를 즐겁게 해주는 임무였다. 딱히 부탁받은 것은 아니지만, 가족 이외에 대화 상대가 없는 외로움을 마일 만큼 잘 이해하는 사람도 드물 테니까.

그렇게 오락에 굶주려 있던 리트리아에게 자신의 이야기가 먹혀서 우쭐해진 마일이 '일본 전래 허풍동화'를 피로했고, 리트리아가 입에 들어 있던 음식을 화려하게 내뿜어 주변이 엉망진창이 되고 만 건 어쩔 수 없다.

리트리아의 식사가 끝나고 모두 방에서 나가려고 몸을 일으켰을 때.

"잠깐 리트리아 씨께 확인하고 싶은 것이 있어서 저는 조금만 더 여기 있을게요. 네, 걱정되실 테니 부인이나 언니 분께서 같이 있어 주시면……."

독을 마실 거면 그릇까지, 라는 일본 속담과 비슷한 말이 이 나라에도 있었다.

"……맡기도록 하지. 위로미아, 부탁하마!"

159

리트리아의 언니, 15~16세로 보이는 소녀 위로미아가 고개를 끄덕이더니 다시 자리에 앉았다.

그리고 '붉은 맹세'도 마일 이외에는 모두 나가서, 이제 방에는 마일과 위로미아, 리트리아만 남았다.

"그럼, 벗어 주세요."

""뭐라고오오오오~?!""

갑작스러운 마일의 말에 자기도 모르게 소리친 위로미아와 리트리아.

"무슨 일이냣!"

그리고 난폭하게 문을 열어젖히고 쳐들어온 남작.

"아무 일도 아니에요! 그리고 진찰을 위해 잠옷을 벗으려던 중이었다고요! 아무리 따님이라지만 노크도 없이 뛰어들어 오시는 건 실례죠!"

"아, 미, 미안……."

마일이 진심으로 화내자, 남작이 당황하며 사과하고 다시 방을 나갔다.

"그런 거니까요! 저, 별로 이상한 취미 없거든요!"

""미안합니다…….""

엄한 상상으로 소리 지른 것을 순순히 사과하는 자매였다.

"그럼 계속하겠습니다. 몸에 부은 곳이나 변색된 부분이 있는지 확인하기 위해서니까, 이상한 생각은 하지 마세요……."

마일은 리트리아에게 잠옷을 벗게 한 후 차근차근 확인에 들어갔다.

물론 마일에게 전문적인 의학 지식이 있는 것은 아니다. 지극히 평범한 고등학생의 상식 수준, 아니, 독서를 좋아했으므로 그보다는 지식이 많았지만 그래 봐야 아마추어다.

하지만 일본인으로서의 자식이 있으니 뭔가 알 수 있을지도 모른다. 밑져야 본전이고, 손해 보는 사람은 아무도 없다. 그렇게 생각하고 진찰 흉내를 내며 이런저런 질문을 던지는 마일.

"저기, 건강했을 때와 비교했을 때 어떤 증상이 있나요?"

"아, 네에, 있어요……."

마일의 질문에 신묘한 표정으로 대답하는 리트리아.

"저는 원래도 입이 짧은 편이었지만 입맛이 더 없어져서 별로 먹지 못하게 되었어요. 그리고 몸이 나른하고, 가슴이 두근거리고 숨이 벅차고, 다리가 저리고 왠지 손발에 힘이 들어가지 않아서……."

하지만 식욕부진, 나른함, 잦은 피로, 몸에 힘이 들어가지 않는 것 등은 무슨 질병이든 대체로 나오는 증상이다. 그것만으로는 마일도 전혀 짐작할 수 없었다.

"그럼 침대에 앉아서 다리를 이쪽으로 내려 보세요."

마일은 리트리아에게 그렇게 주문한 후 하반신을 살폈다.

"……오잉? 좀 부은 거 아니에요?"

"아, 네, 그래요……."

좀 더 자세히 살피려고 마일이 리트리아의 하반신에 얼굴을 가까이 가져갔을 때.

탁!

"아악!"

마일이 허리춤에 차고 있던 검자루가 리트리아의 무릎이 닿았다. 경쾌한 소리를 내며.

"아, 아야……."

"으악, 죄, 죄송해요!"

허둥지둥 몸을 들고 사과하는 마일이었는데.

"엥……."

뭔가 위화감을 느꼈다.

"오잉? 뭔가……."

그렇다, 뭔가, 있어야 할 것이 부족하다. 그런 느낌이 들어서…….

"아!"

마일은 외마디 비명을 지른 후 허리에서 검을 뽑았다. 물론 검집까지 통째로.

그리고 검집을 쥐고 자루로 리트리아의 무릎을 다시 한번 쳤다.

탁!

"아욱!"

귀여운 소리를 내지르는 리트리아.

"지금 장난하시는 겁니까?!"

언니 위로미아가 버럭 화냈지만, 마일은 들은 척도 하지 않았다.

탁!

"으윽!"

탁!

"히이익!"

"그만하세요!"

마침내 위로미아가 마일의 어깨를 붙잡았다.

"아, 죄송해요, 저도 모르게 그만······."

""역시 장난치신 겁니까?!""

······자매가 동시에 화냈다.

"아, 아니, 찾았어요! 아마도 질병의 명칭이랑 그 원인을요!"

""허어어어어억?!""

그렇다, 다행히 그것은 환자를 실제로 본 적이 거의 없음에도 불구하고 일반 여고생도 알 만큼 유명한 병이었다. 간단한 판별법까지 포함해서.

옛날에 일본에서도 많은 사망자가 나왔던, 국민병이라고까지 불렸던 질병.

그리고 무슨 영문인지 유복한 사람이 잘 걸렸던 질병.

······그렇다, 바로 '각기병'이었다.

들은 증상만으로는 짐작도 못 한 병명이다.

하지만 무릎을 때리면 다리가 움찔, 하는 각기병의 진단 방법은 많은 사람이 알고 있고, 어린 시절에 반쯤 재미로 무릎을 때렸던 경험은 누구에게나 있으리라. 미사토 역시 여동생과 해본 적 있었다.

마일은 리트리아에게 옷을 다시 입으라고 말하고, 나머지는 위로미아에게 맡긴 뒤 방을 빠져나왔다.

"남작님, 다음 부탁이 있어요!"

그 목소리에 다른 방에서 대기 중이던 남작 일가, 집사 반다인,

그리고 레나 일행이 모습을 드러냈다.

"주방장님을 만나게 해주세요. 그래서 리트리아 씨의 식사를 만드는 순서를 알려주셨으면 해요."

"엥……. 아, 그거야 상관없지만. 알았다, 따라 오너라."

그렇게 해서 찾아온 조리장.

쭉 늘어선 남작가 일동(딸 둘을 제외하고) 플러스 '붉은 맹세'가 앞에 있어 얼굴이 새하얗게 질린 요리사들.

자신들을 호출했으면 또 모를까, 주인이 가족과 손님까지 전부 대동하고 별안간 조리장을 방문했으니, 클레임 이외에는 말이 안 된다. 게다가 이 구도를 봤을 때 손님들 중에서 뭔가 불만이 나왔다고밖에 생각할 수 없었다.

귀족이, 초대한 손님 앞에서 식사로 창피를 당했다.

그것이 얼마나 큰 사태인지 요리사들이 이해 못 할 리 없었다.

"윽, 저, 저기……."

제대로 말도 못하는 주방장에게 마일이 고개를 숙였다.

"죄송하지만, 리트리아 씨의 식사를 만드는 방법을 알려주셨으면 좋겠습니다!"

""""오잉?""""

요리사들의 목소리가 화음을 이루었다.

"실제로 만드실 필요는 없어요. 그냥 순서만 차례대로 설명해주시면 돼요. 여기서 깍둑썰기를 한다, 라든가, 여기서 껍질을 벗긴다, 라든가 그렇게 순서대로 설명해주시면……."

"아, 아, 네. 알겠습니다!"

그 정도야 식은 죽 먹기다. 특히 과실을 탓하는 게 아닌가 하고 두려워하던 입장에서는 기꺼이 받아들이고도 남는 일이었다.

"……그리고 자른 채소를 뜨거운 물에 충분히 익혀 부드럽게 만든 다음 물기를 빼서, 미리 만들어두었던 국물에 담가……."

"음음……."

"얇게 썬 소고기를 물로 씻어서……."

"엥? 씻는다고요?"

"아, 네, 리트리아 님은 몸이 약하시기 때문에 깨끗하게 씻고 충분히 익히지 않으면……."

"…………."

"저희 식사에는 돼지고기가 나왔는데 어째서 리트리아 님께는 소고기만 있었죠?"

"아, 네, 사실은 예전에 영지에서 왕도로 이동하시던 중 들른 마을에서 돼지고기를 도살하는 광경을 보시고 말아서, 그 이후로 돼지고기는 입에도 대지 않으시는……."

"그렇군요……. 또 리트리아 님이 달리 못 드신다고 할까, 리트리아 님께 드리지 않는 식재료는 없나요?"

"네, 이곳은 내륙이어서 어패류는 제공해드리지 못합니다. 또 리트리아 님께서 못 드시는 건 주식인 빵, 옥수수, 그리고 맛과 향이 강한 것, 부추, 마늘, 파, 양파 등입니다. 드시는 건 소량의 소고기, 채소, 달걀, 버섯, 우유 등이고요……."

"흠……. 잘 알겠습니다. 감사합니다."

그리고 마일은 모두를 데리고 조리장을 나갔다.

"……왜 그러는 걸까, 도대체……."

이유는 모르겠지만 어쨌든 자신들이 실수해서 비난하려는 게 아니라는 사실을 알고 일단 안심하는 요리사들이었다.

그때 갑자기 문 사이로 조금 전의 은발 소녀가 고개를 빼꼼 내밀었다.

"저기, 요리사 분들도 모두 와 주세요."

""""허어어어어~억?!""""

사람들로 꽉 찬 리트리아의 방.

침대에 있는 리트리아까지 포함해서 남작가 사람들 모두. 집사 반다인. '붉은 맹세' 그리고 세 명의 요리사.

집사와 요리사는 서 있는 상태였다.

의자에 앉은 마일이 자리에서 일어나 모두를 둘러보았다.

"자, 방송의 마지막 10분. 수수께끼가 풀리는 시간입니다!"

방송이라는 게 무엇인지, 이미 그 단어를 몇 번이나 들었던 '붉은 맹세' 이외의 사람은 알 리 없었지만, 다들 거기서 그게 뭐냐고 질문할 만큼 분위기 파악을 하지 못하는 사람들이 아니었다.

"리트리아 님이 앓고 계신 병이 무엇인지 알아냈습니다."

"""""""뭐어어어어어~엇?!"""""""

경악해서 눈을 크게 뜨고 소리치는 일동.

"마, 마일, 너, 의술도 익혔어?"

"그, 그게, 소양 수준으로……."

레나의 질문에 아마추어라고는 말하지 못하고, 그렇다고 의학 지식이 있다고도 말하지 못해 적당히 둘러대는 마일.

"저, 정말이냐?! 그럼 고, 고칠 수 있나!"

"그건 지금부터 제가 하는 이야기를 들어 주세요."

충혈된 눈으로 달려드는 남작을 달래는 마일.

"우선 병명은 제가 사는 나라에서는 『각기병』이라고 부른답니다."

"각기병?"

"네. 주로 음식이 원인이 되어서 일어나는 질병이에요."

"뭐, 뭐라고?!"

"""헉……."""

소리치는 남작. 그리고 얼굴이 새파랗게 질린 요리사들.

"네, 네놈들, 리트리아에게 도대체 뭘 먹인 거야앗!"

남작이 무시무시한 얼굴로 소리치자, 요리사들이 바닥에 납작 엎드렸다.

"말해라! 무슨 꿍꿍이로, 뭘 먹인 거야! 어느 귀족가가 사주한 것이냐!"

요리사들에게 금방이라도 덤벼들려는 남작을 마일이 손을 뻗어 말렸다.

"잠깐만요. 저분들이 리트리아 님께 이상한 걸 먹였다는 말씀이 아니에요."

자신들을 규탄할 줄 알았던 은발 소녀가 오히려 옹호해주려 한다는 것을 알자 매달리는 눈빛으로 마일을 쳐다보는 요리사들.

"반대로 먹어야 할 것을 먹게 하지 않았다, 고 말씀드려야 할까요⋯⋯."

"""""허어어어어억?!"""""

규탄하는 걸까, 옹호하는 걸까, 어느 쪽일까.

남작도 요리사들도 영문을 몰라 혼란스러워했다.

"그럼 차근차근 설명하겠습니다."

"처음부터 그렇게 하라고!"

레나의 지적은 패스하고 설명에 나섰다.

"우선 인간이 건강하게 살아가려면 여러 가지 음식을 균형 있게 섭취해야 해요. 그건 잘 알고 계시겠죠?"

이 세계는 아직 영양소의 분리 등은 하지 못해도 그 정도쯤은 당연히 경험칙으로 알려져 있었다. 그래서 다들 고개를 끄덕였다.

"그래서 여러 가지 음식물을 먹는데, 사실은 같은 채소라도, 또 같은 고기라도, 그 안에 함유된 『인간에게 필요한 성분』이 다 달라요."

"뭐? 그럼 설마⋯⋯."

과연 귀족가의 당주다. 남작은 여기까지만 듣고도 이미 결론을 알아차린 눈치였다.

"네. 리트리아 님의 식사에는 영양분 중에 어느 한 종류가 포함되어 있지 않았어요. 원래 포함된 양이 적은 소재만 있는 데다가 물에 녹기 쉽고 열에는 약한, 까다로운 성질이 있는 그 성분은 물에 너무 깨끗이 씻고 공들여 가열하고, 끓인 물은 버리기까지 하

169

는 바람에 대부분 남지 않게 되었고, 심지어 그 성분의 흡수를 돕는 파 종류도 싫어하신다고……. 그러니까 식생활을 바꾸면 자연스레 질병도 회복되리라고 봅니다. 다른 가족분들은 아무렇지 않으니까 당분간은 특별식으로 하고, 병이 회복된 후부터 다 함께 식사하시면 별문제 없을 것 같아요."

"오오! 오오오오오! 참말이냐, 그게 참말이냐!"

"네, 절대, 라고까지는 말씀 못 드리겠지만, 아마도 틀림없지 않을까 하는……."

마일의 설명에 눈물을 펑펑 쏟는 남작. 부인과 오빠, 언니들도 눈자위를 누르고 있었다. 그리고 침대 위에는 계속 악화되기만 해서 죽음까지 각오했던 병이 사실은 자신의 편식 때문이었다는 사실이 드러나자 어이없어하는 리트리아가 있었다.

"그, 그런……. 이게, 서서히 몸이 마비되고 힘이 빠져나가는 죽을병이, 전부 제 편식 탓……. 제가 음식을 가려먹는 바람에……."

"그래서, 우리가 뭘 어떻게 하면 되지? 마일 양!"

당장이라도 덤벼들 듯한 기세로 마일에게 방법을 묻는 남작.

"으음~, 일단 리트리아 님의 저녁 메뉴는, 그러니까, 생선은 없으니 돼지고기, 콩, 옥수수, 빵 두 조각 정도, 그리고 양파랑 부추, 파, 그리고 마늘이요. 고기는 씻지 말고, 샐러드 등 가열하지 않는 요리를 늘리고, 삶은 국물은 버리지 말고 재사용하세요. 또, 와인도 내지 마세요. 살균 효과 같은 것도 없고, 술은 이 병에 좋지 않으니까."

"알았다! 잘 들었지, 그렇게 부탁한다!"

"""네, 알겠습니다!"""

씩씩하게 대답하고는 바닥에서 일어나 주방으로 달려가는 요리사들.

"으헤에에에에엑~!"

그리고 마일이 늘어놓은 식재료에 절망의 비명을 내지르는 리트리아.

""""""불평하지 맛!""""""

부모님과 언니 오빠. 가족 모두에게 혼나서, 반항하듯 이불 속으로 파고드는 리트리아였다.

이불 안에 숨은 리트리아를 남겨두고 응접실로 이동한 일동.

"뭐라고 감사 인사를 해야 좋을지……. 반다인을 궁지에서 구해서 우리 가문의 이름이 더러워지는 걸 막고 리트리아의 약을 확보해준 것도 모자라, 설마 했던 병까지 고쳐주다니……."

평민에게 고개 숙이는 것은 귀족이 할 만한 행동이 아니다. 그런데도 남작은 마일 일행에게 기꺼이 고개 숙였다. 마일과 메비스는 귀족이리라고 짐작했다고 해도 어쨌든 겉으로는 모두 평민, 보잘것없는 C등급 헌터라고 미리 알렸음에도 불구하고.

"아니, 감사 인사를 듣기에는 아직 일러요. 아마 제 판단은 틀리지 않았겠지만, 그래도 저는 아마추어니까요. 무사히 회복된 후에 말씀하셔도……."

마일의 말에 순간 어리둥절해하는 남작이었지만, 마일의 얼굴을 보고 '아아, 혹시 몰라서 그렇게 말하는 것뿐이고, 본인에게는 아마도 괜찮으리라는 확신이 있겠지'라는 것을 알고 다시 진정했다.

"그럼, 이렇게 하면 어떨까? 리트리아의 질병 치료를 지명 의뢰로 발주하는 건?"

"오옷! 그래도 돼요?"

마일이 깜짝 놀라며 물었는데, 오히려 남작은 마일이 왜 그렇게 놀라는지 알 수 없었다.

"당연하잖아. 이 정도로 말도 안 되게 큰일을 해주었는데 아무 보상도 없을 수야 있나. 그런 사실이 알려졌다간 우리 오라 가의 명예, 아니 설령 아무도 모른다고 해도 내 긍지가 무너진다고!"

역시 남작은 좋은 사람 같았다.

"이미 완료한 것이나 다름없으니 사후 처리로 해도 되겠지만, 사후 처리를 너무 연발하는 것도 길드에 좋은 인상을 남길 수 없을 테고, 역시 결과를 어느 정도 확인한 후에 처리하는 편이 너희도 마음이 편하겠지. 그래서 지금부터 지명 의뢰로 하고, 리트리아의 용태가 호전된 시점에서 완료하는 건 어떨까?"

"""""그렇게 부탁드립니다!"""""

귀족가에서 제안한 금액이 큰 지명 의뢰. 승격 포인트를 생각하면 구미가 당기는 제안이었다.

이는 그만큼의 실력과 신뢰도가 있다는 뜻이며, 평범한 C등급 헌터는 절대 얻을 수 없는 실적이다. 또 길드의 입장에서도 귀족가가 길드를 의지하고 신뢰한다는 증거여서 정치적으로도 고마운 일인 듯했다.

"그리고 이건 다른 이야기인데, 리트리아에게 줄 식재료, 아까 말한 것 이외에 또 뭐가 좋을까? 너무 똑같은 것만 먹게 하면 가엾잖아."

"앗……."

남작의 질문은 지극히 당연했지만 마일은 말을 머뭇거렸다.

그렇다, 마일의 지식은 그게 전부였던 것이다.

마일은 딱히 영양학을 배운 적이 없었다. 학교에서 수업의 일환으로, 취미인 독서로, 일반 여고생보다 지식이 조금 많은 것에 지나지 않았다. 그래서 각기병은 무릎을 때려도 움찔하지 않는 증상이며 원인은 비타민 B1 부족 때문이라는 것과 그 증상, 비타민 B1이 많이 함유된 식품, 포함되어 있지 않은 식품의 대표적인 예 정도만 알고 있었다.

어디까지나 교과서와 설명서에 실려 있는 '대표적인 예'뿐이다. 그리고 조금 전에 말한 것 이외에 대표적인 예는 뱀장어, 도미, 연어알 등 어패류뿐. 즉, 여기서 구할 수 없는 것들이었다.

그밖에 마일이 기억하고 있는 각기병에 대한 이야기로는 일본 해군이 초기에 각기병의 해결책을 찾아 실천하려고 했는데 원래 직업이 육군 군의 총감이었던 유명 작가 모리 오가이가 영양 원인설을 믿은 해군을 적대시하며 격렬하게 반발했고 병원균설을 고집해서 결국 많은 육군 병사를 허망한 죽음으로 몰고 갔다는 것 정도였다.

……지금 상황에는 아무런 도움도 안 되는, 쓸데없는 지식이다.

"그밖에도 그 성분을 많이 포함한 재료가 많이 있겠지만, 제가 아는 건 그 정도여서……. 하지만 평소대로 먹으면 괜찮을 거예요. 여러분도 아무 이상 없으니……. 리트리아 님의 식사가 너무 극단적으로 치우쳐져 있었고, 그게 어쩌다보니 문제의 성분을 거의 포함하지 않은 음식들뿐이었다는, 우연에 의한 것이었으니까요. 하지만 혹시 모르니까…….'

'나노!'

『기다리고 있었습니다!』

'뭐야, 그게! 아무튼 됐어. 부탁이야, 내 진단이 틀리지 않았는지 확인하고 싶어. 하나부터 열까지 다 나노에게 물어보기만 하는 건 나를 위한 게 아니니까 원래는 별로 의지하고 싶지 않지만, 이번에는 사람 목숨이 걸린 문제니까 그렇게 말할 수도 없어서……. 아마추어의 판단으로『각기병이다!』하고 말해버렸지만, 곰곰이 생각해 보니까 이런 증상을 보이는 병은 그것 말고도 여러 가지가 있는 것 같고, 무릎 반사도 신경 계통에 이상이 있는 병이라든가 다리에 지방이 너무 붙어서 반응이 둔하다거나 때린 위치가 나빴다거나, 너무 세게 때려서 무릎이 튕긴 거라든가, 다리가 움찔하지 않는 이유는 얼마든지 있는 것 같아. 초보자가 자기 확신으로 대충 대처했다간 도움도 도움이 아니게 되고 말잖아. 그러니까 정확한 진단을 부탁하고 싶어.'

자신만만하게 단언했으면서도 마일은 이제 와서 갑자기 불안해지고 말았던 것이다.

무릎 반사가 없다는 사실만으로 병명을 결정짓는 것이 너무 무모한 행위라는 사실을 마침내 깨닫고.

『알겠습니다. 그럼 그 질병에 관한 이미지를 정확하고 강렬하게 떠올려 주십시오. 마일 님의 사고를 통해, 해당 질병에 관한 정보를 확정하고, 그것을 바탕으로 분석하겠습니다. 그리고…….』

'그리고 뭐?'

『저희에게 의지하는 것을 망설이실 필요는 없습니다. 하나도, 손톱만큼도! 아니 그보다, 반드시 의지해야 합니다! 의지 좀 하세요!』

'……생각해볼게. 그럼 간다! 끄으으으으으으응!'

『정보의 확인과 분석을 완료했습니다. 마일 님이 진단하신 질병이 틀림없습니다.』

'다행이다……. 그럼 아이템 박스 안에 있는 식재료를『수납』으로 옮길 테니까 거기서 비타민 B1……, 그러니까, 문제가 되는 부족한 성분을 분리하고 추출해서 비타민 알약을 만들어줬으면 좋겠어. 가능할까?'

『가능할까, 가 아니라 하라고 명령하십시오.』

'알았어. 부탁할게!'

『그럼 제가 신호를 드리면 마일 님의 얼굴 앞 30센티미터를 중심으로 해서 반경 30센티미터의 공간을 수납해 주십시오. 그곳에 작업용 나노머신을 집합시킬 테니까요. 그리고 작업은 한순간에 끝나니 알약이랑 그 주위 30센티미터의 공간을 다시 꺼내 주세요. 안 그러면 일부 사람들이 수납에 남겨질 수 있습니다.』

'알았어! 아, 용기도 수납으로 옮겨둘 테니까 거기에 넣어줘. 분량은 그 용기에 들어갈 정도로. 그리고 비타민을 뺀 식재료는 폐기 처분 할 테니까, 안 쓴 분량이랑 구별해서 둬. 영양분이 빠져나간 식재료는 먹고 싶지 않으니까.'

『네! 그럼 수납을!』

'라저!'

"왜 그래? 또 멍 때리고⋯⋯."

"마일이야 늘 멍 때리잖아⋯⋯."

"시, 시끄러워요!"

늘 있는 대화 후.

'우왓!'

그리고 마일의 손에 나타난 작은 병 하나.

『전원, 무사 귀환했습니다. 알약은 지정하신 성분만으로는 한 회에 적절한 섭취량으로는 너무 부족해서 다른 중요 성분과 증량을 위한 것을 넣어 매 식사 후 한 알씩 복용하면 되도록 만들어 두었습니다. 또 아무래도 아직 현저하게는 증상이 발현하지 않았지만 영양 부족이 원인인 다른 질병의 징후가 있었으므로 그 부분 역시 손써두었습니다.』

보아하니 종합 비타민제, 아니, 거기에 칼슘과 마그네슘, 철분, 아연 등을 포함한 만능 영양제가 완성된 모양이다. 과연 배려의 아이콘 나노즈.

'고마워! 완벽해!'

『칭찬해주시니 기쁘기 그지없습니다⋯⋯』

"뭐? 수납?"

깜짝 놀라는 남작에게 병을 내미는 마일.

"부족했던 중요 성분을 보충하는 약이에요. 매 식사 후 한 알씩 복용하게 하세요."

남작이 오잉, 하는 표정을 지으며 깜짝 놀랐다.

"뭐지, 어떻게 딱 이때에 맞춰서……."

그건 수상하다. 마치 모든 일을 예견하고 미리 준비해둔 것처럼 등장한, 너무도 절묘한 약.

하지만 큰돈을 요구하는 것도 아니고, 오라 남작가는 그저 도움만 받을 뿐.

남작도 어느 정도는 사람 보는 눈이 있다고 자부했다. 이 모든 것이 계산된 덫이라면 더는 이 세상에 믿을 수 있는 게 하나도 없으리라.

"저희 집안 대대로 내려오는 비밀의 약. 그러니까, 비약이라고 할까요."

그렇게 말한 마일이 병을 내밀었다.

남작은 주뼛거리며 그 병을 받았다.

"이건 얼마 정도의 가치가?"

남작이 묻자 마일은 생긋 웃으며 대답했다.

"리트리아 님의 미소를 볼 수 있는 것만큼의 가치는 없어요."

"엥……."

그 말은 곧 무료.

아니, 훗날 미소로 갚으라는 뜻인가.

"이게 모두 없어질 때까지 리트리아 님이 여러 가지 음식을 가리지 않고 드실 수 있게 하세요. 그렇지 않으면 다른 무서운 병에 걸릴 가능성도 있어요. 또 입이 짧은 점을 고치기 위해 운동이라

든지 여러 가지로 고민하셔야 해요. 리트리아 님, 날씬하시고 사
랑스러우시고 멋지시지만 시집도 못 가고 돌아가시면 그게 다 무
슨 소용이겠어요?"

"……아, 알았어. 너무 귀여워하다가 지나치게 응석을 받아준
모양이다. 노력하마…….'

남작이 그렇게 말하며 받아들였다.

아무래도 진심 같으니 더는 걱정하지 않아도 되리라.

*　*

"역시 저녁까지 먹고 올 걸 그랬나…….'

돌아오는 길, 길드까지 데려다주는 마차 안에서 그렇게 푸념하
는 레나.

"아니, 저녁 시간까지 5시간 가까이 남았잖아요! 그때까지 시
간을 때우기도 힘들고, 저녁까지 얻어먹으려고 별 용건도 없는데
버티고 있는 건 한심하니까 돌아가자고, 모두 의견이 일치했잖아
요!"

"그건 그렇지만…….'

대식가 동료 마일에게 그렇게 지적받으면서도 미련이 남는 레
나였다.

그 일이 있은 후 남작은 사후 처리와 지명 의뢰라는 두 건의 서
류를 만들어, 부하를 시켜 말을 타고 먼저 길드로 향하게 했다.

그래서 마일 일행이 마차를 타고 느긋하게 길드에 도착하면,

사후 처리의 보수가 바로 나오고 지명 의뢰를 수주할 수 있었다.

수주하더라도 나머지는 결과가 나올 때까지 가만히 있으면 그만이다.

마차가 멈추고 객실 문이 열렸다.

"헌터 길드 왕도 지부에 도착했습니다."

마차에서 내리는 네 사람을 10도 정도의 각도로 예를 갖추어 인사하는 집사 반다인.

"감사합니다. 그럼 다음에 또……."

훗날, 의뢰 완료 증명 사인을 받으러 다시 가야 할 필요가 있다. 그래서 '붉은 맹세'를 대표한 메비스가 그렇게 말하고 가볍게 고개 숙여 인사했는데, 일단 허리를 들었던 반다인이 이번에는 45도의 각도로 최고의 예를 갖추었다.

"감사했습니다. 정말, 진심으로, 감사했습니다……."

그 얼굴이 향한 땅 위로 뚝뚝 검은 자국이 생기더니 점점 그 수가 늘어났는데, '붉은 맹세'의 네 사람은 못 본 척 가볍게 손을 흔들고는 길드 안으로 사라졌다.

반다인은 얼마간 길드 문을 응시하다가 마차 객실에 올라탔다.

"저택으로 돌아가자."

그리고 마차는 오라 남작가 왕도 저택을 향해 천천히 움직이기 시작했다.

*　　*

"어째서 왕도에 오자마자 귀족가의 지명 의뢰 같은 게 들어오는 거죠?! 그것도 영애의 질병 치료라니⋯⋯. 도대체 뭐야, 너희는!"

마지막에 말투가 영업용에서 벗어나고 만 페리시아였다.

"아니, 어째서라고 물어도⋯⋯."

"그렇죠⋯⋯."

"그야 우리는,"

"영혼으로 이어진, 네 동료,"

"""붉은 맹세!"""

짠 하고 포즈를 취하는 네 사람.

폭발과 연기는 실내여서 자중했다.

"아⋯⋯, 아아⋯⋯."

천하의 '사망각 페리시아'도 그렇게 대답하는 것이 최선이었다⋯⋯.

"그런데 마일, 그렇게 자신만만하게 말했는데 만약 진단이 틀려서 병이 낫지 않으면 어쩌려고 그래? 그렇게나 기뻐했으니, 착각했습니다, 로 끝날 수는 없을 텐데?"

마일이니까 괜찮겠지, 하고 생각하긴 했지만 만약의 경우엔 일이 커진다. 레나 뿐 아니라 메비스와 폴린도 걱정스러운 얼굴이었다.

다들 고객 앞에서 걱정스러운 표정을 지을 만큼 바보는 아니었기에 지금까지 태연한 척했지만 역시 조금 염려되었던 모양이다.

"괜찮아요. 아마 확실할 거고 만약 안 낫는다고 해도 다음 방책을 준비해두었으니까요. 그러니 마음 푹 놓으세요."

"다음 방책? 뭔데, 그게?"

마일은 아무렇지도 않은 얼굴로 레나에게 대답했다.

"물론 마법을 쓴 질병 치유죠."

"뭐, 뭘 『마음 푹 놓으라』는 거야! 엄청나게 위험하잖아아앗!"

소리치는 레나.

"……그런 거야?"

잘 모르는 듯한 메비스.

"뭐, 마일 짱이니까요……."

모든 것을 포기한 듯한 폴린.

"뭐, 어떻게든 되겠죠!"

그리고 '붉은 맹세'는 집으로 향했다.

사랑스러운 고양이 귀의 어린 소녀가 기다리고 있는, 일시적인 집으로.

제50장 라이벌 등장

오라 가 사건으로부터 사흘이 지난 후.

아니, 물론 그날은 일단 '일을 했고' 그 이후의 일도 수주했다. 이미 거의 끝난 일이기는 하지만.

그래서 그 후 이틀간은 충분한 휴식을 만끽했다. 주로 메비스가 완전히 정상으로 돌아오기를 기다리며.

그리고 오늘 새로운 일을 받기 위해 길드에 얼굴을 내민 '붉은 맹세'의 네 멤버였는데.

"너희가 『붉은 맹세』인가 하는 애들이지?"

길드에 들어가자마자 갑자기 누가 아는 체를 해왔다.

5인조 여성 헌터들이었다.

"아, 네, 그런데요? 무슨 볼일이라도?"

메비스가 산뜻한 미소로 그렇게 대답하자, 순간 할 말을 잃고 푹 빠져서 쳐다보는 여성 헌터들.

'우와아. 여전히, 다른 의미로 「여성 헌터」흔들기네, 메비스 씨…….'

메비스의, 평소와 다름없이 손쉽게 여성 헌터를 흔드는 모습에 어이없어하는 마일.

"……윽, 그게 아니라! 우리가 원정을 떠난 사이에 새파랗게 어린 외지인이 아주 우쭐하게 다니는 것 같잖아!"

가장 나이가 많아 보이는 스무 살 전후의 여자가 그렇게 말하자, 어리둥절한 표정을 짓는 메비스.

　"엥? 그래요? 그럼 안 되죠. 어린 사람은 연장자를 공경해야 하고, 경험이 얕은 자가 우쭐해서는 안 되는 거죠. 그런 사람들은 연장자가 주의를 줘야지……."

　풉!

　큭큭……

　크크크크큭……

　다른 헌터들이 필사적으로 웃음을 참는 것 같았는데 물론 메비스는 눈치채지 못했다.

　"여, 연장자. 연장……."

　그리고 얼굴을 붉히며 부들부들 떠는 연상의 여성.

　"앗? 왜 그러세요?"

　생글거리며 메비스가 묻자 여자가 폭발했다.

　"너희를 말하는 거잖아아아앗!"

　""""아, 역시?""""

　폴린, 레나, 그리고 천하의 마일마저 이번만큼은 알아차린 눈치였다.

　"……오잉?"

　그렇다, 모르는 건 메비스 혼자였다.

"……그래서, 설명해줬으면 좋겠어!"

길드 안의 음식 코너까지 따라간 '붉은 맹세'는 5인 여성 파티 '여신의 종'에게 추궁당했다.

"아니, 설명이고 자시고, 뭐가 문제고 무슨 변명을 요구하는 건지 하나도 모르겠는데요……."

상대가 연상에 선배여서 일단은 높임말을 사용하는 메비스.

"너, 너희가, 우리가 없는 새를 틈타서 이 지부에서 아이돌 파티의 지위를 가로챘으니까 그렇잖아!"

""""…………하아?""""

'붉은 맹세', 아연. 아연 샐러드유 세트.

"아아, 『활동하지 않는다』거나 『놀고 있다』는 의미죠? 아니, 저희는 잘 활동하고 있는걸요? 물론 요 며칠은 좀 쉴 때가 많았지만……."

마일은 아무래도 아이들링 쪽의 '아이들(idle)'로 잘못 생각한 모양이었다.

"그거 말고! 우상, 동경, 숭배 쪽의 아이돌!"

그렇게 필사적으로 말을 정정하는, 나이로 봤을 때 위에서 두세 번째인 듯한 소녀. 대체로 16~17세 정도였지만…….

"에엥, 파티명이 『여신의 종』이고 숭배의 대상인 우상이라는 건, 여러분, 여신님의 사도, 『사자님』인가요?!"

"아, 아니, 딱히 그런 건 아닌데……."

곤혹스러운 표정인 여성 파티 멤버들.

물론 알고서 한 질문이다. 마일 역시 이따금 짓궂게 굴고 싶을 때가 있는 법이다.

그리고 자초지종을 듣는 '붉은 맹세'.

음료는 "우리가 선배 파티니까" 하면서 '여신의 종'이 파티 예산으로 사주었다.

그런 점은 선배로서 제대로 자각하는 모양이다.

'여신의 종'. 헌터치고는 드물게도 여성들로만 이루어진 5인 파티이다.

검사 테류시아, 19세. 창사 필리, 17세. 검사 위리누, 궁사 겸 단검을 쓰는 타시아, 역시 16세. 그리고 만능형, 이라고 말하면 듣기에는 좋지만 어느 것 하나 특출 난 부분이 없다는 표현이 더 어울리는 마술사 라세리나, 14세. 라세리나만 D등급이고 나머지는 전부 C등급 헌터였다. 이제 막 승격하긴 했지만······.

산과 밭밖에 없어서 괜찮은 남자를 찾아보기 힘든 시골 농촌.

그런 곳에 평생 있는 것을 참지 못한 세 명의 어린 소녀가 손도끼와 노송나무 막대기를 들고, 모험과 화려한 인생을 찾아 헌터를 꿈꾸며 마을을 뛰쳐나왔다.

······바보였다.

그리고 온갖 고생과 위험을 겪었지만 기적적으로 살아남았고, 혼자 마을을 뛰쳐나온 비슷한 소녀 둘이 추가로 들어오면서 어느새 C등급 헌터까지 성장한 것이다.

보통 그렇게 무모한 사람들은 그전에 전멸하는데, 의외로 실력이 있었는지 아니면 운이 좋았는지······.

어쨌든 양성 학교가 없는 나라치고는 이례적으로 어린 나이에

C등급 승격이었다. 심지어 어린 여자들의 모임. 당연히 남성 파티들의 사랑을 독차지했다. '붉은 맹세'가 그러하듯이.

그런데 그곳에 등장한 '붉은 맹세'.

어린 미소녀 4인조. 귀중한 마술사가 둘. B등급에 버금가는 검기. 적정 인원에는 미치지 못하는 멤버 수. 그리고 아무래도 세상 물정을 모르는 듯한 모습.

……그렇다, 남성 파티의 주목이 '붉은 맹세'로 옮겨가고 만 것이다.

"다른 데서 오자마자 『붉은 의뢰』를 받고 완수, 추가 보수까지 챙기고, 귀족가로부터 지명의뢰를 받다니, 대체 무슨 수를 쓴 거야!"

그렇게 말하며 성을 내는 열일곱 살 창사 필리.

"늘 따라다니던 『계약의 파수꾼』의 존즈가 정말로 좋아질 것 같은 애가 생겼다면서, 우리가 먼저 밥 먹자고 했는데 거절했다고!"

소리를 빽 지르는, 슬슬 적령기의 반환 지점에 접어드는 파티의 최고 연장자, 열아홉 살 검사 테류시아.

"그 다정한 『백은의 손톱』 아저씨들을 곤경에 빠트렸다는 건 또 무슨 소리인가요!"

아무래도 아저씨를 좋아하는 듯한 열여섯 살 궁사 타시아.

제대로 말을 섞어본 남자라고는 아버지 정도밖에 없었던 마일, 그리고 철 들 무렵에는 아버지와 둘이서 행상 여행을 떠났고 그 후에도 '붉은 번개'와 함께 행동한 레나도 마찬가지로 '아저씨 취향'이었다. 서로 그런 부분을 안다면 세 사람은 좋은 친구가 될 수 있을 것 같았다.

"밥 사주고 과자 사주는 사람이 줄어들었다고요!"

뿡뿡, 화를 내며 볼을 부풀리는 열네 살 마술사 라세리나.

"…………."

그리고 하고 싶은 말을 앞에서 전부 해버려 그저 말없이 노려보기만 하는 열여섯 살 검사 위리누.

"""""어떻게 책임질 거야!"""""

"""""아~…….""""""

어깨를 털썩 떨구는 '붉은 맹세'의 네 사람이었다.

"그런데『계약의 파수꾼』은 뭐고『백은의 손톱』은 또 뭐예요?"

마일의 의문에 메비스, 레나, 폴린도 고개를 갸우뚱거렸다.

'계약의 파수꾼', '백은의 손톱', 그 두 이름에 전혀 짐작 가는 바가 없는 '붉은 맹세' 멤버들.

그리고 직접 현장에 있었던 것이 아니라 온갖 소문을 전해 들었을 뿐인 '여신의 종'은 말이 일치하지 않았다. 그래서 그녀들이 쩌렁쩌렁한 목소리로 말하는 바람에 내용을 전부 듣게 된 다른 헌터들 중 그날 상황을 직접 목격했던 자가 그녀들에게 말을 걸어 자세한 상황을 설명해주었다.

……물론 단순한 친절 때문만이 아니라, 그녀들에게 얼굴도장을 찍어 친해지려는 엉큼한 속내로 가득해서였지만.

"그러니까, 우리보다 급도 낮은 주제에 잘났다는 듯이『불특정 요소가 많은 위험한 의뢰를 단독으로 받는 건 탐탁지 않다』면서 우리의 일에 끼어들려고 한, 거치적거리던 무리가『계약의 파수꾼』인가 뭔가이고, 우리 뒤를 따라오던 수상한 무리가『백은의 손톱』이라는 거네?"

"무, 무슨……."

레나의 너무도 노골적인 말투에 말문이 막힌 테류시아.

"존즈는,『계약의 파수꾼』은, 그렇게 연약한 파티가 아니야!"

"『백은의 손톱』아저씨들을 미친 사람처럼 말하지 말아 주세요!"

욱해서 반론하는 테류시아와 타시아였는데, '붉은 맹세'에는 독설 폴린이 대기하고 있었다.

"하지만 자기들은 처음에 그 의뢰를 받지도 않아 놓고 저희가 받았다는 걸 알자마자 억지로 합동을 제안했다가, 메비스와 마일 짱이 동화 베기를 선보인 것 가지고 너무 쉽게 물러났으니까, 어떤 불순한 의도가 있었던 겁보. 그렇게 받아들일 수밖에 없는데요?"

"윽……."

"그리고 어린 여자들만 있는 파티를, 일정 간격을 두고 몰래 뒤따라오는 남자 파티. 이걸 수상하다고 말하지 않으면 뭐라고 해야 하죠?"

"으윽……."

폴린의 입바른 소리에 반론하지 못하고 입을 다무는 테류시아와 타시아.

다른 헌터들은 '계약의 파수꾼'과 '백은의 손톱'이 너무도 딱해서, 애초에 그 두 파티를 부추긴 페리시아가 감싸주지 않을까 하고 카운터로 눈을 돌렸다.

하지만 페리시아는 얼굴빛 하나 바꾸지 않고 눈썹조차 움찔하지 않은 채 접수 자리에 앉아 있었다.

""""역시『사망각 페리시아』다!!""""

'계약의 파수꾼'과 '백은의 손톱'이 지금 이 자리에 없다는 것이 그나마 다행이었다…….

"이제 됐나? 그 두 파티와 우리는 아무 상관없다는 게 분명해졌으니 더는 할 말 없지?"

"윽……,『계약의 파수꾼』과『백은의 손톱』에 대해서는 일단, 잘 알겠어요. 아니, 그들이 그런 사람들이라고 인정했다는 뜻은 아니에요. 당신들에게 악의가 없었다는 걸 잘 알았다는 뜻일 뿐이니까! 하지만 중요한 부분이 아직 해결되지 않았어요!"

레나가 이야기를 마무리 지으려는데, '여신의 종'의 리더로 보이는 여성 테류시아는 아직 할 말이 남아 있다는 표정이었다. 랄까, 확실히 그렇게 말했다.

그리고 테류시아가, 이어서 다른 파티 멤버들이 도전을 선언했다.

"누가 더 뛰어난 파티인지 확실히 가리자고!"

""""하앗!""""

""""아~…….""""

'여신의 종'은 의욕적으로 나오는 반면 '붉은 맹세' 쪽은 점점 의욕이 떨어질 뿐이었다…….

딱히 누가 더 강한지는 상관없다.

지금까지 '여신의 종'이 남자들에게 사랑받은 건 딱히 그녀들이 강해서가 아니다. 그저 단순히 '여자 친구가 되어줬으면 좋겠으니까'. 그 이상도, 그 이하도 아니다.

애초에 이제 막 C등급이 된 그녀들은 C등급 헌터 중에서 제일 밑바닥이었다. 그런 그녀들 다섯 명을 파티에 넣으면 받을 수 있는 일이 한정적이고 자기 몫도 반으로 줄어든다. 즉, B등급에 버금가는 검기를 지녔거나 귀중한 실전 수준의 마술사 등 인재가 모인 '붉은 맹세'와는 달리, '여신의 종'을 한 사람도 빼놓지 않고 영입하는 것은 다른 파티의 입장에서 단점이 너무 많았던 것이다.

그럼 마음에 드는 몇 명만 끌어들인다?

그렇게 했다간 누구를 고를까 하는 문제로 다투게 된다.

또 멤버를 빼앗긴 '여신의 종'의 나머지 멤버로부터 원한을 사게 된다. ……어차피 뽑힌 사람도 동료를 배신하고 다른 파티로 옮길 거란 생각은 들지 않지만.

그리고 만약 이적한다고 해도, 그 아이를 에워싼 처절한 싸움이…….

그렇다, 만약 그런 짓을 했다간 파티 붕괴는 불 보듯 뻔했다.

같은 마을 출신에 모두 소꿉친구라거나 파티 결성 때부터 고정된 멤버라면 여자가 한두 명쯤 섞여도 문제없고 누군가와 이루어져도 축복해주겠지만 말이다…….

아니 물론 그런 경우에도 질척질척 진흙탕 같은 인간관계가 펼쳐지는 경우도 결코 드물지 않지만.

요컨대 유능한 파티 동료 겸 연인 후보로 모두 주목받고 있는 '붉은 맹세'와 달리 '여신의 종'은 완전히 '사적인 연인 후보'였던 것이다.

그래도 헌터 중에는 여성의 비율이 낮고, 보통 젊은 여자들은 예의 여인숙 장녀처럼 헌터는 무뢰한에 돈이 없고 언제 죽을지 모른다고 여기는 사람이 많았기 때문에, 어린 여성들로만 이루어진 '여신의 종'은 연인 후보, 그리고 결혼 상대로도 최고 유망주였다.

결혼하면 남편의 파티로 이적해도 불평할 수 없을 테고, 헌터를 은퇴시키고 전업주부나 상점이나 점방 등 안전한 일을 하면서 남편의 귀가를 기다리는 생활을 하게 만드는 것도 그리 나쁘지 않으리라.

그런데 그때 등장한 것이 '붉은 맹세'였다.

오거도 한 방에 쓰러트릴 수 있는 검기의 주인이 둘. 귀중한 C등급 마술사가 역시 둘. 심지어 귀엽고 어리고 별로 때도 안 탄 것 같은, 자신들 전원의 지분에 해당하는 4인조. 남자들의 타깃이 바뀌는 것도 어쩔 수 없었다.

그래서 만약 여기서 '여신의 종'이 모의전을 펼쳐 '붉은 맹세'를 이긴다고 해도 그 평가가 달라지는 것도 아니다.

어차피 '여신의 종'이 이길 가능성 따위 전혀 없었으며, 그 사실은 길드 직원과 다른 헌터들 대부분이 잘 알고 있었다.

"좋아. 그럼 중정에서, 으흡!"

아무렇지 않게 말하는 레나의 입을 허둥지둥 틀어막는 메비스.

"아, 아니, 저희는 아직 신입이어서 선배님들 같은 실력이 전혀 없어요! 시험은커녕 생각할 것도 없어요!"

모처럼 자신들에 대해 모르는 마을에 온 것이다. 이곳에서는 튀지 않고 지극히 평범한 신입 C등급 헌터로 충실히 활동하고 수행하자. 그렇게 생각한 메비스가 이리저리 둘러댔다. 지난번에

'동화 베기'를 선보였던 건 까맣게 잊고.

마일과 폴린도 같은 의견이었기 때문에, 다른 헌터에게 얕보이고 싶지 않아 반론하려는 레나의 머리를 마일이 소리 차단 결계로 싸고, 폴린은 몸을 써서 '여신의 종' 멤버들의 시야로부터 레나를 가렸다.

아무도 모르게 마일의 괴력에 붙들린 레나가 마구 발버둥 쳤지만 마일의 구속은 풀리지 않았고, 레나는 입만 뻐끔뻐끔 쓸데없이 열렸다 닫혔다 하면서 끝내 주목받지 못하고 그대로 무시당했다.

"아, 알면 됐어. 그럼 앞으로는 나대지 마!"

이미 수주가 끝난 것일까, 아니면 '붉은 맹세'에게 한마디 해줄 목적으로만 길드에 얼굴을 내민 것일까. 그렇게 말하고 나가버리는 '여신의 종'의 리더와 그녀를 뒤따르는 네 사람.

"'''야아아아아아아아아아!'''"

길드에 있던 다른 헌터들과 길드 직원 전원이 속으로 지적했다.

'그 동화 베기랑 『계약의 파수꾼』이 급 낮은 취급을 받은 것! 또 『백은의 손톱』이 도저히 따라잡지 못한 행군 속도에다가 붉은 의뢰 완수, 귀족가의 지명 의뢰까지! 그런 걸 다 들었으면서, 어째서 그렇게 시원시원하게 납득한 거냐고!'

과연, 손도끼와 노송나무 막대기를 쥐고 마을을 뛰쳐나온 소녀들답다. 머리 꼭대기까지 피가 솟은 탓에 조금 전 대화를 잊어버린 모양이었다. 아니, 처음부터 '자신들이 더 우위라는 걸 알려주는 것'이 목적이었고, 그것에 모순되는 정보는 머릿속에 넣지 않았던 것일까…….

어쨌든 그곳에 있던 헌터와 길드 직원들의 생각은 하나였다.

'뭐, 내 일도 아니고. 깊게 생각해봐야 무슨 소용이겠어…….'

그리고 모두 원래 하던 작업, 그러니까 길드 직원은 업무, 헌터들은 의뢰 물색과 먹고 마시는 일로 돌아갔다.

한편 '붉은 맹세'는…….

"오늘은 메비스의 그 연습을 겸할 거니까 상시 의뢰인 마물 토벌로 가자."

"""하잇!"""

레나도 일단은 생각했던 것이다. 과연 리더……, 는 메비스다.

"그럼 아까 일에 대해 설명해보실까?"

레나는 아무래도 조금 전에 붙잡히고 입이 틀어 막힌 일에 대해 단단히 화가 난 것 같았다.

역시 리더는 메비스가 적합하다.

그렇게 생각하는 마일과 폴린이었다.

그리고 모두 입 밖으로 꺼내지는 않았지만 왠지 그런 생각이 들었다.

((((아까 그 사람들, 왠지 앞으로도 자꾸 엮일 것 같은 느낌이 들어…….))))

제51장 편지

그로부터 사흘간, '붉은 맹세'는 상시 의뢰에만 뛰어들었다.

메비스의 새로운 필살기를 실전에서 연습시키기 위해, 그리고 지금까지 있었던 일 때문에 조금 주목받게 된 듯한 느낌도 들었기 때문에, 약간 시시한 일을 해볼까 하고 생각했던 것이다.

자신들은 마일과 달리 상식이 있다고 생각하는 메비스, 레나, 폴린이었는데, 동화 베기까지 포함해 그런 일을 해놓고도 '조금 주목받게 된 듯한 느낌도 든다' 정도로만 여기는 점은 좀, 아니 상당히 안 좋은 쪽(마일 쪽)으로 치우쳐 있었다.

"그래도 많이 애썼네, 메비스. 그『윈드 엣지』, 거의 바람마법에 필적해. 그거면 일반 바람마법이라고 생각하지, 마일의 집안 대대로 내려오는 비전인『비공포』의 응용기인 줄은 아무도 모를걸. 게다가『항마검』도 파이어 볼 정도는 튕겨낼 수 있고, 화염류를 가르고 상대에게 돌진하다니, 메이거스 킬러(마술사 죽이기)도 가능하겠어."

그렇다, 레나가 연습 상대로 마법 공격을 해주었는데, 힘 조절을 했다고는 하나 메비스는 화염을 검으로 가른 후 레나에게 바짝 다가가 레나의 정수리에 검이 닿을락 말락 한 위치에서 멈추었던 것이다.

물론 전혀 다치지 않은 것은 아니어서 머리카락이 불에 살짝 그슬려 울적해하는 메비스에게, 허둥지둥 마일이 복구 마법을 걸어 주었지만.

"그래도 힘 조절을 한 상대한테 겨우 이겨서는……."

"바보야, 힘든 싸움에서 그렇게 규모가 큰 마법을 난발할 수 있는 것도 아니잖아. 강력한 마법은 제일 처음에 한 발 아니면 원거리에서 포대 역할을 할 경우에나 쓸 수 있어. 통상적인 싸움에서는 재빨리 연속해서 쏘는 게 효과적이니까 파이어 볼 같은 초급 마법이 중심이 된다고. 그런데 그걸 검사가 다 튕겨내고 플레어(화염류)를 가르고 눈앞까지 접근하면, 처음 보는 상대라면 일도양단. 틀림없어."

"……그런가?"

레나의 말에 머리를 긁적이며 멋쩍어 하는 메비스.

한편 마일은 그 대화가 안 들리는 척했다.

'일반 바람마법이라고 생각하고'가 아니라, 사실 그건 일반 바람마법 그 자체였다. 적어도 비전의 비밀이 드러날 걱정만은 절대 없다.

다만, 다른 비밀, 그러니까 '마법을 쓰지 못해야 하는 메비스가 마법을 쓴다'는 쪽의 비밀이 드러날 가능성은 있었다.

뭐, 그 경우에는 메비스의 검을 '바람마법을 쏠 수 있는 마법검'이라고 둘러대면 그만이다.

그것도 검의 인정을 받은 진정한 기사만 쓸 수 없다는 식으로.

나머지는 검을 '애꾸눈을 한 신비로운 노인에게서 받았다'거나,

'호수에서 갑자기 등장한 신묘한 귀부인으로부터 받았다' 같은 적당한 구실을 대서, '인간의 형상을 한 신들에게 하사받았다'는 식으로 신검 이야기를 대충 꾸며내면 되겠지.

과연 신에게 받은 검을, 신의를 거스르면서까지 빼앗으려고 드는 권력자는 없을 것이다.

신검의 존재를 믿는 것은 다시 말해 신의 관여를 믿는다는 이야기이다. 그래서 신의를 거슬러 그것을 빼앗으면 신이 어떠한 벌을 내릴지 생각이 미치지 못하는 자는 없었다.

이 세계는 마법이 존재하고 아직 제대로 발달하지 못한 세계이니까. 일반적으로 신의 존재를 믿었다.

아니 실제로 신에 필적하는 존재의 대규모 간섭을 받았고 그 결과 마법이 존재하게 되었으니 믿는 게 당연했다.

'아, 하지만 그렇게 둘러대면 메비스 씨는 신으로부터 신검을 하사받은, 신이 선택한 용사가 되는 건가? ……아, 몰라. 별로 큰일도 아니고.'

큰일이었다.

온 나라가, 아니 온 대륙이 떠들썩해질 정도로 큰일이었다.

길드에 도착한 마일은 수납에서 사냥물을 꺼내 매입 카운터에 쭉 늘어놓았다.

"오늘도 무사히, 그 사람들과 만나지 않고 끝났네요."

"어어, 그러네."

마일과 메비스가 말하는 건 물론 그 여성 5인조 파티 '여신의 종'이었다. 그 말을 듣고 매입 접수를 받는 아저씨도 쓴웃음을 지었다.

뭐, 둘 다 이곳 음식 코너에 오래 있을 일이 없기에 만날 확률은 그리 높지 않다. 각자 쉬어야 하고, 외박해야 하는 원정을 떠날 때도 있으니까.

"자, 매입금이다. 그나저나 참 잘 버네, 너희……. 역시 대용량 수납 보유자는 보물 상자인가."

매입 접수원 아저씨의 말에 다른 헌터들의 귀가 쫑긋거렸다.

그렇다, 효율적으로 벌기 위해서는 마일의 수납을 숨길 수 없다. 그래서 이미 그 사실은 공표가 끝났다. 그리고 그것을 안 헌터들은 점점 더 '붉은 맹세'를 원했다.

하지만 첫날 동화 베기의 임팩트와 '계약의 파수꾼'과 '백은의 손톱'의 참상을 목격한 이후로 '붉은 맹세'에게 합병 혹은 합동 수주를 제안하는 파티는 없었다. 적어도 동화 베기에 필적하는 실력을 보이고, 또한 '백은의 손톱'이 따라가지 못했던 행군 속도에 맞출 자신이 있는 파티가 없었던 것이다.

하지만 모두가 '붉은 맹세'와 사이좋게 지내기를 포기한 것은 아니다.

위에서 내려보는 태도로 제안하는 게 아니라 우호적으로 나오는 파티라면 합동 수주를 받아줄지도 모른다.

그리고 파티끼리가 아니라 멤버의 누군가와 개인적으로 친해진다거나, 운이 좋으면 자신이 '붉은 맹세'에 들어가 하렘 상황으로…….

'붉은 맹세'는 네 명이니까 이상적인 파티 인원인 5~6명이 되기에는 한두 명이 모자라다. 멤버를 보충할 가능성이 있다. 아니, 그렇게 권하면 된다. 그리고 그 보충 인원이 남자면 안 될 이유도 딱히 없으리라. 남자 넷에 여자 한두 명이 속한 파티도 드물지 않다. 그 반대가 있는 게 뭐가 나쁘지?

지금 동료? 내 알 바 아니지, 그런 거! 네 명 중 누군가를 가진 후 합동 회식이라도 열어주면 눈물 질질 흘리며 고마워하리라.

노린다면 누구를?

같은 검사여서 말이 잘 통할 것 같은, 늠름한 메비스 쨩? 수납 보유자에 검기도 훌륭하고 순진해 보이는 마일 쨩? 결혼할 수 있을 때까지 3~4년은 기다려야 하지만 뭐, 어때, 그 정도는 금방이다.

거유 폴린 쨩이랑 절벽가슴 레나 쨩도 버리기 아깝다. 마술사인 그녀가 옆에 있어주면 다쳐도 안심, 여러 가지 면에서 편리할 테고 말이야.

등등 희망, 소망, 욕망, 망상으로 가득한 공간에서 가시방석에 앉은 듯한 불편함을 느낀 '붉은 맹세' 일행은 용무를 끝내고 길드에서 재빨리 빠져나가려고 했다.

그런데 그때, 마일이 생각났다는 듯 말했다.

"아, 죄송해요. 볼일이 좀 있어서, 여기서 잠깐만 기다려 주세요!"

그렇게 말하고는 평소에는 별로 들르지 않는 창구, 헌터 수주 창구가 아니라 의뢰 접수나 기타 모든 일반인을 상대로 하는 창구로 향하는 마일.

예전에도 그런 적은 있었다. 그렇다, 편지, 라고 말하기에는 다소 두꺼웠던 종이꾸러미를 발송했을 때 말이다. 그래서 레나 일행은 특별히 아무 생각 없이, 출구 앞에서 마일이 볼일을 다 보기만을 기다렸다.

"실례합니다, 혹시 뭐 온 물건 없나요? 길드 지부 보관, 『미아마 사토데일』 앞으로⋯⋯."

다른 사람의 귀에 들리지 않도록, 마일은 소곤소곤 접수원 아가씨에게 물었다. 이곳은 헌터들의 수주와 의뢰 완료 보고 창구가 아니라 일반인용 창구여서, 물론 접수원 아가씨는 '사망각 페리시아'가 아니었다.

그런 사람에게 일반 왕도민을 상대하게 할 리 없다. 길드 마스터도 바보가 아니니까 말이다.

"잠깐만 기다려 주세요."

접수원 아가씨는 자리에서 일어나 안쪽의 문 너머로 사라졌다가 잠시 후 작은 꾸러미를 들고 돌아왔다. 그리고 자리에 앉아 마일에게 물었다.

"눈병 특효약의 소재이며, 바다 속에 살면서 배를 공격하는 거대생물의 통칭은?"

"안과의 적!"(영화 『눈 밑의 적』, 한국 번역명 『상과 하』의 패러디)

"네, 패스워드(인증 단어) 통과입니다. 여기 있습니다."

접수원 아가씨가 그렇게 말하며 소포를 건넸다.

⋯⋯참고로 정말 그런 생물이 있을 리는 없다. 보내는 사람은 마일, 아니 '미아마 사토데일'이 그렇게 대답하리라는 것을 알고 있었다. 따라서 다른 사람이 정답을 맞히기란 불가능했다.

"오래 기다리셨죠?!"

"그럼 숙소로 돌아가자. 내일이랑 모레는 쉬는 날이어서 자유시간이니까."

레나의 말에 남자 헌터들의 귀가 쫑긋쫑긋 움직였다.

'붉은 맹세' 멤버가 따로 움직일 거라는 이야기에, 접근할 기회를 얻을 수 있을지도 모른다고 생각하고 있으리라. 이런 데서 쓸데없이 정보를 주다니, 레나의 큰 실수였다.

숙소로 돌아와 소포를 뜯어본 마일은 안에 들어 있는 두 개의 편지를 확인하고 그중 하나를 수납에 넣고는 다른 하나를 멤버들 앞에서 펼쳤다.

"레니 짱이 보낸 편지예요!"

"너, 언제 우리의 연락처를⋯⋯, 아 저번 마을에서 보낸 소포? 하긴, 그때는 이곳 왕도에 당분간 머물기로 결정된 상태였으니까. 그럼 다 함께 읽어볼까?"

그리하여 모두 레니의 편지를 돌려 읽기로 했다.

＊　　＊

어느 날 이른 아침, 레니가 숙소 현관 앞에서 빗자루질을 하고 있는데, 한 남자가 말을 걸어왔다.

"여기에 레니라는 분이 계시는지요?"

"제가 바로 레니인데요⋯⋯."

숙소에 볼일이 있는 사람이라면 몰라도, 어린 레니에게 볼일이 있는 낯선 어른이 있을 리 없다. 일단 대답은 했지만 경계심이 가득해 빗자루를 움켜쥐고 싸움 태세에 들어가는 레니.

"아아, 전 수상한 사람이 아닙니다! 그냥, 물건을 전해주러 온 심부름꾼일 뿐이에요!"

남자는 허둥지둥 그렇게 말하더니 어깨에 메고 있던 가방에서 편지로 보이는 것을 꺼내 레니에게 건넸다.

"이건?"

"아, 그냥 저는 전달만 하는 거여서……. 대금은 보내시는 분이 선불로 냈기 때문에 그냥 받으시면 됩니다."

과연 편지 봉투의 받는 사람에 이 여인숙과 자신의 이름이 적혀 있었다.

뒤로 뒤집어보아도 보내는 사람의 이름이 없었다. 다른 사람이 볼 수 있는 봉투에 이름을 쓰고 싶지 않았던 것일까.

"누가 보낸 건데요? 그리고 당신은 어디에서 온 심부름꾼인가요?"

레니가 묻자 남자가 고개를 가로저었다.

"그건 대답해드릴 수 없습니다. 또 그 편지를 누가 보냈는지, 저는 모릅니다. 아니, 물론 저희는 보내신 분의 성함을 알지만, 그분이 그 편지의 착신인과 동일인이라고 말하기도 어렵고 그 사실을 제게 알리고 싶지 않을지도 모르니까요. 그러니 누가 보냈는지 묻지 말아 주십시오. 또 제 이름과 소속도 밝힐 수 없습니다. 그렇게 해야 정보를 끌어 모아 역추적하려는 자의 실이 도중에 끊겨 비밀이 유지될 수 있는 것입니다."

그 말을 듣자 영리한 레니는 곧바로 감이 왔다.

당장 봉투를 뜯어 안에 들어 있는 편지의 처음 몇 줄을 읽고는, 다시 편지를 봉투에 넣었다.

"저, 저기, 혹시 받으신 편지를 도로 돌려보내실 수 있나요? 그리고 거기에 제 편지를 동봉해도 되나요?"

그 남자는 아주 잠깐 생각한 후 부드러운 미소를 지었다.

"지금 당장 답장을 쓰신다면 받아드리지요."

"들어오세요!"

레니는 남자의 손을 잡아당겨 아직 문을 열지 않은 식당에 끌고 가 자리에 앉히고는, 황당해하는 주인을 무시하고 500cc짜리 에일 석 잔과 안주를 내어온 후 필사적으로 편지를 쓰기 시작했다.

"이걸 전부 마시려면 시간이 좀 걸리는데요……."

아침 댓바람부터 500cc짜리 에일 석 잔을 마시는 것은 남자의 방침에 어긋난다.

'뭐, 괜찮겠지. 천천히 마시기로 할까요……. 이 정도로는 별로 취하지도 않고, 마시고 돌아가도 뭐라고 할 사람은 아무도 없으니까요. 뭐, 모범적인 행동은 아니지만, 가게와 작업장에 얼굴을 내밀지 않고 뒷문을 통해 사무소에 들어가면 됩니다. 그분께 아주 중요한 존재로 보이는 이 소녀를, 너무 재촉하는 것도 가여우니까요.'

그렇게 생각한 남자는 천천히 잔을 입으로 가져갔다.

레니의 편지를 받은 남자는 몇 번이고 고맙다고 인사하는 레니에게 고개를 한 번 끄덕인 후 여인숙을 뒤로했다.

그리고 사람이 하나둘 나오기 시작하는 왕도의 거리로 들어가 때로는 혼잡한 곳을 빠져나오고, 때로는 좁은 뒷골목을 쏜살같이 달리는 등 미행이 절대 붙을 수 없을 만큼 무모하고도 거칠게 이 동한 끝에 어느 가게의 뒷문으로 모습을 감추었다.

"그런데 무엇 때문에 이렇게 신중해야 하는……. 뭐, 그분의 지 시니까 지키긴 하는데 말입니다. 도대체 무엇과 싸우시는 것인 지, 그분은……. 뭐, 익숙하지만 말이지요, 이상한 선생님을 상 대하는 것에는……."

그리고 남자는 석 잔의 에일을 마신 취기가 달아날 때까지는 종 업원의 앞에 나설 수 없어서 사무에 전념할 뿐이었다.

＊　　＊

"마일, 너, 책 읽는 거 좋아했지. 이거 읽을래?"

레나가 그렇게 말하며 내민 것은 오락책 두 권이었다.

"엥? 레나 씨가 왜 책 같은 걸 가지고 있는 거예요?! 엄청 비 싼데!"

그렇다, 이 세계에서 책은 말도 안 되게 값이 비쌌다. 마일조차 도 책을 사지 않고 도서관에 의지할 정도였다.

그리고 이 세계에는 오락책의 숫자가 적었다.

학술서나 귀족의 자서전 등은 '책을 내서 내용을 널리 알리고 명예를 얻는다'는 것이 목적이었기 때문에, 채산은 도외시하고 어느 정도의 숫자를 출간했다. 그 내용이 진실인지 아닌지는 별개로. 또, 역사서 종류도 국책 사업으로 역시 채산을 도외시하고 만들어졌다.

하지만 오락책은 그럴 수 없었다. 필경사가 한 권 한 권 손으로 필사하기 때문에 쉽사리 단가를 낮출 수도 없었고, 채산이 맞을 만큼의 가격으로 충분한 매상을 확보할 수 있는 작품 따위는 서적 문화가 미성숙한 이 세계에서는 그리 많지 않았다.

게다가 여행하다 보면 책은 곧 너덜너덜해지고 만다. 마일처럼 용량이 무한한 아이템 박스라도 있지 않은 한. 그래서 레나가 책을 산다는 것은 생각하기 어려웠다.

"빌린 거야. 여기 도서관, 보증금으로 한 권당 금화 한 닢을 맡기면 은화 한 닢에 3일간 빌려주거든. 모두 입을 꾹 다물고 무서운 얼굴로 책을 읽는 도서관은 왠지 불편해서, 어차피 입장료를 내야 한다면 크게 달라지는 게 없다는 생각에 빌려왔어. 돈까지 주고 빌려왔으니까 이왕이면 많은 사람이 읽는 편이 이익이잖아? 이 작가가 쓴 책, 재밌어. 예전에도 몇 권인가 읽어봤는데, 신간이 나왔기에 두 권 다 빌려와버렸지."

레나가 내민 책을 받아 제목을 살피는 마일.

『리얼충왕』. 아빠바보인 세 딸에게 인기 만점인 늙은 왕의 이야기.
『젊은 하무테루의 슬픔』. 자기 집 정원에 눌러 앉은 흉폭한 코카트리스를 이기지 못해서 슬퍼하는 청년의 이야기. (하무테루는 만화 『동물병원 선생님』 주인공의 애칭)

작가 미아마 사토데일

두 책을 물끄러미 바라보며 부들부들 떠는 마일.

"저, 저는, 마, 마지막에 읽어도 되니까……. 머, 먼저 폴린 씨랑 메비스 씨한테 빌려 주세요……."

"그래? 뭐, 하긴 넌 읽는 속도가 빠른 것 같으니까, 나중에 읽어도 되겠네. 메비스, 폴린, 이거 읽을래?"

그렇게 말하며 마일에게서 멀어지는 레나.

그리고 식은땀을 줄줄 흘리는 마일이었다.

레나 일행이 깊은 잠에 빠진 후.

늘 그렇듯, 밤늦게까지 자지 않는 마일은 차광 결계 속에서 라이팅 마법을 사용해 글을 썼다.

그리고 글쓰기가 일단락되자 아이템 박스에서 한 통의 편지를 꺼내 다시 읽었다. 레니 짱이 보낸 편지와 같은 꾸러미에 들어 있던, 또 다른 한 통이었다.

【미아마 사토데일 선생님께

원고, 잘 받았습니다. 곧바로 필경사를 총동원하여 생산에 들어갈 예정입니다.

전작의 매출이 긍정적이고 연극화 이야기도 나오고 있습니다. 원고료는 상업 길드 계좌로 이미 입금이 끝났습니다. 또한 의뢰하신 편지는 무사히 그분께 전해드렸습니다. 그분이 맡기신 답장을 동봉하오니, 제가 굳이 말씀드릴 필요도 없을 것 같습니다만. 그럼 차기작의 원고를 기다리고 있겠습니다. 올피스 출판 멜사크스】

　용돈벌이라기보다는 이 세계에 재미있는 이야기를 많이 퍼트리고 싶었다. 자신의 손으로 이야기를 만들어서 모두를 즐겁게 해주고 싶었다.

　그리고 모두가 자신의 개그를 이해하게 만들기 위한 기반을 다져두고 싶었다.

　이 세계에 '아니메쥬 가져와 주세요, 켄지 오빠'*라는 말장난을 알아줄 사람이 단 한 명도 없는 것은 너무도 괴롭고 슬픈 일이었다.

　미아마 사토데일. 그것은 미사토, 아델, 마일이라는 세 이름을 섞은 것이었다. 마일의 세 가지 인생의 집대성. 그것이 바로 미아마 사토데일인 셈이다.

　"저는 하고 말 거예요! 반드시, 이 세계에 『일본 전래 허풍동화』를, 아니, 『세계 전래 허풍동화』를 퍼트리고 말겠어요!"

　하지만 마일은 알지 못했다.

　레나에게 빌린 책을 읽은 메비스와 폴린이 지금껏 마일에게 들은 '일본 전래 허풍동화'와 비슷한 전개임을 눈치챘고, 그것이 계기가 되어 비밀이 드러나는 순간이 다가오고 있음을⋯⋯.

---

*미야자와 겐지의 시 중 한 구절 '진눈깨비를 떠다 주세요, 켄지 오빠(あめゆじゅとてちてけんじゃ)의 패러디. 아니메쥬는 일본의 애니메이션 잡지이다

제52장 리트리아

그로부터 며칠 후. 슬슬 리트리아의 상태를 확인하러 갈 시기가 되었다.

그 대처법이 효과 있었는지, 변화 여부가 서서히 드러날 무렵이다. 만약 효과가 없으면 다음 방법을 써야 하기 때문에 확인이 필요했다. 사람 목숨이 걸린 문제이니만큼, 시간을 무의미하게 흘려보낼 수는 없었다.

그래서 다시 오라 가로 발걸음을 옮기는 '붉은 맹세' 일행이었다.

물론 이번에는 걸어서다.

약속하지 않은 방문이었지만, 굳이 남작님과 만날 필요는 없었다. 집사 반다인 아니면 더 아래 신분인 하인을 만나 아가씨의 상태를 물으면 그만이니까.

주문을 받으러 출입하는 채소가게 사람이나 생선가게 사람이 방문 전에 일일이 약속을 잡는 것은 아니다. 그와 마찬가지인 셈이다.

"어서 오십시오! 남작님이 곧 나오실 겁니다, 어서 이쪽으로!"

……아무래도 그런 사람들과 같진 않은 것 같다.

'붉은 맹세'의 방문 소식을 듣고 한걸음에 달려온 반다인의 안내를 받아 일행이 향한 곳은 리트리아의 방이었다.

문을 연 반다인이 재촉해서 서둘러 방으로 들어온 네 사람이 목격한 것은.

"아, 오랜만이에요!"

건강하게 빈유 스쿼트, 아니, 힌즈 스쿼트 같은 운동을 하고 있는 리트리아의 모습이었다.

"무, 무슨……."

깜짝 놀라 감탄사가 새어 나오는 레나, 그리고 목소리조차 나오지 않는 나머지 세 사람.

그게, 너무 심하게 건강해졌던 것이다.

"오오, 많이 기다렸는가."

'붉은 맹세'가 놀라는 사이에 남작이 들어왔다.

"나른함이랑 다리 저림 증상뿐 아니라 원래 있었던 허약한 체질까지 개선되어서, 식욕이 샘솟고 지금은 보다시피 저런 모습이야. ……정말 고맙다."

그렇게 말하며 고개 숙이는 남작.

"아, 아닙니다, 고개를 드세요!"

평민이라고 해두었는데 그렇게 매번 남작님이 고개를 숙이니 마음이 몹시 불편했다.

그래서 허둥지둥 그렇게 말하는 메비스였다.

"그, 그런데 이것은……."

네글리제가 아니라 파자마 잠옷을 입고 있었기 때문에 그리 야하지는 않았지만, 그래도 어린 여성이 남자들 앞에서 하기에는 상당히 문제가 있어 보이는 자세로 운동을 이어가고 있는 리트리아.

무상하고 나약한 소녀치고는 지나치게 파워풀 했다.

"뭐랄까, 몸이 가벼워서 운동하는 게 즐거워요. 이런 기분, 처음이에요! 이게 바로 『건강』이라는 건가봐요!"

'……나노?'

『네!』

'이게 어떻게 된 일이지?'

『네, 살짝 서비스를 해드릴까, 하는 생각으로 알약에 특수 성분을……. 그리고 체질 개선에 도움이 되면 좋겠다고 하셔서.』

'역시이이이이이이!'

그럴 거라고 생각한 마일이었다. 그렇지 않다면 아무리 그래도 이렇게 빨리 이 정도로 효과가 나타날 리 없다.

"저기, 이렇게 건강한데 왜 계속 잠옷 차림 그대로에, 병자 취급하시는 거예요?"

""""아…….""""

메비스의 소박한 의문에 무슨 영문인지 경직된 남작, 반다인, 그리고 리트리아.

"리트리아는 늘 누워 있는 게 당연해서……."

"리트리아 아가씨는 잠옷이 어울리셔서, 그것 말고 다른 모습은 상상이 되질 않아서……."

"이게 편해서……."

((((어이어이!))))

"뭐 이렇게 칠칠맞은 애가 다 있어?! 빨리 갈아입엇!"

"'어이어이어이어이어이!'"

여자로서 선배, 라는 입장에서 그렇게 말을 던진 레나였는데

겉만 봐서는 레나가 더 어렸고 애초에 상대는 귀족이다. 심지어 아버지가 있는 앞에서.

메비스의 표정이 굳었지만, 남작은 쓸쓸하게 웃을 뿐 집사 반다인에게 옷 갈아입는 것을 돕게 한 후 직접 '붉은 맹세'를 응접실로 안내했다.

"방금 확인했듯이 의뢰 완료야. 고맙게 생각한다."

응접실로 돌아오자마자 남작이 품에서 꺼낸 의뢰 완료 증명서를 메비스에게 건넸다. 아무래도 레나의 대범한 태도에 현혹되지 않고 리더가 메비스라는 걸 제대로 간파한 모양이었다.

아니, 물론 메비스가 가장 연장자여서라거나, 귀족이라고 생각했기 때문일지도 모르지만. 레나는 겉으로 보기에 12~13살 정도로밖에 보이지 않았으니까.

아니, 잘 생각해보면 지난번 자기소개 때 리더는 메비스라고 말했었다, 분명.

메비스가 받은 의뢰 완료 증명서를 확인하니 평가는 A였다. 뭐, 그것 이외의 평가는 말도 안 되지만.

"감사합니다."

메비스의 말에 맞춰 다른 사람들도 일제히 고개를 숙였다. 다들 그 정도의 예의는 갖출 줄 알았고, 이는 일종의 예식과도 같은 것이었다.

"그리고 실은 부탁이 있는데……."

남작이 다시 또 그렇게 말하자 메비스가 생글거리며 대답했다.

"새로운 지명 의뢰입니까? 내용을 여쭤봐도……."

아무리 귀족가의 의뢰라고는 해도 무모한 의뢰나 헌터를 얕보는 의뢰는 받을 수 없다. 그것이 '붉은 맹세'가 다 함께 정한 규칙이었다. 아무리 좋은 사람 같은 남작의 의뢰라고 해도 의뢰 내용도 묻지 않고 받아들일 수는 없다.

하지만 메비스의 말을 들은 남작은 조금 곤란한 듯, 주저하는 듯한 태도를 보였다.

"의뢰……, 의뢰로 해야 하나? 아니, 물론 헌터는 자선 사업가가 아니니까, 귀족에게 부탁을 받으면 그것은 일이 되는 것인가……."

뭐라고 혼자 중얼거리던 남작은 마침내 결심이 선 듯 그 말을 입에 담았다.

"부탁이야, 리트리아의 친구가 되어줘!"

"거절합니다!"

"뭐어어어엇?!"

즉답, 그것도 예상과는 동떨어진 마일의 대답에 남작이 경악하며 소리쳤다.

"어, 어째서……."

설마 단칼에 거절당할 줄 몰랐는지 동요도 감추지 않고 그렇게 되묻자.

"친구는 부모에게 부탁받아서 사귀는 게 아닙니다. 게다가……."

"게다가?"

"리트리아는 이미 예전에 친구가 되었으니까, 라고 말하겠죠, 어차피!"

"아, 에헤헤……."

옆에서 레나가 대신 대답하자 수줍은 듯 머리를 긁적이는 마일.

"하긴, 마일이니까……."

"그것 이외의 대답은 있을 수 없죠."

메비스와 폴린도 완전히 읽고 있던 모양이었다.

전생까지 포함해서 최근까지, 나이=친구 없는 시간이었던 마일이 거절할 수 있을 리 없었다. 그리고 그것은 그 사실을 모르는 레나 일행도 완전히 알고 있었다.

"너무 알기 쉽다니까, 마일은……."

"엥……."

깜짝 놀라는 목소리가 들려와 모두 문 쪽을 쳐다보니, 그곳에 일반 실내복으로 갈아입은 리트리아가 기쁨과 놀라움에 눈을 반짝이며 서 있었다.

"치, 친구……. 저, 저에게, 친구가……."

"'아~…….'"

마일이 아니라도 거절할 수 없을 것 같았다.

"이렇게 해서 저도 여러분과 함께 헌터로서 모험을 할 수 있게 되었네요!"

""""""뭐어어어어어어어어어~엇?!"""""""

남작과 '붉은 맹세'뿐 아니라 집사 반다인마저 무심코 함께 소리쳤다.

주인과 손님의 대화를 듣고 깜짝 놀라 소리를 내지르다니, 집사 반다인, 일생의 불찰이었다.

"무, 무무무, 무슨 소리를……."

"엥, 헌터인 여러분과 친구가 되어 함께 행동하려면, 저 역시 당연히 헌터 자격을 따고 함께 있어야……. 그래서 지난번에 들었던 그 신나는 모험의 나날이 저에게도 펼쳐지는 거죠!"

남작에게 가볍게 대답하는 리트리아.

"""아니아니아니아니아니아니, 그, 그게 아니에요!"""

그렇게 말하며 머리와 오른손을 마구 옆으로 흔드는 '붉은 맹세'의 네 사람.

"전에 말씀드렸죠, 헌터일은 위험해서 저희도 죽을 뻔한 적 있다고요. 귀족 아가씨께서 절대 하실 만한 일이……."

"마, 맞아요! 이렇게 위험하고 힘든 일, 리트리아 님은 도저히……."

메비스와 마일이 쓴웃음 지으며 충고하자, 리트리아가 반론에 나섰다.

"엥? 하지만 메비스 씨와 마일 씨도 귀족이잖아요?"

""윽!""

그러고 보니, 남작에게 신뢰받기 위해 확실히 단언하지는 않았지만, 메비스와 마일이 누가 봐도 귀족이라고 판단할 만큼의 언동을 했던 것이다. 그것도 몰락한 전 귀족이 아니라 현역 귀족이라는 것을 숨기지도 않고…….

리트리아의 진단 결과와 대처법을 의심 없이 받아들이게 하기 위해서는 제대로 된 신분과 고도의 교육을 받고 풍부한 지식을 지닌 자, 라고 여기게 할 필요가 있었기 때문에 그 점은 어쩔 수 없었는데, 설마 그것이 여기서 역효과가 될 줄이야…….

"헌터는 충분한 전투력과 자신을 지킬 수 있는 힘을 지닌 자, 그리고 동료에게 피해 끼치지 않고 자기 일은 스스로 해내지 않으면 힘들어. 무거운 짐을 짊어지고 숲속이나 험준한 산을 넘어야 하거나 적과 싸우기도 하고……. 메비스처럼 검기가 뛰어나거나, 우리처럼 마법 실력에 자신이 있다거나, 나름대로의 특기가 없으면 도저히 해내지 못해."

그렇게 말하며 단념하라고 설득하는 레나였는데.

"엥, 저, 마법이 특기인데요? 몸이 약해서 집밖으로 나가질 않았기 때문에 별로 알려져 있지 않아서 그렇지, 불마법이고 물마법이고, 공격마법을 얼마든지 쓸 수 있는데요?"

"뭐, 뭐라고요오옷?!"

그런 귀족 미소녀는 흔하지 않다. 그렇다, 마일이 아는 한에서는, 마일이 '양식'이라고 할까 '파워 레벨링'이라고 할까, 여하튼 마일이 만들어 키운 그 '원더 쓰리'의 마르셀라뿐이었다.

온 나라를 뒤져서 찾으면 물론 공격마법을 쓸 수 있는 귀족 소녀 몇 명쯤은 찾을 수 있겠지. 하지만 그것이 미소녀이고, 아직 연인도 약혼자도 없으며, 자신의 손길이 미치는 자라고 하면 그리 쉽게 찾을 수 없다. 만약 리트리아의 존재와 그 재능, 그리고 질병과 약한 몸이 완치되었다는 사실이 널리 퍼지면 구혼자가 쇄도할 게 뻔하다.

게다가 언니 오빠가 있어서 시집가는 데 아무런 문제도 없고, 남작가의 딸이니 자작가나 백작가의 후계자로부터 혼담이 마구 들어오리라. 14살이면 일단 약혼부터, 하는 이야기가 되겠지만…….

"그리고 며칠 전부터 몸 상태가 좋아져서, 지금이라면 술통을 껴안고 이웃 마을까지 왕복할 수 있을 것 같은 기분이 들어요……."

"뭐어어어어어엇?!"

레나, 어안이 벙벙.

"나, 남작님. 리트리아 님의 마법에 대한 재능과 병이 완치되었다는 소식이 다른 귀족들 귀에 들어가면……."

"아……."

그리고 마일의 말을 듣고 순간 모든 것을 깨달은 남작의 얼굴이 새파랗게 질렸다.

"아, 안 된다! 리트리아는 아무한테도 시집보낼 수 없어!"

"아니, 아버지, 제가 되고 싶은 건 신부가 아니라 헌터인데요……."

그야말로 난장판이었다.

"……그래서 저희는 전원 C등급 헌터이기 때문에 리트리아 님이 신인 헌터인 F등급이 되셔도 등급이 맞지 않아 파티에 들어오실 수는……."

"으윽, 그런 건가요……."

새빨간 거짓말이다.

다섯 명 중 네 명이 C등급이면 나머지 한 사람이 F등급이어도 파티 등급은 C 그대로 유지될 수 있다. 그 이전에, 공격마법을 쓸 수 있으면 아마도 D등급부터 시작하게 되겠지. 예의, 스킵 신청에 따라. ……과연 아무리 공격마법을 쓸 줄 알아도 생초보를 뜬금없이 C등급으로 해주신 않겠지만. 수납마법을 쓸 줄 아는 것이 아닌 이상…….

남작과 집사는 마일의 거짓말을 알아챘을지도 모르지만, 물론 둘 다 입 밖으로 꺼내지 않았다. 절대로.

이리하여 리트리아의 야망은 불꽃을 피우기도 전에 꺼지고 말았다.

* *

"지명 의뢰 완수, A 평가……."

메비스에게 받은 증명서를 빤히 바라본 후, 애매한 눈빛으로 '붉은 맹세' 멤버들을 노려보는 접수원 페리시아.

'다른 창구로 갈 걸 그랬어…….'

그렇게 후회하는 메비스였는데, 사실은 다른 창구에 줄 서려던 메비스를 페리시아가 까딱까딱 손짓하며 불렀던 것이다. 아무래도 '붉은 맹세'는 자신의 담당, 이라고 멋대로 정한 모양이었는데, 전투라면 몰라도 이럴 때는 강하게 나가지 못하는 메비스로서는 달아날 길이 없었다.

"수많은 의사가 포기한 정체불명의 병을 앓던 귀족가 영애를, 불과 며칠 만에 완치시켰단 말이지……."

힐끗

"뭐, 물어보면 규칙 위반인가……."

페리시아는 그렇게 말하고는 순순히 수속을 밟아 주었다.

"자!"

그렇게 말하고 카운터 위에 올린 묵직한 가죽 주머니.

너무 많은 동전을 짤랑대며 건네기도 그렇고, 다른 헌터들이 보는 앞에서 목돈을 주고받는 모습을 보이는 것도 좋지 않았기 때문에 일정 금액 이상은 가죽 주머니에 넣어 건네도록 되어 있다. 헌터 중에는 질 나쁜 사람, 돈에 궁한 사람 등도 있으므로 그 정도의 배려는 당연했다.

하지만 금액은 감출 수 있을지 몰라도 가죽 주머니에 넣어 건넨다는 것 자체가 금액이 많다는 걸 증명했기 때문에, 그리 큰 의미는 없었다. 또, 이곳의 헌터들은 금화 30닢 이상이어야 가죽 주머니를 쓴다는 사실도 잘 알고 있었다. 게다가 금화 개수에 따라 가죽 주머니의 사이즈가 달라지므로, 보고 있는 사람은 대략적인 개수를 알 수 있었던 것이다.

그러니까, 단순히 너무 노골적으로 금화를 짤랑거리면 쓸데없이 자극만 되므로 그것을 피하기 위해서 정도의 의미밖에 없었다. 뭐, 길드 측은 그걸로 충분하다고 여기겠지.

다만 페리시아는 이따금 속임수를 썼다.

그렇다, 이를테면 소금화를 지불할 때 모든 돈을 은화로 바꾸어 가죽 주머니에 넣어 건네는 것이다.

가죽 주머니도 공짜가 아니다. 사려면 돈이 든다. 그런 가죽 주머니를 괜히 낭비하는 행위였는데도 무슨 영문인지 길드 마스터와 다른 길드 직원들은 그 부분을 지적하지 않았다.

……왜 그럴까?

그건 물론 '페리시아이니까'다.

이 길드에서 페리시아를 거스를 수 있는 자는 아무도 없었다.

그리고 가죽 주머니에 들어 있는 대량의 은화를 건네받는 헌터 측도 외관상 두둑하면 기분이 좋으니 불평하는 사람은 없었다. 그러기는커녕 '행운이 올 것 같다'며 몹시 기뻐했다.

메비스는 일단 가죽 주머니 안을 들여다보며 개수를 확인하려고 하다가 도중에 그만두고 그대로 마일에게 넘겼다. ……어차피 남작으로부터 의뢰 금액을 듣지 못했기 때문에 확인해도 의미가 없다는 사실을 알아차렸던 것이다.

지금 페리시아에게 그것을 물어볼 수는 없었다. 그런 짓을 했다간 의뢰비도 정하지 않고 의뢰를 받았다는 사실이 모두에게 알려지고 만다. 메비스는 왜 그런지, 그러면 몹시 곤란해지리라는 느낌이 들었던 것이다.

마일은 건네받은 가죽 주머니를 다른 헌터들에게 일부러 보이면서 아이템 박스에 수납했다. 물론 다들 평범한 수납 마법이라고 여겼다.

이렇게 해서 소매치기는 불가능하고, 금화를 빼앗으려면 '붉은 맹세'와 무력으로 싸울 수밖에 없다는 것을 알린 셈이다.

그럴 계획 따위 눈곱만큼도 없는 헌터들은 아무 생각도 하지 않았지만, 가죽 주머니의 내용물을 확인조차 하지 않고 넣는 마일과 메비스를 보고 페리시아는 살짝 한쪽 눈썹을 올렸다.

'금화 개수 따위 신경 쓰지 않는다는 건가. 아니면 길드를 그렇게까지 신뢰한다는 건가? 홋, 재미있는 녀석들…….'

뒤돌아 걸어가는 '붉은 맹세'를 바라보면서, 페리시아는 입꼬리를 살짝 올렸다.

""우와아아아아아!""

방금 엄청난 것을 보았다.

페리시아의 사악한 웃음을 목격한 헌터들이 두려움에 벌벌 떨었다.

그것은 페리시아가 기분 좋을 때 짓는 미소라는 것을 아는 극히 일부의 베테랑 헌터들을 제외하고…….

제53장 복수자

"아직도 따라와?"

"오네……."

메비스가 확인하자 레나가 그렇게 대답했다.

오늘은 이렇다 할 의뢰가 없었기 때문에 오크나 오거라도 사냥할까, 하는 생각으로 숲을 찾아온 '붉은 맹세' 일행이었다.

오거는 토벌 보수와 공적 포인트가 좋고, 오크는 소재로 잘 팔려서 수입이 짭짤했다.

일반적인 파티는 오크 한 마리를 쓰러트리고 나면 바로 철수할 수밖에 없다. 5~6명 파티의 경우 한 마리 옮기는 것도 힘에 부치기 때문이다. 오크 매각 금액은 대부분 쓰러트린 것에 대해서가 아니라 숲에서 도시까지 옮기는 것에 대한 보수라고 말해도 과언이 아니었다.

……하지만 마일이 속한 '붉은 맹세'는 상관없었다. 그래서 이상할 정도로 돈을 많이 벌었던 것이다.

뭐, 오크와 오거뿐 아니라 상시 의뢰나 소재가 잘 팔리는 것이라면 사냥감은 무엇이든 상관없다. 그래서 느긋하게 숲을 거닐다가 맞닥뜨리는 사냥감을 닥치는 대로 잡는 '조우전'으로 가게 된것이다.

그러니 색적 마법을 쓰면 재미가 없다. 다 함께 사냥감을 찾기 위해서 최대한의 주의를 기울이고 있으니 불시에 공격을 당할 일도 없으리라. 그렇게 여긴 마일은 색적 마법을 쓰지 않았는데, 레나가 야생적인 감으로 알아차렸던 것이다. ……자신들을 따라오는 수상한 기색을 말이다.

레나의 말로는 추적자는 한 사람이며, 심지어 아마추어가 노골적으로 하는 어설픈 추적 같아서 마일은 색적 마법을 쓰는 것을 그만두었다. 너무 매번 색적 마법에 의지하는 것은 자신을 위해서, 또 모두를 위해서도 좋지 않다고 생각했기 때문이다.

물론 이번에는 상대가 초보 같으니까, 대수롭지 않으리라고 여겼던 까닭도 있다.

레나 일행도 평소에는 곧바로 정보를 제공하는 마일이 굳이 말을 꺼내지 않아서, 아마도 마일이 생각하는 바를 알아차렸던 것이리라. 어쨌든 아무도 마일에게 색적 마법에 대해 묻지 않았으니까.

"이대로는 시간만 낭비야. 저쪽은 추적을 그만둘 생각이 없고, 우리는 혹을 달고 있는 상태에서 사냥이 불가능해. 그러니까,"

"장애물을 배제하자는 거죠."

레나의 말을 폴린이 받았다.

아무리 추적이 어설퍼도, 화살이나 투척창 실력은 일류일지도 모르는데, 그런 존재를 뒤에 두고 오거와의 싸움을 시작할 수도 없는 노릇이었다. 게다가 일부러 초보자인 척하려고 의도적으로 어설프게 움직이고 있을 가능성도 없지 않다.

딱 한 명이라는 점으로 미루어 보아 그럴 가능성은 현저히 낮지만, 결코 제로는 아니므로 무시할 수는 없었다.

"저 커다란 나무에 숨어서 기다리자."

앞쪽에 있는 거목을 가리키며 레나가 제안하자 세 사람도 고개를 끄덕였다.

'……오잉?'

추적자는 순간 동요했다.

목표물이 나무그늘에 가려지더니, 다음 순간 완전히 놓치고 만 것이다.

곧바로 나무 반대편에서 모습을 드러내야 하는데, 몇 초간 기다려도 나타나지 않았다. 이상하다는 생각에 거리를 벌린 채 살짝 돌아서 나무 뒤쪽을 확인해 보았지만, 역시 없었다.

"어, 어디 간 거야?"

자기도 모르게 목소리를 흘린 추적자는 당황하며 목표물을 놓친 나무쪽으로 달려가 주위를 두리번거렸다. 하지만 그림자도 찾을 수 없었다.

"도대체 어디로……."

"여기야!"

"꺄악!"

순간 나무 위에서 뛰어 내린 레나의 모습에 깜짝 놀라 자기도 모르게 비명을 지르며 엉덩방아를 찧고 만 추적자. 그녀는 열 살 전후의 소녀였다.

레나에 이어 나무에서 뛰어내린 마일과 메비스가 재빨리 소녀의 뒤로 돌아들어가 레나와 함께 소녀를 포위했다.

……폴린은 마일의 리프팅 덕분에 올라가는 것은 한순간이었지만 그들처럼 뛰어내리지 못해서 느릿느릿 기어 내려왔다.

그 후 '폼이 안 난다'며 웬일로. 정말 웬일로 불쾌한 표정을 지은 메비스로부터 뛰어내리는 특훈을 받게 될 줄은, 이때의 폴린은 예상조차 하지 못했다.

"누구냐?"

"우리한테 무슨 볼일이죠?"

"솔직히 말해요, 귀여운 아가씨."

"에구, 에구……, 아야야, 허벅지가……."

분위기를 확 깨는 폴린 때문에 인상을 찌푸리는 메비스, 그리고 무슨 영문인지 메비스를 뚫어지게 쳐다보며 볼을 붉히는 소녀. 그 모습을 보고 어이없어하는 마일.

"왠지 여유 있어 보이네요……."

"왜 우리 뒤를 따라왔지?"

"모, 몰라요! 난 그저 우연히 이곳을 걷고 있었을 뿐이니까!"

시치미를 뚝 떼는 소녀였는데, 그런 변명이 통할 리 없었다.

"흐음, 여자애가 혼자서 숲속을 말이지……? 그래, 그렇다면 어째서 우리를 놓치고 허둥거렸을까?"

"윽……."

발뺌해도 소용없겠다며 포기했는지, 소녀가 정색하며 레나를 노려보았다.

"너희는 내 오라버니의 원수!"

""""헉…….""""

마일 일행이 헌터 양성 학교에서 만난 후로 레나가 사람을 죽인 적은 없을 터였다. 쉬는 날 단독 행동을 할 때 은밀히 사람을 죽이며 돌아다녔다면 이야기는 달라지지만…….

레나가 죽인 자는 그, '붉은 번개' 사건이 유일할 텐데, 그것은 벌써 몇 년도 더 지난 이야기이고, 최근 들어서 '붉은 맹세' 활동으로 붙잡아 넘긴 도적의 여동생, 일 가능성 역시, 도적의 여동생이 복수에 나선다는 이야기를 별로 들어본 적이 없다. 게다가 죽이지 않고 붙잡은 것을 오히려 고마워해야 정상이리라.

또 마일을 비롯한 세 사람에게는 눈길도 주지 않고 레나만 노려보고 있다는 점도 이해되지 않았다. 레나 역시 당연히 그걸 의문스럽게 여겼다.

"왜 나한테만?! 원망할 거라면 그래, 저기 있는 속이 시커먼 여자라든가……."

"무, 무무무무슨! 무슨 소릴 하는 건가요, 레나!"

레나에게 지적당한 폴린이 펄펄 날뛰었다.

그리고 늘 그렇듯이 분위기가 또 난장판이 되었다.

레나와 폴린이 다투고, 메비스가 소녀에게서 눈을 떼지 않고 감시하는 사이에 마일은 그 소녀를 관찰했다.

나이는 열 살 남짓, 헌터다운 가죽 방어구 등은 없고 일반적인 동네 여자애 차림에, 작게 휘두를 수 있는 단검을 허리춤에 차고 있을 뿐.

단검은 초목을 베거나 고블린, 코볼트 정도의 마물이 등장했을 때 쫓아내는 데 필요해서, 헌터가 아니라도 숲에 들어올 때는 가지고 있는 게 당연하다.

오크 이상의 마물이 나타난다면? 어린 소녀가 단독으로 숲에 들어올 결심을 했다면, 그 정도의 각오는 끝냈으리라.

머리는 후드나 보넷 등을 쓰지 않았고, 시뇽(뒤로 틀어 올린 머리 모양)이라고 할까, 머리카락을 양쪽으로 갈라서 두 개의 당고머리로 한, 그러니까 만화 등에서 치파오를 입은 중국인 소녀가 흔히 하는 머리 모양인 것이 이 근방에서는 조금 보기 드문 모습이었다.

갈색 머리카락에 금색 눈동자. ……왠지 어디서 본 듯한 느낌이 든다.

"전부, 당신 탓이에요!"

'붉은 맹세'가 자기들끼리 티격태격하는 걸 참다못해, 마침내 소녀가 소리쳤다.

"항상 저를 꼭 껴안아주던 오라버니가 어느 날을 계기로 전혀 안아주지 않게 되었단 말이에요! 그래서 제가 먼저 꼭 껴안았더니 갑자기 차, 착란 증상을 일으키며 저를 냅다 들이받아서……."

소녀의 눈에 눈물이 맺혔다.

"뭐, 뭐야, 그게! 우리는 모르는 일이라고!"

영문을 몰라 그렇게 외치는 레나.

"'아~……."

이 시점에서 폴린, 메비스, 그리고 마일은 이 소녀가 말하는 '오라버니'라는 인물이 누구인지 짐작이 갔다. 모르는 건 레나 혼

자뿐이었다.

"무슨 소리를 하는 거예요! 카이렐 오라버니의 마음에 깊은 상처를 남겼으면서 모르는 척하다니, 이런 귀축! 이런 악마!"

"카이렐? ……누군데, 그게?"

이 상태로는 이야기에 진전이 없을 것 같다. 마일은 어쩔 수 없이 레나 쪽으로 검지를 까딱거려 신호를 주고, 자신의 얼굴을 가리켰다. 레나가 이상하다는 듯 자신의 얼굴을 쳐다보는 것을 확인하자, 이번에는 양쪽 검지만 세운 다음 주먹 부분을 자신의 양쪽 관자놀이에 붙였다.

"……뭐하는 거야? 무슨 흉내를 내는 건데? 손가락을 뿔처럼……, 아…….."

고개를 휙 돌려서 다시 소녀 쪽을 쳐다보는 레나. 그 시선이 소녀의 양 갈래 당고머리로 향했다.

"아~, 그런 거야……? 그럼 그렇다고 처음부터 확실히 말하라고!"

그렇다, 카이렐은 레나와 싸워서 진 마족 소년의 이름이었으며, 소녀는 소년의 여동생이었다. 당고머리로 뿔을 감추어 인간인 척한 것이다.

그리고 마일, 메비스, 폴린은 생각했다.

"'그야, 여자한테 안긴 게 트라우마가 됐겠지…….'"

그리고 그것은 장차 그의 연인이 될 여성에게 있어서도, 브라더 콤플렉스가 있는 듯한 여동생에게 있어서도 큰 문제였다.

"……미안."

사정을 알고 순순히 사과하는 레나.

아니, 그것은 정정당당한 승부여서 사실은 전혀 미안한 생각이 없었지만, 어린 소녀를 상대로 입바른 소릴 해도 아무 소용없다. 지금은 어른으로서의 대응을 선택한 레나였다.

"사과하면 끝날 거라고 생각하나요!"

"이, 이 꼬맹이가! 사람이 수그리고 나오면……."

"""워워워……."""

그리고 레나의 '어른으로서의 대응'은 순식간에 끝났다.

"그, 그런데 오빠가 돌아가고 메릴 짱이 여기 오기까지가 좀 너무 빠르지 않아요?"

조금 전에 듣기로 이 아이의 이름은 메릴인 듯했다. 그래서 레나가 진정할 시간을 벌기 위해 마일이 궁금한 점을 물어보았는데…….

"『메릴 짱』이라니, 어린애처럼 부르지 말아욧! 우리 마족은 인간보다 훨씬 성장이 빠르니까!"

"아, 미안……, 엥? 아니, 그 말은 그럼 보기보다 더 어리다는 거 아니야?"

"아……."

마일의 소박한 의문에 대답을 머뭇거리는 메릴이었다.

"……그래서, 몇 살인데?"

"우우……."

"몇, 살, 이, 냐, 고!"

"우우, 이, 일곱 살……이에요……."

레나의 압박에 못 이겨 나이를 실토하는 메릴.

"뭐야, 아직 완전 유아잖아. 열 살은 되었을 줄 알았는데."

"유, 유아라니 지금 말 다 했어요?! 유아라니! 저는 어엿한 레이디라고욧!"

"아~, 네~네~."

메릴의 반론을 가볍게 받아넘기는 레나. 과연 일곱 살배기 어린아이를 상대로 욱해서는 꼴사납다고 여겼던 것이다.

"그래서, 아까 마일이 한 질문에 대한 답은? 정말 마족국까지 왕복하기에는 좀 너무 빠른데……."

레나가 추궁하자 메릴이 시원시원하게 대답했다.

"상황을 살피러 온 베레데테스 님이 빨리 보고를 시켜야 한다면서, 당신들과 싸운 오라버니 일행 다섯 명을 태우고 돌아가 주셨어요. 그리고 저는 이야기를 듣고 흥미를 느낀 셰라라 님이 여기까지 태워주셨고요. 물론 돌아갈 때도 태워 주실 거라서, 지금 바위산 쪽에서 기다리고 계세요. 당신도 같이 태워주실 거니까 따라와욧!"

그렇게 말하며 레나를 손가락으로 가리키는 메릴.

"""""아~……."""""

오빠의 트라우마를 없애기 위해 원흉인 레나를 데리고 돌아가서 어떻게라도 할 요량인 메릴. 그 마음은 잘 알겠다. 하지만 안 다고 해서 순순히 따를지 어떨지는 또 별개의 문제였다. 그리고 만약 레나를 마족국으로 데려가서, 오빠인 카이렐인가 뭔가 하는 소년과 대면시킨다면…….

마일을 비롯한 세 사람은 절대적 자신감을 갖고 단언할 수 있었다.

"""트라우마가 더 악화되어 되돌릴 수 없는 사태가 될 거야!"""

"뭐야, 그게!"

레나가 크게 소리쳤지만 모두의 판단이 달라질 일은 없었다.

"하, 하지만, 오라버니를 원래대로 되돌리려면……. 그날 이후로 꼭 껴안아주지도 않고 이따금 멍 때리기도 하고 말랑말랑, 이라든가 달콤한 향기, 라든가 불타버린 몸과 마음, 같은 영문을 알 수 없는 말을 중얼거리고……."

"""헉…………."""

마일 일행이 경악해서 할 말을 잃었다.

천하의 둔한 마일도 그럭저럭 상황을 이해했다. 물론 메비스와 레나도.

폴린? 폴린이 모를 리 없지.

"그, 그그그, 그거……."

평소답지 않게 동요하는 레나. 늘 어린애 아니면 위험물 취급만 받았지 '여자'로 보이는 일 따위 지금껏 단 한 번도 없었던 것이다.

……사실은 본인이 깨닫지 못했을 뿐이지, 레나를 노린 사람이 없었던 것은 아니다. 늘 레나가 눈치채지 못하고 그럴 여지를 몽땅 꺾었던 것이지만.

하지만 곧, 상대가 열두 살 내지 열세 살 정도로 보이는 어린애라는 것을 떠올린 레나.

메릴이 열 살 안팎으로 보이는데 일곱 살이라는 건…….

"네 오빠인가 뭔가 하는 애는 몇 살인데?"

"네? 열여섯 살인데요?"

"""""허어어어어어어억?!"""""

열 살로 보이는데 일곱 살, 열두세 살로 보이는데 열여섯 살.

도대체 어떻게 되어먹은 건가, 마족의 성장 속도란!

그렇게 생각하는 네 사람이었는데, 야생동물이 살아남기 위해, 자립할 수 있을 때까지는 급격하게 성장한다는 건 그리 드문 일도 아니었다. 마족은 태어나서 열 살에서 열두 살 무렵까지 성장이 계속되는 것이리라. 그리고 그 후로 성장이 점점 느려진다. 그렇다, 엘프와 같은 패턴이다.

"도, 동갑……."

무의식중에 그렇게 중얼거리는 레나.

지구로 따지면 서양인에 열두세 살로 보이는 남자의 경우 평균 신장이 160센티미터 정도다. 그래서 그 소년은 이미 성장이 멈춘 레나보다 훨씬 키가 컸다.

……겉모습은 충분히 잘 어울린다. 그리고 그 소년은 꽤 예의 바른 데다가 마족이어서 당연히 마법도 잘 쓰고 힘도 세고 늠름하고 상당히 남자다웠던 것이다.

"우우……."

그리고 얼마간 살짝 볼을 붉히며 끙끙 앓는 소리를 내는 레나였는데…….

"안 가!"

······당연했다.

아무리 그래도 레나는 열여섯 살에 다른 종족과 국제결혼을 할 생각은 전혀 없었다. 앞으로 B등급 헌터가 되어 눈부신 미래를 거머쥘 계획이었으니까.

게다가 자신은 더 좋은 남자를 붙잡을 수 있을 거라는, 근거 없는 자신감도 있었다.

아니, 레나의 외모와 마법 실력이면, 꼭 불가능도 아니었다. 가슴은······, 이 세상에 그런 수요도 있을 것이다, 아마도. 오스틴가 등에.

그리고 물고 늘어지는 메릴을 겨우 설득해서, 오빠에 대한 접근법을 알려주거나 카운셀링 수법을 가르쳐주는 '붉은 맹세' 일동.

"레나 씨, 그건 좀 심했어요! 남매라고요!"

"괜찮아, 나한테 불똥만 안 튀면! 그리고 재미있을 것 같단 말이야."

"······마일, 거기서 어느 부분이 문제인데?"

"메, 메비스 씨, 설마······."

"엥? 저도 남동생 알란이랑 그 정도는······."

""으헤에엑?""

"그렇지?"

"너, 너희······."

이미, 난장판이었다.

＊　　＊

"……알겠어요. 당신을 데리고 돌아가는 건 포기하죠. 여러 가지로 참고가 되는 이야기를 들려주셨으니까, 일단 그걸로 시험해 볼게요."

'……진짜로 시험할 건가 봐…….'

너무 우쭐한 나머지, 무책임한 행동을 이것저것 가르친 레나가 식은땀을 흘렸다.

마일도 좀 심하지 않을까 하고 걱정했지만 메비스와 폴린은 지극히 평범한 것을 조언해줬을 뿐이라면서 아무런 신경도 쓰지 않았다.

"……조, 조금 과한지도 모르겠어. 남매이고 아직 일곱 살밖에 안 됐으니까, 2안이랑 3안, 5안, 그리고 8안이랑 9안은 그냥 하지 마!"

"그, 그그그, 그렇죠! 좀 너무 과격한 것 같아요!"

과연 죄책감을 견디지 못한 레나의 말에 마음이 놓인다는 표정으로 맞장구를 치는 마일.

"엥? 아직 일곱 살이니까 오히려 그 정도는 괜찮은 거 아니야? 열 살 넘어서 그러면 좀 그런데……."

"맞아요, 사이좋은 남매라면 그 정도쯤 아무렇지도 않다니까요!"

하지만 메비스와 폴린의 악마의 속삭임이.

"일곱 살이라지만 열 살이 넘어 보이잖아!"

레나가 반론했는데 당사자인 메릴은 머릿속 시뮬레이션을 하느라 바빠서 전혀 듣고 있지 않았다.

"아, 맞다, 깜박했네요. 으음, 당신이네요, 금발에 키가 제일 큰 당신!"

그렇게 말하며 이번에는 메비스를 손가락으로 가리키는 메릴.

"엥? 나?"

이번에는 또 무슨 일로, 하고 깜짝 놀라는 메비스.

"렐트버드 씨, 당신이랑 싸운 검사 말인데요, 그 렐트버드 씨가 한 번 더 당신을 만나고 싶다면서, 가능하면 함께 돌아와 달라고 부탁했어요. 셰라라 님도 당신을 태우고 돌아가는 걸 승낙해주셨어요. 재밌을 것 같다나 뭐라나……."

"""""허어어어억!"""""

오늘도 목구멍 단련을 실컷 한 '붉은 맹세' 일행이었다.

✽　　✽

상공을 향해 신호인 마력탄을 쏘아 부른 셰라라의 위에 올라타는 메릴.

"이번에는 이것저것 많이 알려주셔서 그냥 돌아갑니다. 하지만 배운 걸 시도해보고 효과가 없으면 다시 올 거예요! 아직 책임을 다해주신 게 아니라고요!"

그렇게 말하며 셰라라의 목을 탁탁 두드려 준비가 끝났다는 사인을 보내는 메릴.

『또 흥미로운 이야기가 있으면 불러 주세요!』

셰라라가 그렇게 말하자 레나가 버럭 화냈다.

"시끄러워! 그리고 이번에도 딱히 우리가 부른 게 아니거든!"

그런 레나의 모습에 키득거리며 메릴을 태운 셰라라가 날아올랐다.

……물론 메비스도 태운 것은 아니다.

"뭐가 지나간 거야, 도대체……."

"지쳤다……."

축 늘어지는 레나와 메비스.

한편 폴린은 언짢은 표정이었다.

"왜 저한테는 말 걸지 않는 거죠?! 아니, 딱히 마족한테 인기가 많았으면 좋겠다는 건 아니에요. 하지만 레나랑 메비스는 인기 있는데 어째서 저는 아무것도 없는 건가요! 제 대전 상대는 어떻게 생각하고 있는 건가요!"

"""…………."""

폴린의 대전 상대는 핫 마법으로 하반신에 지옥을 맛본 그 남성이었다.

"'없지~. 절대로. 완벽하게, 그것만은 가능성이 없어~…….'"

그렇다, 폴린에게 러브콜이 가는 일만은 절대 불가능했다.

"돌아갈까요……."

힘 빠진 마일의 말에 반론하는 목소리는 나오지 않았다.

그래서 드물게도 사냥감 제로인 채, 터벅터벅 왕도로 돌아가는 '붉은 맹세' 일행이었다…….

제54장 요정 사냥

오늘은 '붉은 맹세'의 휴일이었다. 달력에 표시된 6일에 한 번 쉬는 휴일과 상관없이, 그냥 단순히 그녀들이 쉬는 날이라는 의미다.

세상의 휴일에 군이 맞출 필요도 없고, 그편이 식당이나 가게도 혼잡하지 않아 편하다. 그래서 그녀들은 자신들의 의뢰 수주 상황에 따라 자유롭게 쉬는 날을 정했다.

오늘부터 5일간은 모두 함께 있는 게 아니라 각자 자유행동에 들어가게 되었다. 아무리 마음이 맞고 사이좋은 파티라도 가끔은 개인적인 시간도 필요한 법이니까.

'이 부근인가…….'

마일은 여기저기서 조사한 정보를 바탕으로, 왕도에서 살짝 떨어진 영지의 작은 마을 부근에 있는 깊은 숲속을 헤매고 있었다.

마일 혼자서는 다소 먼 장소라도 고속이동으로 단시간에 갈 수 있다.

"나노!"

『네!』

"이쯤에서 시작하자."

『알겠습니다!』

그리고 나노머신들이 활동을 시작해, 마일의 앞에 있던 지면이 솟아오르고 흙이 꿈틀대며 어떤 형상을 만들었다.

그것은 키 20센티 정도에 날개가 달린 소녀였다.

도감이나 노인들로부터 전해 들은 정보를 바탕으로 마일이 디자인하고 꼼꼼히 채색한, 무척 정밀한 요정형 피규어. 뭐, 나노머신들은 실제 모습을 알고 있으므로, 마일의 지시를 알아서 수정해 더욱 원래 모습에 근접해졌지만 말이다.

마일이 처음부터 나노머신에게 묻는 것을 내키지 않아 했기 때문에 나노머신이 여러 가지로 추측했던 것이다.

자신들을 좀 더 기계적으로 이용했으면 하는 나노머신들이었지만, 마일이 그렇게 하지 않는 이유를 물론 이해하고 있었고, 그건 그것대로 바람직한 판단이라고 평가했기 때문에 마일의 의사를 존중했다.

그리고 무슨 이유인지 요정형 피규어의 날개가 너덜너덜하고, 입고 있는 옷에 피처럼 붉은 얼룩이 묻어 있었다.

파닥파닥

……그리고, 움직였다. 아무래도 피규어가 아니라 골렘인 모양이다.

『이런 느낌입니까?』

"응, 완벽해! 완벽의 어머니야!"(일본 노래 '안벽의 어머니(岸壁の母)'의 패러디)

완벽의 어머니, 라는 말은 마일이 전생에서부터 즐겨 쓰던 말장난이다. 전생에서는 결국 가족 말고는 한 번도 피로하지 못하고 끝났기 때문에, 일본어가 통하는 나노머신에게 이때다 싶어 써먹었다.

그리고 마일은 그, 참 화우(『성전사 던바인』에 나오는 요정)보다 더 작은 요정형 골렘의 등에, 가늘어서 잘 보이지 않지만 튼튼한 실을 매달았다. 예전에 낚시하려고 만들어두었던 것이다.

"발진!"

『마잇!』

마일의 사고를 읽고 마일이 원하는 대사와 함께 날아오르는, 나노머신이 제어하는 요정형 골렘이었다.

"골렘, 골렘……, 고왓파 5?"(만화 『고왓파 5 고담』의 패러디)

그리고 마일은 무슨 소린지 모를 말을 중얼거렸다.

그렇다, 마일은 '나노머신에게 듣기만 하기'라는 정보 입수 방법과 마찬가지로 '붉은 맹세'의 일에 대해서는 나노머신의 힘을 쉽게 빌리지 말자고 스스로 엄격하게 다짐했던 것이다.

하지만 사람 목숨과 관련되었을 경우, 그리고 다른 사람에게 피해나 악영향을 미치지 않고 이익 때문이 아니라 단순히 자신이 즐기기 위해서라면 나노머신의 도움도 마다하지 않는다는 마일의 규칙, 그러니까 '마이룰'을 설정해두었다.

……너무 오래 상대해주지 않으면 나노머신이 토라지거나 쓸데없이 말을 건다는 사실을 알아차렸기 때문이기도 하다.

*　　*

"안 되네……."

몇 번이나 장소를 바꾸어 계속 시도했지만 상황은 달라지지 않았다.

그렇다, 단순한 요정형 골렘(실로 매단)이 날아다녔고, 나무그늘에 숨은 마일이 그 실에 연결된 실타래를 손에 쥐고 있었다. 장소를 바꾸어서 그런 행동을 되풀이했다.

마일은 이 세계에 요정이 실재한다는 사실을 안 순간부터, 언젠가는 꼭 만나보고 싶다고 생각했던 것이다.

옛날에는 인간이 요정과 만나는 경우가 잦았는지 다양한 에피소드가 기록으로 남아 있었다. 미아가 된 아이가 벌꿀과 먹을거리를 받고 마을 근처까지 안내를 받았다거나, 곤경에 빠진 마을 사람이 요정에게 해결책을 얻었다거나…….

그런데 요정을 붙잡아 팔거나, 구경거리로 만들어 돈을 벌려고 하는 자가 나타나면서 요정은 점차 인간 앞에 모습을 드러내지 않게 되었다고 한다. 그래도 무슨 원인이 있어서 한꺼번에 멸종한 게 아니라, 그저 인간의 눈앞에 모습을 드러내지 않게 되었을 뿐이라면 만날 수 있는 방법이 있을 터였다. 이를테면 지금 마일이 쓰는 방법 등으로…….

이제 해가 뉘엿뉘엿 기울기 시작해 슬슬 포기하고 돌아갈까, 하고 마일이 생각하기 시작했을 때, 마침내 나타났다.

"무슨 일이야, 너. 온통 피범벅이잖아! 세상에, 날개도 너덜너덜……. 인간한테 당한 거야? 일단 우리의 숨겨진 마을로……."

어디에서 왔는지 갑자기 등장한 한 요정.

파닥파닥 날갯짓하는 그 요정이 말을 걸더니, 하늘하늘 나는 요정형 골렘에게 접근해서 걱정스럽게 몸을 안아 부축하려고 했다.

덥석!

"꺄아악!"

순간 골렘이 양팔과 다리를 움직여 요정에게 달라붙자 놀라서 소리치는 요정.

"이거 놔! 둘 다 떨어져버리잖아! 괜찮으니까, 진정해!"

아직 상대가 다친 동료 요정이라고 믿고 있는 모양이었다.

요정형 골렘의 등이 쩍 벌어지더니, 그곳에서 튀어나온 네 개의 집게 팔이 요정의 사지를 덥석 붙잡았다.

이렇게까지 되자 그제야 요정은 상대가 동료가 아니라 요정과 비슷한 모습을 한, 정체를 알 수 없는 괴물이라는 사실을 알아차린 모양이었다. 얼굴이 새파랗게 질리더니 입을 크게 벌렸다.

"꺄아아아아아아아아아~~~!!"

그때 실타래를 휘휘 감아 골렘과 함께 요정을 끌어당기는 마일.

그렇다, 전생에서 익힌 '메기 놀림낚시(메기를 미끼로 다른 메기를 낚는 낚시법)'를 응용한 '요정 놀림낚시'였다.

다친 요정을 본뜬 골렘을 루어 대신으로 삼아서, 걱정되어 다가온 요정을 붙잡는다.

……귀축이었다. 이제 요정업계에서 인간에 대한 평판이 더 내려갈 것임은 불 보듯 뻔하다.

"사, 살려줘! 먹지 마아아아~~~~!"

팔다리 개수가 많고 실로 조종당하는 듯한 움직임을 봤을 때, 아무래도 요정으로 의태한 거미 마물이라고 생각한 모양이다. 그리고 사냥감과 똑같은 모습으로 의태한 마물이 무슨 목적으로 사냥감을 붙잡을까 하면.

1 먹는다
2 마비 독으로 못 움직이게 한 다음 알을 낳는다

정도밖에 떠오르지 않는다.

그리고 붙잡았는데 죽이려고 하지 않고 생포하려는 모습으로 봐서, 아무래도 '2'를 상상한 듯한 요정은 그, 죽음보다도 더 무시무시한 자신의 운명에 다시금 있는 힘껏 비명을 질렀다.

"까아아아아아악! 살려줘어! 누가, 살려줘요오오오오오!"

금세 가까이 끌려가 반쯤 광란 상태에 빠진 요정을 안심시키려고 마일이 말을 걸었다.

"걱정하실 필요 없어요. 마물이 아니라 저는 인간입니다. 그러니까 아무 걱정도……."

마일의 말에 요정이 비명을 멈췄다.

"……인간?"

"네, 인간이에요!"

"으히이이이이이이이이익!!"

조금 전보다 더 크게 비명을 내지른 다음 요정이 갑자기 조용해졌다.

이상하게 여긴 마일이 자세히 살펴보니 요정이 눈알을 까뒤집고 거품을 문 채 기절해 있었다.

아무래도 요정의 입장에서는 거미형 마물이 자신의 몸에 알을 낳아서 산 채로 새끼거미에게 먹히는 일보다도 인간에게 붙잡히는 쪽이 훨씬 더 두려웠던 모양이었다.

그리고 마일은 생각했다.

'도대체 인간을 얼마나 무서워하는 거야!'

요정이 인간 앞에 모습을 드러낼 리 없었던 것이다.

*　　*

"……핫! 꾸, 꿈인가……."

요정족 소녀 밀레리나는 가슴을 쓸어내렸다.

"아아, 무서운 꿈이었어……. 동료로 변신한 마물에게 붙잡힌 줄 알았더니, 이번에는 설마 했던 인간의 손아귀에 붙잡히다니, 이게 무슨 악몽이야……. 평생 꿀 악몽을 미리 다 꾼 것 같은 기분이네……."

꿈이라고 생각하고 땀범벅이 되었으면서도 겨우 굳은 얼굴이 미소로 바뀌는 밀레리나.

"안타깝게도 꿈이 아닌데……."

그 목소리에 반사적으로 고개를 든 밀레리나의 시야를 한 가득

채운 거대한 인간의 얼굴.

"쿠헤에에에에에엑~~!"

"……아, 또 기절했다…….."

곤란하다는 표정의 마일이었다.

"……핫! 꾸, 꿈인가…….."

밀레리나는 가슴을 쓸어내렸다.

"아아, 무서운 꿈이었어…….."

"안타깝게도 꿈이…….."

"우갸갸호롤롤로롤로!"

"아, 또 기절……, 아 이제 그만 좀 하지!"

한정이 없었다. 계속했다가는 밤이 되고 말리라. 주위가 환할 때 어떻게든 다음 단계로 나아가야 한다며, 마일은 요정 밀레리나를 필사적으로 흔들어 깨웠다.

＊　＊

"……그렇게 된 거예요."

"그럼 저희를 붙잡아 구경거리로 만들거나 팔려는 속셈이 아니라는 건가요?"

"물론이죠! 그저 잠시 이야기를 듣고 싶었을 뿐…….."

겁에 질린 밀레리나였지만 마일이 이러이러해서 저러저러하다고 설명하자 겨우 안정을 조금 되찾았다.

"생간을 빼가거나 엉덩이 구슬을 뽑아가거나 하지 않나요?"

"내가 뭐 갓파(일본 요괴로 항문 안에 있는 가상의 장기인 엉덩이 구슬을 빼먹는다)인 줄 알아요?!"

아무래도 요정업계에 이상한 소문이 돌아다니는 모양이다. 명예훼손이다.

"인간들 사이에서는 그게 요정의 일종이 벌이는 소행이라고 알고 있다고요!"

거짓말이 아니다. 일본에는 과연 그렇게 알려져 있으니까. 그리고 갓파는 타락한 신이라거나, 요정의 일종이라고 전해지는 것도 사실이다. 하지만 마일의 말을 들은 밀레리나가 화나서 소리쳤다.

"무, 무무무슨! 악질 유언비어예요! 아무 근거도 없는 허위소문이라고요!"

"그건 내가 할 말이네요!"

그리고 10분 후, 대화가 재개되었다.

"그래서 족장님인지 장로님인지 모르겠지만, 여하튼 옛날 일에 대해 제일 자세히 알고 계시는 분과 대화를 나누고 싶어요. 그러니까 마을에……."

"데려갈 수 있을 리 없잖아요! 생간이랑 엉덩이 구슬은 오해였을지 몰라도, 인간들이 우리를 붙잡아 팔려고 한 건 사실이니까요!"

"아니, 그 부분은……, 그런데 『붙잡아 팔려고 했다』라뇨? 『붙잡아 팔았다』가 아니라?"

수십 년 전에는 많은 악당과 상인들이 사냥하러 왔을 것이다. 그 이전에는 평온한 공존 관계였다고 했는데…….

그래서 마일은 지금과 다르게 인간에게 마음을 허락했던 요정들이 대거 잡혀갔다고 생각했던 것이다.

"붙잡았죠, 많이. 하지만 왜 그런지 몰라도, 밤이 되자 우리를 붙잡은 자들의 마차와 텐트에 불이 났고, 포로가 되었던 요정들의 모습이 사라졌어요. 그리고 녀석들이 겨우 자기 마을로 돌아갔더니, 무슨 영문인지 자기 가게와 집, 그리고 요정을 발주했던 권력자와 부잣집이고 뭐고 전부 불이 나서 전소해버렸죠. 네, 어찌 된 일인지. 그러면서 요정을 잡으려는 인간들이 없어지게 된 것 같아요. 무, 슨, 영, 문, 인, 지! 뭐, 우리가 인간 앞에 모습을 드러내지 않게 된 이유도 있지만……."

그렇게 말하며 조소하는 밀레리나.

과연, 작고 거의 소리 없이 비행할 수 있는 요정들은 간첩이나 테러리스트에 가장 적합할지도 몰랐다.

'아, 얕보면 안 되겠네요. 용병, 아니, 요정들……『요정의, 용병 양성을 요청한다』*……왠지 성에 안 차네요. 슬럼프가 왔나…….'

여전히 언어유희가 끝날 줄 모르는 마일이었다.

"여하튼 설령 고문당한다고 해도 숨겨진 마을의 장소와 들어가

---

*요정, 양성, 요청은 '요우세이(ようせい)'로 발음이 같고, 용병 역시 발음이 비슷하다

는 방법은 절대…….”

“그렇군요, 요정 마을은 무슨 수단에 의해 감춰져 있나 보네요. 정보 제공, 고맙습니다.”

“헉…….”

의도하지 않았는데 자기 입으로 정보를 알리고 말았다는 사실을 깨닫고 아연실색하는 밀레리나.

“그, 그런……. 하, 하지만 다 함께 친 마법장벽은 인간 따위가 알아차릴 수 없거든요?!”

“흠흠, 은폐계열 마법이라. 그럼 찾아야 할 건 마력 반응이 있는 곳이나 경치의 연속성에 부자연스러운 부분이 있는 곳인가…….”

“무, 무무무무슨!”

점점 더 정보를 제공하고 말아서 입을 뻐끔거리는 밀레리나.

“제, 젠장! 하지만 그 어떤 적이라고 해도 우리 일족 47명, 결코 굴하지…….”

“네네, 인구……, 아니 『요구(妖口)』라고 해야 하나, 총 47명이라…….”

“아아아아아악!”

치명적인 정보를 자기 입으로 계속 털어놓고 말았다는 걸 깨닫고 무너지는 밀레리나.

“하, 하지만 우리에겐 그 아이가 있어요! 싸움이 특기여서 『전투 요정』이라고 부르는, 유키카제(雪風) 짱이!”

“흠흠, 주의해야 할 상대는 하나이고, 이름을 보아 블리자드 계열의 공격마법을 구사하는 자인가……."

"으아아아아아아악!"

정말 요정은 바보만 있는 것일까. 아니면 밀레리나인가 하는 이 개체 특유의 성질일까. 요정이라도 '전자의 요정'이라고 불리는 소녀('기동전함 나데시코'의 호시노 루리)는 더 총명했을 듯한 느낌이 드는데…….

그렇게 생각하는 마일이었는데, 과연 더 이상의 정보는 누설하지 않을 것이다.

그나저나 슬슬 어두워지기 시작한 지금, 숨겨진 마을을 찾는 것도 성가시다. 이럴 때는 한 가지…….

'나노!'

『오, 왔닷!』

움직임을 멈춘 상태였던 요정형 골렘의 외피가 확 일그러지더니 모습과 색깔이 바뀌었다.

"헉……."

그 광경을 보고 깜짝 놀라는 밀레리나.

그렇다, 그 새로운 모습은 밀레리나와 판박이였다.

"보이스 샘플은 괜찮아?"

"살려줘! 살려줘!"

대답 대신 밀레리나와 똑같은 목소리를 내는 골렘.

"아, 아악! 아아아아아……."

새파랗게 질린 얼굴로 부들부들 떠는 밀레리나를 무시하고 마일이 명령을 내렸다.

"발진!"

『라저!』

그리고 다시 날아오른 골렘. 그 등에 실을 달고서…….

* *

"……그래서, 어떻게 하면…….."

주위가 완전히 어두워졌을 무렵, 마일 쪽에는 포박된 47명의 요정이 굴러다니고 있었다.

유키카제인가 뭔가, 친구의 등이 쩍 벌어지고 팔이 나온 시점에서 실신했다.

"뭐, 『요정 마을』에 안내받을 필요가 사라진 것 같으니 이걸로 됐나."

간만의 대어, 던지는 족족 낚이는 상태였기 때문에 낚시를 실 컷 만끽한 마일은 기분이 좋았다.

"아, 음소거 마법을 풀어야…….."

마일은 낚시에 방해가 되지 않도록 음소거 마법을 써서 낚은 요 정들의 주변을 차단음 필드로 뒤덮었던 것이다. 빠끔빠끔 필사적 으로 입을 움직이는 요정들의 음소거 마법을 풀어 주자.

"무슨 속셈이냐!"

"지금 당장 우리를 풀어라, 이 썩을 인간 놈아!"

"난 어떻게 해도 좋으니, 아내와 딸만은…….."

"불태울 거얏! 전부 불태워 주마아아아아앗!"

"죽어라아아아앗!"

……시끄러웠다. 엄청나게 시끄러웠다.

"아니, 아까도 말했잖아요, 악의가 없다고. 잠깐 이야기를 나누고 싶을 뿐이고, 우호적인 관계를 쌓고 싶어서……."

""""""웃기지 마라아아아아아아!""""""

우호적인 제의에도 길길이 날뛰며 화를 내자 어리둥절해하는 마일.

그야 당연하다. 갑자기 붙잡혀 포박 당했으니 '우호적 관계' 따위가 있을 리 없었다.

그리고 얼마간 시간이 흐른 후.

이야기를 듣고 나면 바로 풀어주고, 또 이야기 역시 강요하는 게 아니며, 여기서 요정과 만났다는 것은 아무에게도 말하지 않겠다고 약속하고 나서야 겨우 안정을 되찾고 조용해진 요정들.

마일은 아이템 박스에서 텐트를 꺼낸 다음 요정들을 그 안으로 옮기고 천천히 이야기를 듣기로 했다. 아무 조작 없이 텐트를 꺼내는 마일을 보고 요정들이 조금 놀란 눈치였다.

"포박을 풀어주지 않겠나?"

제일 나이가 많아 보이는 남성, 아마도 촌장인 것 같은 요정이 그렇게 말했지만 물론 그렇게 해줄 수는 없었다. 아무리 몸이 작다고는 하나 요정은 날렵하고 나름대로 마법도 쓸 줄 안다.

아니, 마일이 자기 몸을 걱정해서는 아니다. 요정들이 일제히 날리는 공격을 막고 다시 포획해서, 이 어둡고 좁은 텐트 안에 요정들을 '쑤셔' 넣지 않을까, 그것이 염려되었던 것이다.

그래서 솔직히 그렇게 말하자 요정들이 입을 다물었다.

"아니, 곧 끝나니까요! 그냥 이야기를 듣고 싶을 뿐이니까! 조금만 참아 주세요."

그렇게 말한 마일은 속으로 나노에게 부탁했다.

'이야기가 끝날 때까지 요정들의 마법을 봉인할 수 있을까?'

『권한 레벨 5인 마일님이 그렇게 지시하시면 당연히 그것을 우선합니다. 요정종은 몸이 작아 사념파 출력도 약하기 때문에 비상 능력 이외에는 어차피 마법도 별 볼 일 없습니다만.』

그렇다면 안심이다. 아무리 약한 마법이라도 텐트에 불이 붙어서는 안 되고, 몸을 구속한 실을 태워 끊는 것 정도는 가능할 테니까.

'그럼 그렇게 부탁해.'

『알겠습니다!』

"자, 그럼 본론으로 들어갈게요. 제가 궁금한 건 여러분 사이에 전해지고 있는 먼 옛날 문명에 대한 건데요…….."

"엥……."

촌장으로 보이는 요정이 놀란 표정을 지었다.

"아, 알고 있는 겐가, 『신들의 나라』를……."

촌장 뒤에서 요정들이 마법이, 불이 안 나와, 하고 웅성거렸지만 신경 쓰지 않았다.

"네, 엘프와 고룡한테 이미 이야기는 들었어요. 그래서 대략적인 건 아는데, 어쩌면 새로운 정보가 있나 싶어서, 요정족 사이에 전해 내려오는 이야기도 꼭 듣고 싶어서요…….”

엘프와 고룡에게 이미 들었다는 말에 깜짝 놀라는 촌장.

그야 엘프는 그렇다고 쳐도 고룡과 그런 이야기를 나누는 게 가능한 인간이 있을 줄은 생각지도 못했으리라.

“……그런가. 그럼 알려줘도 되려나…….”

“촌장!”

“촌장님!”

몇몇 요정들이 촌장을 말리려고 했지만 촌장이 그들을 저지했다.

“비밀로 할 얘기가 아니야. 오히려 신들도 선조들도 이 이야기를 전하기를, 널리 퍼트리기를 바랐을 것이다. 그걸, 세대교체가 빠른 인간들이 도중에 잃어버리고 말았을 뿐이지. 인간들 사이에 전승이 부활한다면 기쁜 일이 아니겠나.”

“““…………”””

촌장이 이야기를 들려주기 시작했다. 인간에 비해 훨씬 긴 수명을 가진 요정들 사이에 전해지는 이야기를.

……그리고, 별다른 수확은 없었다.

이미 엘프 크레레이아 박사와 고룡 베레데테스로부터 들은 이야기와 거의 다르지 않았다. 아니, 그보다 정보량이 오히려 적었다.

그래도 어쩔 수 없다. 요정들 사이에 어느 정도의 정보가 전해지고 있는지 알게 된 것만으로도 이번 원정 목표는 충분히 달성했으니까. 게다가 이번 장기 휴일인 5일을 전부 투자할 생각이었는데 첫날에 끝났으니 성공적이었다.

……또한, '요정 놀림낚시'는 즐거웠다. 요정들에게는 악몽이었겠지만.

그렇다, 즐거운 시간을 만끽할 수 있어서 마일은 만족했던 것이다.

그리고 마일이 문득 본 곳에 있었던 것은.

'요정의, ……유생?'

그렇다, 그것은 요정의 유생……, 아니, 유녀였다.

"페…… 마스코트로 저를 따라 가지 않을래요? 맛있는 거 실컷 먹게 해줄게요! ……너무 살쪄서 못 날아갈 정도까지라면."

마일의 눈이 수상하게 빛났다.

"오잉? 어, 어떻게 하지?"

맛있는 것을 실컷 먹을 수 있다는 말에 낚여서 고민하는 유녀. 그리고.

"""""""누가 보내줄 것 같아아아아아아아아앗?!"""""""

거센 비난이 쏟아졌다.

"그리고 아까 뭐라고 말하려고 했어요?! 『페』? 페, 다음에 뭐요?"

"그, 그게……,"

"『펫』이라고 말하려고 했겠지이이이이이~!"

페……마스코트의 입수는 실패로 끝났다.

"그럼 놓아드릴게요. 여러 가지로 감사했습니다."

"""""엥……."""""

깜짝 놀란 요정들. 아무래도 마일이 정말 약속을 지킬 줄 몰랐던 모양이다.

그것도 그런가. 이미 붙잡은 요정들을 도시로 끌고 가면 한밑천은 물론이고, 자손 대대로 사치를 부릴 수 있을 만큼의 돈을 벌 수 있으니까. 인간이 빤히 알면서 그 기회를 놓칠 리 없다.

그리고 마일도 조금 고민했다.

'생각해보니까, 내가 조금 심한 짓을 한 것 같아. 동료의 모습을 한 괴물의 등이 갈라진 것도 그렇고, 자칫 잘못하면 트라우마로 남을지도…….'

'조금'이 아니었다. '조금'은…….

'이대로라면 인간에 대한 악평이 또 하나 추가될지도……. 곤란해, 그래서는 곤란해! 종족 간의 유화를 그리고 싶은 내가 정반대 짓을 하는 건 도저히 용납 못 해…….'

그리고 요정들을 풀어주기 위해 손을 움직이며 이런저런 생각에 빠진 마일은 마침내 명안을 생각해냈다. 마일은 갑자기 텐트를 아이템 박스에 수납했다.

"미혹 마법 해제!"

돌연 그렇게 외친 마일은 머릿속으로 마법 주문……이라기보다 나노머신에게 직접 지시를 내렸다.

'광선 굴절, 산란! 수분 응결, 냉각해서 결정화, 형성! 중력 중화, 형성 유지…….'

그렇다, 정말 오래간만에, '마일, 가디스 페노메논(여신화 현상)'

이었다!

그리고 공기 중의 수증기가 응결해서 동결, 얼음 결정이 마일의 등에 순백의 날개를 형성했다.

머리 위에는 빛의 원환, 주위에 반짝이는 빛의 입자…….

"앗! 서, 설마, 진조(眞祖)님…….'

'엥? 여신님이 아니라 그쪽?'

촌장의 입에서 새어나온 단어에 살짝 놀랐지만, 딱히 여신님이든 진조님이든 큰 차이는 없었다.

"그래, 그대들이 이야기를 올바르게 전승하며 행복하게 살고 있는지 확인하러 왔노라. 건강해 보이니 마음이 놓이는구나. 그럼 앞으로도 모두 건강하게 잘 지내야 하느니라!"

슝!

대충 말한 후 광학 마법으로 모습을 감춘 마일. 그리고 슬그머니 그 자리를 빠져나왔다.

'좋았어, 이렇게 해서 「심한 짓을 한 건 정체불명의 에 페라리오(L사이즈의 요정), 진조님인가 뭔가 하는 존재의 소행」이 되어서, 인간에 대한 악평이 퍼져나가지 않을 거야! 여신님 탓으로 할 예정에서 살짝 바뀌었지만, 결과 오~라이, 오라이도(鴎来堂, 서적의 교정과 교열을 전문으로 하는 회사)!'

그리고 의기양양하게 철수하는 마일이었다…….

"오오, 오오, 설마 진조님이 우리를 지켜보셨을 줄이야…….'

감격에 겨워 전율하는 촌장 이하 요정족 일동.

"그나저나 인간 중에도 약속을 지킬 줄 아는 자가 있나 했더니, 인간이 아니라 진조님이셨다니. 역시 인간이 약속을 지키지 않는다는 건 틀리지 않았나⋯⋯. 앞으로도 더욱 인간 놈들에게 주의를 기울여야겠군. 분명 진조님은 그것을 경고하기 위해 그런 행동을 하신 걸 거야⋯⋯."

모처럼 인간의 주가를 올릴 수 있는 기회가 날아가고 말았다.

제55장 얼간이

"자, 이번 5일간의 휴가에서 마일은 뭔가 수상쩍은 단독 행동에 나서기로 했고……."

그렇게 말하며 메비스와 폴린을 쳐다보는 레나.

"너희는 5일간 특별히 하고 싶은 일도 없지?"

레나의 말에 고개를 끄덕이는 메비스와 폴린.

메비스와 폴린의 모국인 티루스 왕국으로 돌아가기에 5일은 너무 짧다. 그래서 애초에 귀향 등은 고려하지 않았고, 처음 방문한 이 나라에서 단독 행동을 해야 할 용무도 없었다.

사실 이번에는 각자 자유행동에 들어가는 휴가, 로 정했지만 사실은 넷이서 놀러 갈 예정이었던 레나는 마일이 '하고 싶은 일이 있어서 왕도를 좀 나갔다 올게요' 하고 말했을 때 깜짝 놀랐다. 하지만 이제 와서 발언을 취소할 수도 없는 노릇이었고, 또 마일이 '하고 싶은 게 있다'고 말하는 건 드문 일이었기에 존중해주고 싶어서 그대로 내버려두었던 것이다.

어차피 넷은 늘 함께 있으니까. 다음에 놀러 가면 된다.

"그래서 말이지, 이번 5일 동안 좀 해보고 싶은 게 있어."

"엥, 마일 짱 없이요?"

폴린의 의문도 지당했다. '붉은 맹세'는 네 명이 모였을 때 비로소 파티인 것이다. 그리고 그 중심은 마일이었다.

물론 리더는 메비스이고 늘 주도권을 쥔 사람은 레나였지만, 뭐랄까 '붉은 맹세'는 마일이 있어야 존재하는 파티라는 생각이 모두의 마음 속 깊이 자리 잡았던 것이다. 실력과는 별개로 마스코트라고 할까, 구심력의 중심핵이라고 할까……

"그래. 아무래도 우리가 그 아이에게 너무 의존하는 것 같아서 말이야, 가끔은 우리끼리 해서 『마일이 빠진』 감각을 익혀두는 게 장차 도움이 될 거라고 생각해…….."

그렇다, 지금은 즐거운 나날을 보내고 있지만 언제 무슨 일이 일어날지 알 수 없다. 일하다가 죽을 가능성은 물론이고 질병이나 기타 여러 사정으로 멤버가 빠지는 일은 헌터에게 일상다반사였다. 그리고 특히 '붉은 맹세'는 여러 가지로 사정이 있는 사람이 많으니까.

천애고독(毒), 아니 천애고독(獨)인 레나는 그렇다고 쳐도, 어머니와 남동생이 애쓰고 있는 상회가 걱정될 폴린에, 그런 아버지와 오빠들을 가진 메비스. 두 사람에게는 스스로 상회를 일으켜 세우는 꿈, 기사가 되는 꿈이 있었고, 언젠가는 결혼 이야기도 나오리라. ……아니, 결혼이라면 레나에게도 가능성이 있다. 그렇다, 다들 평생 헌터를 계속 할 멤버가 아닌 것이다.

그리고 문제의 마일.

현재는 영지를 방치하고 있지만 일단은 영지를 가진 귀족이 당주이다. 본인은 작위에도 영지에도 흥미가 없어 보이지만, 마일은 아직 어리다. 조만간 선조 그리고 조부와 어머니가 지켜온 가

문명과 영지, 그리고 영민들에 대한 책임을 자각하게 될 가능성이 있다. 게다가 왕족이 마일을 고집하는 모양이고…….

즉, 언젠가는 '붉은 맹세'도 해산 혹은 멤버 교체가 일어날 수있다. 그러니 너무 특정 개인에 의존하는 스타일에 젖어서는 곤란하다. 이 멤버 중 가장 오래 헌터 생활을 계속할 것 같은 레나는 그렇게 생각했던 것이다.

"하긴 그러네. 난 찬성이야. 폴린은 어떻게 생각해?"

"저도 찬성이에요. 마일 짱에게 너무 의지한 면이 있죠, 우리…….

이리하여 세 사람끼리의 활동이 결정되었던 것이다.

＊　　＊

그리하여 숲속.

"……사냥감이 없네. 마일, 잠깐 색적마, ……아."

입을 꾹 다물고 계속 걷는 레나.

"배고파요……."

"그럼 슬슬 식사할까. 마일, 식재료를, ……아."

""아…….""

아무도 식재료를 가져오지 않았다.

항상 마일의 수납에 신선한 고기와 채소, 빵과 과일이 듬뿍 들어 있었기 때문에 어디 나갈 때 아무도 음식 준비에 신경 쓰지 않았던 것이다. 생각해보니 식기와 조리도구도 챙기지 않았다. 물론 야영 도구도…….

아니, 어차피 당일치기 예정이기는 했다. 하지만 만일에 대비해 최소한의 장비는 준비해왔어야 했다. 숲에서는 무슨 일이 일어날지 알 수 없는 법이니까.

"""…………."""

위험하다.

다들, 그렇게 생각했다.

그동안 편리한 생활에 지나치게 젖어 있었다.

방심. 안일함. 위험 탐지 능력의 저하. 그리고 타락.

그것은 헌터를 죽이는, 마물 이상의 무시무시한 적이었다.

그리고 2시간 후, 겨우 획득한 뿔토끼와 나무 열매, 끓인 물로 점심식사에 들어간 세 사람.

딱딱한 빵과 육포라도 가지고 있었다면 고작 한 번의 식사를 위해 이렇게 시간을 허비하는 일도 없었을 것이다. 그리고 마일이 있었다면 수납에서 꺼낸 조리가 이미 끝난 식사가…….

그렇게 생각하고는 머리를 마구 흔드는 레나.

'안 돼! 옛날에는, 『붉은 번개』 사람들이 죽고 나서 혼자 다녔을 때는 제대로 했다고! 이렇게, 이렇게 연약한 건 『붉은 레나』가 아니야!'

레나는 자신이 타락한 정도에 경악했지만, 메비스와 폴린은 그 정도로 심각해 보이지는 않았다. 두 사람은 '붉은 맹세' 활동이 첫 헌터 생활이었기 때문에 편리한 인간인 마일에게 중독되었다고 생각하긴 해도 레나처럼 위기감은 없었던 것이다. 달리 비교할 만한 경험이 없어서 지금 현재를 기준으로 생각하고 있으리라.

'안 돼! 안 돼 안 돼 안 돼 안 돼!'

레나는 자신은 그렇다고 쳐도 메비스와 폴린의 인식에 위구심을 품었다. 이대로라면 두 사람은 마일이 있는 '붉은 맹세'가 아니면 해나가지 못할 것이다. 사태가 생각보다 훨씬 심각했다.

"……있다! 혼자 움직이는 오크, 약간 소형!"

"그럼 쉽게 이기겠네. 여유로우니까 상품 가치가 떨어지지 않게 조심해서 잡자."

평소처럼 가장 먼저 사냥감을 발견한 메비스.

마일이 없어도 오크 따위 '붉은 맹세'에게는 피라미나 마찬가지이다. 레나는 연습으로 '얼마나 상품 가치를 떨어트리지 않고 잡을 수 있는가'라는 제목을 달기로 했다.

그리고 작은 목소리로 주문을 외는 레나와 폴린.

"아이스 재블린!"

"여신……이지 않게 되는 안개!"('눈이 보……이지 않게 되는 안개!'와 발음이 같다)

갑자기 주변에 꽂힌 얼음창에 깜짝 놀라 걸음을 멈춘 오크.

그 오크의 얼굴 부근을 붉은 안개가 뒤덮더니, 갑자기 눈을 비비기 시작하는 오크.

서두 부분이 여신계, 즉 치유계통의 마법인 척했지만 사실은 공격마법. 과연 폴린, 신개발 마법은 역시 야비했다.

그리고 그 틈에 나무그늘에서 달려 나와 순식간에 오크의 목을 베는 메비스.

진 신속검은 쓰지 않았다. 필살기는 아무 때나 남용해서는 안 된다.

그래도 우뚝 서서 눈을 비비는 오크 따위, 메비스의 적수가 되지는 못했다. 일격에 멋지게 떨어져 나가는 오크의 머리. 그것은 메비스의 실력과 '마일 근제(謹製) 미검'이 있어서 비로소 가능한 일이었으며, 누구나 간단히 할 수 있는 일이 아니었다. 오크 머리는 두껍고 뼈도 단단하니까.

"느낌이 좋네. 비싸게 팔 수 있는 부분에는 상처가 하나도 나지 않았고, 초목도 망가뜨리지 않았고, 완벽했어. 자, 마일, 수납에……."

""""아…….""""

세 소녀 중 두 사람은 힘없는 마술사.

소형 오크, 추정 무게 약 300킬로그램.

그리고 수납마법 구사자는 없었다.

*　　*

"조, 조금만 쉬면 안 돼요……?"

"쉰 지 얼마나 됐다고!"

"하, 하지만, 무리하는 것보다 휴식도 충분히 취하는 편이 더 효율적이지 않아?"

지쳐서 울먹이는 폴린, 그것을 레나가 질타하자 폴린을 감싸고 나서는 메비스.

그렇다, 오크를 통째로 옮기는 것은 단념하고, 토벌 증명 부위인 귀, 그리고 가장 비싸게 팔릴 것 같은 부위 등 옮길 수 있는 것만 잘라 가져가기로 한 것이다.

머리와 손목, 발목, 뼈, 그리고 식용에 적합하지 않은 부분의 내장 등을 제외해도 200킬로그램 정도는 되었다. 아무리 노력해도 옮길 수 있는 것은 절반 이하. 좋은 부위의 고기와 간과 심장, 그리고 혀. 세 사람이 분담했는데, 레나와 폴린은 메비스보다 상당히 적은 양을 맡았다. 인간은 각자 잘하는 분야와 못하는 분야가 있는 법이고, 메비스 역시 그 부분에는 불만이 없었다.

"이걸 다 옮기고 나면 돌아가서 나머지도 옮길 거야?"

"".............""

메비스의 말에 침묵으로 답을 대신하는 레나와 폴린.

"아니, 그냥 물어본 것뿐이니까! 그렇게 죽을 것 같은 표정을 지을 필요는……. 게다가 다시 돌아와도 아마 작은 짐승이나 마물이 이미 다 먹어버렸을 테니까!"

메비스가 허둥지둥 수습했지만, 레나와 폴린의 썩은 동태 눈은 바뀌지 않았다.

오크를 잡은 다음 날, 레나를 비롯한 세 사람은 휴식에 들어갔다.

아니, 애초에 파티의 휴일에 해당하는 5일간이어서 그것은 문제되지 않았지만.

쉬기로 한 이유는, 몸이 아파서 움직일 수 없었기 때문이다. 단지 그것뿐이었다…….

그리고 사흘째 되던 날.

"가자. ……단, 이번에는 오크는 대상에서 제외한다!"

고개를 끄덕이는 메비스와 폴린.

"채취하는 건 부피가 크지 않고 비싸게 팔리는 약초만. 사냥감은 증명 부위를 자르는 것만으로 끝나는 토벌대상 한정. 그리고 오늘밤은 야영한다."

다시 한번 고개를 끄덕이는 메비스와 폴린.

레나는 자신들에게 충분한 전투 능력이 있다고 생각했다. 그리고 그것은 옳았다.

만약 대인전투를 한다면, 아니 마물을 상대로 한다고 해도 '붉은 맹세'는 충분한 전투력을 발휘하리라. 설령 마일이 빠졌다고 하더라도.

불꽃마법을 구사하는 레나. 치유와 보조마법뿐 아니라 공격마법, 그것도 상당히 야비하게 구사하는 폴린. 그리고 B등급에 필적하는 검기를 발휘하며, 비록 도핑이라고는 하나 일시적으로 A등급도 능가하는 능력을 발휘하고 이제는 '기'에 의한 공격법 '윈드 엣지'와 메이거스 킬러(마술사 죽이기)인 '항마검'까지 익혀 최근 들어 상승세를 타고 있는 메비스.

근방의 5~6명 편성 C등급 파티에는 절대 지지 않는다. 오거 몇 마리에게 둘러싸여도 문제 되지 않으리라. ……이제는 B등급이라고 해도 지장 없는 전투력이다.

길드에서도 그 부분을 파악하고 있었지만, 현재 규칙상 승급하려면 공적 포인트뿐 아니라 현재 등급에 대한 규정된 연수가 경과해야 할 필요가 있는데, 아직 C등급 헌터가 된 지 얼마 되지 않은 '붉은 맹세'는 승급 시험을 치를 자격이 없었다. 공적 포인트는 급속도로 쌓여가고 있지만…….

어쨌든 지금 자신들에게 필요한 것은 전투 훈련이 아니라 '마일이 빠진 훈련'이다.

그 사실을 깨달은 레나였다.

"슬슬 야영 준비를 시작하는 게 좋지 않을까?"

"그러네."

해가 뉘엿뉘엿 기울고 있었기 때문에 메비스의 말에 고개를 끄덕인 레나는 사냥을 끝내기로 했다.

그리고 텐트를 치기 위해 셋이서 적당한 장소를 물색했다.

텐트라고는 하지만, 방수 처리되어 두껍고 뻣뻣한 천과 모피, 충분한 강도가 있고 굵은 목제 폴과 말뚝 등 완전히 세팅된 것으로 준비한다면 무겁고 부피가 커서 힘들다. 그런 것을 짊어지고 다닌다면 다른 것을 거의 옮길 수 없게 되고, 사냥감과 채취물을 가지고 돌아가는 것도 불가능하다.

그래서 그냥 방수천과 모피를 돌돌 감싼 것을 풀고, 뼈대는 현지 조달로 나뭇가지라든지 살아 있는 나무를 그대로 이용해서 비바람을 피하는 수준으로만 설치했다.

마일의 아이템 박스(수납)에 들어 있는 텐트는 무게도 부피도 상관없고, 일일이 분해하고 조립할 필요가 없어서 꽤 느긋하게 공들여 만들었는데, 마일 이외에 그런 것을 쓸 수 있는 자는 아무도 없었다.

이번에 레나 일행이 쓰는 텐트와 기자재는 길드에서 빌린 것이다. 파티의 장비는 설마 레나 일행이 휴식 중에 일하러 갈 줄은 생각지도 못한 마일이 아이템 박스(수납)에 넣은 채로 들고 가버렸기 때문에 어쩔 수 없었다.

길드에는 돈이 없는 신인에게 돈을 빌려주거나 길드 발주인 긴급 의뢰 시에 제공해주기도 하기 때문에 다양한 장비가 보관되어 있었다. 그것은 새로운 장비를 산 헌터가 오래된 물건을 기부한 것도 있고 죽은 헌터가 남긴 유품이기도 하는 등 출처가 다양한 중고품들이었는데, 공짜나 다름없는 싼값에 빌려주는 것은 고마운 일이었다.

그리고…….

"벌써 어두워졌다고!"

"아니, 조금만 더, 여기를…….."

안전하면서 급변하는 날씨에도 대응할 수 있는 장소를 찾기까지 시간이 조금 걸린 데다가 마일이 텐트를 쳐둔 상태로 보관하기 이전에도 필요한 목재 등을 전부 수납에 넣어 준비해두었었기 때문에, 텐트 설치를 처음부터 준비한 적이 없었던 '붉은 맹세'의 세 사람은 생각보다 텐트 치기에 더 고전했다.

레나는 예전에 쳐 본 경험이 있었지만, 메비스와 폴린이 너무 '쓰임새가 없었기 때문'이다.

그렇게 어찌어찌해서 겨우 텐트를 다 쳤을 때는 이미 완전히 어두워져 있었다.

"".............."""

저녁 식사 준비는 차질 없이 진행되었다.

혹시 몰라 딱딱한 빵과 육포 등도 준비했는데, 다행히 뿔토끼와 새를 잡아서 그것을 중심으로 한 메뉴였다.

보통 헌터라면 현금 수입이 되는 그 사냥감들을 먹지 않고 가지고 돌아가지만, 레나 일행은 돈에 여유가 있었고 마일이 없어서 짐 운반 능력이 다른 파티에 비교해 상당히 떨어졌기 때문에 잡은 사냥감을 먹어서 현지 소비하기로 했던 것이다.

요리는 레나의 착화 마법, 폴린의 분자 진동 물 끓이기 마법 등, 마법을 써서 순조롭게 진행되었다. 이 부분은 마일이 없어도 지장이 없었다. 또한 불마법은 나무토막에 불을 붙이는 데 사용될 뿐이었다. 직접 마법 불꽃으로 구우면 고기가 제대로 익지 않아, 겉은 타고 속은 날것 그대로가 되기 때문이다.

"마일, 향신료……, 아."

"".............""

"저기, 제가 핫 마법으로."

"아니, 됐어."

"사양할게."

그리고 휴가 4일째 되던 저녁 무렵, 왕도로 돌아온 세 사람.

다소 비싼 값에 팔리는 약초 조금, 상시 토벌 의뢰 중 식용에는 적합하지 않은 마물 토벌 증명 부위가 비교적 많았고, 사냥감은 그럭저럭 있어서 1박 2일의 돈벌이치고는 썩 나쁘지 않았다. ……일반적인 파티치고는 말이다.

하지만 세 사람은 마일이 있을 때의 돈벌이에 익숙해져 있었다. 명백히 '일반적이지 않은' 돈벌이에.

길드에서 환금하고 보수를 셋이서 대충 나눈 후 손바닥 위에 놓인 동전을 응시하는 세 사람.

""………….""

조금 더 분발해야 한다. 마일이 없어도 베테랑 C등급 헌터라고 자신 있게 말할 수 있도록.

그리고 마일을 좀 더 소중히……, 아니, 마일도 아무리 최연소에 특별한 능력을 지녔다고는 하나 파티 동료니까 모두와 대등하다. 특별 취급 따위를 한다면 오히려 마일에게 실례이리라.

그저 자신들도 더 노력해서 마일이 약한 부분, 어리기 때문에 약한 부분을 뒷받침해주면 되는 것이다. 그러기 위해서는 아직 한참 더 노력해야 한다. 그래서 언젠가는 마일과 진정으로 어깨를 나란히 할 수 있는 날을 맞이해야 한다.

그렇게 생각하는 메비스, 레나, 그리고 폴린이었다…….

*　*

"다녀왔습니다!"

5일째 되던 저녁, 식사시간 전에 마일이 돌아왔다.

"어서 와. 휴가는 즐거웠어?"

"네! 오랜 소망이 이루어졌어요!"

"다행이네. 아, 네가 없는 동안에 우리 셋이 공부 차원으로 사냥을 좀 하고 왔는데, 그 부분에 대한 금액은 셋이서 나눴어. 그래도 괜찮겠지? 뭐, 그리 큰 금액은 아니지만……."

숨기고 싶지 않았고 조만간 누군가가 무심코 말해버릴지도 모른다. 그럴 바에야 먼저 이실직고하는 게 낫다. 레나는 그렇게 여겼는데.

"아, 물론이죠!『붉은 맹세』를 결성했을 때 그렇게 하기로 정했으니까요."

마일은 당연하다는 표정으로 대답했다.

"그리고 저도 당초 예정이 일찍 끝나버리는 바람에 다른 건으로 돈 좀 벌고 왔거든요. 뭐, 금화 20닢 정도밖에 안 되지만……."

"" "엥……." ""

끼익끼익, 마일 쪽으로 목만 돌린 폴린.

표정이 잔뜩 굳은 레나.

그리고 이런이런, 하는 표정의 메비스.

'아직 한참 멀었나…….'

*　　*

그로부터 며칠이 지난 후.

"마일, 부탁이 있는데……."

"나도."

"엥, 무슨 부탁이요?"

레나와 폴린의 진지한 표정에 마일이 무슨 일인가 싶어 물어보자.

"수납마법을 가르쳐줬으면 좋겠어."

"나도!"

"엥……."

마일이 수납마법인 척하면서 쓰고 있는 아이템 박스는 나노머신과 의사소통이 가능한 '권한 레벨 3'이상이 아니면 쓸 수 없다. 그리고 보통 인간도 쓸 수 있는 수납마법은 웬만한 재능이 없으면 구사하기가 어렵다.

당연하다. 가르쳐서 간단히 익힐 수 있는 것이라면 이렇게 희소가치가 있을 리 없지 않은가.

일시적으로 수납하는 것에 불과하다면 또 모를까. 다른 일에 정신이 팔려 있을 때도, 자고 있을 때도 늘 발동한 채로 둘 필요가 있는 마법인 것이다. 정신적으로도 마력적으로도 허들이 높다. 너무나도 높다.

"가르쳐주는 거야 딱히 상관없지만, 저기, 솔직히 말씀드리면 좀 힘들 텐데요?"

""괜찮아, 익힐 거야!""

그리고 또 며칠이 지난 후.

""어째서!""

271

애초에 아공간(亞空間)을 여는 것조차 불가능한 레나.

그리고 돈을 벌기 위해서라며, 일반인을 초월한 힘을 쥐어짜낸 폴린은 일단 아공간을 여는 것까지는 성공했지만 물건을 수납해도 조금만 방심하면 전부 아공간에서 빠져나오고 말았다. 게다가 용량은 수십 킬로그램 정도. 이래서는 '수납마법을 구사할 수 있다'고 말하기 어렵다. 적어도 '잘 때만 수납에서 짐을 꺼내 해제하기' 정도라면 일단은 수납 보유자라고 말하고 다닐 수 있겠지만 말이다……

"이래서는 훈련해봐야 관문을 통과하는 동안 유지할 수 있을지 어떨지……."

"밀수는 금지라고요!"

그리고 이런이런, 하는 표정의 메비스.

'아직, 한참 멀었나…….'

제56장 가면 소녀 다시 한번

"돌아갈 때는 걸어갈까……."

5일간의 휴가 첫날에 '요정과 만나기'라는 비원을 바로 이루고만 마일은 느긋하게 걸어서 돌아갈까 고민했다.

갈 때는 목적 달성에 시간이 얼마나 들지 몰랐기 때문에 서둘러 달렸던 것이다. ……진짜 힘을 내서.

공기 저항을 줄이기 위해, 그리고 옷이 찢기거나 타는 것을 방지하기 위해 특수소재로 만든 펄럭펄럭 슈트로 몸을 감쌌다.

물론 그런 모습을 남들 앞에 드러내선 안 된다. 주로 수치심과 관련된 문제로.

그래서 마법으로 광학 미채 처리를 한 질주였다.

하지만 돌아올 때는 시간적 여유가 있었다. '오랜 비원 달성을 위해 이 5일을 전부 걸겠습니다' 하며 출발했는데, 다음날 바로 귀환해서는 꼴이 말이 아닐 것이다. 그러니 마지막 날까지 시간을 때워야…….

게다가 여차하면 갈 때보다 더 빨리 귀환할 수 있는 방법도 생각해서 나노에게 확인했고 가능하다는 대답을 받았다. 따라서 마지막 날에 돌아가도 충분했다.

그리하여 휴가 이틀째부터 마일의 나홀로 훌쩍 여행이 시작된 것이었다.

이 부근은 왕도에서 상당히 떨어져 있었고, 이웃 나라와의 국경에 가까웠다. 뭐, 요정이 사는 곳이니, 벽지인 건 당연하리라. 오가는 사람도 거의 없는 길을, 가벼운 발걸음으로 걸어가는 마일. 아주 드물게 스치고 지나가는 여행자가 인사를 건넸다.

열두 살 정도로 보이는 마일이었는데, 헌터 복장을 갖춘 데다가 새 물건이 아니라 꽤 사용감이 있어서 몸에 익숙한 상태였기 때문에 여행자들의 걱정을 사는 일은 없었다. 열 살이 넘어가면 정식 길드원, F등급 이상의 헌터이므로. 그리고 정규 헌터가 된 후 적어도 몇 년은 살아남은 듯한 인상이어서, 분별력 있는 어른이라면 마일이 혼자 행동해도 되는 이유가 있다고 판단하리라.

'……음?'

마일이 이름 모를 작은 마을 근처를 지나가고 있을 때, 왠지 험악한 상황에 놓인 듯한 집단이 눈에 들어왔다.

서로 몇 미터 거리를 두고 대치했는데 한쪽은 스무 명이 조금 안 되는 농민들, 또 한쪽은 열 명 남짓한 병사들이었다.

병사들은 검을 뽑은 상태가 아니었지만, 농민들은 삽, 가래, 낫 등을 손에 쥐고 있었다. 누가 봐도 위험한 분위기였다.

자신과 전혀 상관없는 일이지만, 그렇다고 그냥 지나칠 마일이 아니다. 게다가 무엇보다도, 시간에 여유가 있었다. 아니, 너무 많아 흘러 넘쳤던 것이다.

하지만 사정을 모르고서는 도움이고 간섭이고 할 수도 없는 노릇이다. 마일은 즉시 광학 마법을 써서 몸을 지우고 집단에 바짝

다가갔다.

"당장 꺼져! 우리 요구를 받아주지 않으면 일체 대화할 생각이 없으니까!"

"네놈들, 그게 반란 행위라는 걸 알고는 있느냐? 계속 그렇게 나오면 돌이킬 수 없을 거다. 그걸 정녕 모르는 것이냐!"

아무래도 다른 나라의 침략이라거나, 한때 병사였던 도적들이 마을을 습격했다거나 하는 건 아닌 듯 보였다. 무슨 이유인지는 몰라도, 농민들이 영주 측에 어떤 요구를 하고 있는 모양이다. 세금이 너무 과해서 도저히 생활하기 힘든 것일까, 아니면 영주 측이 억지스러운 요구를 해온 것일까……

"애초에 너희 요구라는 게, 이 마을의 세금을 대폭 삭감하라는 황당무계한 이야기가 아니냐! 이 영지의 세금은 주위 영지와 큰 차이가 없고, 결코 불합리하지 않아. 그리고 너희 마을만 감세하는 게 가능할 리도 없잖아. 그런 짓을 했다간, 다른 마을에 설명할 길이 없고 그럴 이유도 없어. 도대체 무슨 생각으로 그런 주장을 하는 것이냐!"

아무래도 사정이 있는 건 마을 사람들 쪽 같았다.

"시끄러워! 우리는 요구를 들어줄 때까지 물러서지 않을 거야!"

그렇게 말하며 쥐고 있던 농기구를 마구 휘두르는 농민들. 그러자 어쩔 수 없이 검으로 손을 가져가는 병사들. 이대로라면 싸움이 시작될 것이 불 보듯 뻔했다.

마일은 주위를 둘러본 후 적당히 가지가 뻗어 있는 나무를 선택해서 그 위로 점프했다. 그리고 아이템 박스에서 마스크(가면)를 꺼내 썼다. 그렇다, 예전에 쓴 적 있는 바로 그 가면이다.

가면을 쓴 마일은 광학 마법을 해제하고 큰 나뭇가지 위에 우뚝 버티고 서서 병사와 농민들을 향해 소리쳤다.

"당장 싸움을 멈춰라!"

"""""""……엥?"""""""

돌연 나무 위에 등장한 어린 소녀. 수상한 가면까지 쓴 소녀의 입에서 쏟아진 말에 움직임을 멈추고 어리둥절한 표정으로 나무 위를 올려다보는 남자들.

"누구냐!"

병사의 지휘관으로 보이는 남자가 정체를 물었다.

어안이 벙벙한 병사들과 대조적으로 농민들은 표정이 환해졌다.

그것도 그러하리라. 이 순간 이렇게 등장하는 건 약자의 편일 것이 분명하니까. 그렇게 자신만만하게 등장했다는 건 외모와 상관없이 실력에 상당한 자신이 있는 자임에 틀림없다. 생각지도 못한 원군에 농민들이 기뻐하는 것도 무리가 아니었다.

"하압!"

마일은 함성과 함께 나무 위에서 풀쩍 뛰어내려와, 병사와 농민들의 중간에 섰다. 그리고 농민들 쪽으로 휘익 몸을 돌렸다.

"나는, 우세한 쪽에 도움을 주는 자. 사람들은 날 이렇게 부르지, 『우세 가면』!"(만화 『유성가면』의 패러디)

"""""""**그게 뭐야아아아아아아앗!**"""""""

서로 적인 병사와 농민들의 마음이 지금 이 순간 하나가 되었다.

마일은 전생에서 소설이나 애니메이션을 보면 늘 그런 생각을 했었다. 왜 항상 주인공들은 곧 질 것 같은 쪽의 편을 드는 것일까, 하고.

우세한 쪽의 편을 들면 싸움이 빨리 끝나서 더 죽는 병사도, 남편을 잃는 아내도, 아버지를 잃는 자식도 많이 늘어나지 않을 것이다. 하지만 열세한 쪽의 편을 든다면 싸움이 계속 이어져 양쪽에 사망자만 늘어난다.

그야, 침략한 타국의 병사라거나 마을을 습격한 도적일 경우에는 이야기가 다르다. 결코 승리를 용납할 수 없는 경우가 있는 법이다. 하지만 국내에서의 내분이나, 양쪽 다 할 말이나 '자신들의 정의'가 있을 경우 굳이 열세한 쪽의 편을 들어 괜한 사망자를 늘릴 필요가 있을까 하는 것이다. 괜히 끼어들지만 않으면 곧 승패가 결정되어 싸움이 끝날 텐데…….

싸우는 양쪽 다 각각 가족이 있고, 병사라는 어엿한 직업을 갖게 되어 성실하게 일하고 있을 뿐이거나, 나라와 영주에게 징병되어 명령에 따르고 있을 뿐이라거나, 가족을 지키기 위해 노력하고 있을 뿐일 것이다. 만약 그다지 훌륭한 이유가 없는 싸움이었다고 해도, 그것은 상층부의 책임이며 현장에 있는 자들 탓이아니다.

그런데 어쩌다 한쪽 세력과 인연이 있다거나 미인에게 부탁받았다는 가벼운 이유로 열세인 쪽의 편을 들어서 다 끝나가는 싸움에 다시 불을 붙여 사망자만 늘리다니, 어느 바보가 하는 짓인가.

일단 싸움을 빨리 끝낸 다음 상층부가 썩었다면 나중에 그 무리를 무찌르면 그만 아닌가. 마일은 늘 그렇게 생각했던 것이다.

권력자를 무찌르는 방법이야 독살, 외출했을 때 기습 공격, 저격, 방화, 덫 등 얼마든지 많다.

아무튼 이대로는 많은 농민인 살해당하고 남은 자는 붙잡히게 될 것이다. 그리고 병사 쪽 역시 여러 사망자와 부상자가 나오겠지. 그렇게 되면 붙잡힌 농민들도, 다른 마을 사람들도 무사하지 못할 것이다. 그것보다는 농민들이 다치지 않고 붙잡히는 쪽이 훨씬 낫다.

게다가 만약 마일이 농민들을 편들어 병사들을 무찌른다고 해도 다음에는 더 많은 병사들이 몰려올 것이고, 그들을 물리치면 그보다 더 많은 병사가 몰려와 사태가 점점 더 악화되기만 할 것이다.

그리고 마일은 그렇게 오랜 기간 함께 해 줄 생각이 없었고, 영주와 전면 대결을 벌일 생각도 전혀 없었다. 그랬다가는 수배자 신세로 전락하고 헌터 자격도 박탈되겠지. 또 만약 신분이 발각되어 다른 나라 귀족이라는 사실이 알려지면 국제 문제로 번질 수도 있다.

지금은 원만하게 수습하기 위해 농민들을 제압해서, 그들을 반란 세력으로 모는 것을 막는 수밖에 없다.

"병사님들, 맡은 일 하시느라 수고가 많으십니다. 이 자리는 상대가 다치지 않게 붙잡는 것이 특기인 저, 우세 가면에게 맡겨주십시오!"

"으, 으응……."

마일의 말에 무심코 받아들이고 만 지휘관.

그리고 자신들의 편이라고 여긴 수상한 마스크걸(가면 소녀)이 설마 했던 적임을 알고, 동요를 감추지 못하는 농민들.

"에~이, 고작 어린 계집애 하나, 신경 쓸 것도 못 돼!"

농민 측의 리더가 그렇게 소리쳤지만, 그건 보통 악역이 하는 대사다.

"갑니다!"

그렇게 말한 마일의 손에는 어느새 목검 하나가 쥐어져 있었다.

＊　＊

"……끝났습니다."

"으, 으응………….."

눈앞에 쭉 세운, 포박된 17명의 농민들. 시끄럽게 야단법석이라 재갈을 물렸다.

그리고 그 모습을 벙진 표정으로 바라보는 11명의 병사들.

아무래도 병사들 중 아홉 명은 일반병사, 한 명이 부사관, 그리고 마지막 한 사람은 초급 사관인 듯했다. 분대 편성인 병사에 부사관과 소대장을 추가한 것이리라. 중요한 판단이 요구되는 임무에 일반병사만 파견했을 거라는 생각은 들지 않는다.

"그래서 한 가지 소원이 있는데요……."

"사례금 말인가? 하긴 자네가 아니었다면 부하와 농민들 중에 부상자, 아니 자칫 잘못했으면 사망자가 나왔을지도 모르지. 느닷없는 원군이라고는 하나, 우리가 도움을 받은 것은 사실이다. 게다가 양쪽에 부상자가 나오지 않으면 농민들이 무력에 호소했다는 사실을 없었던 걸로 만들 수 있어. 아무도 다치지 않았고, 『전투 행위』는 없었으니까 말이지, 갑자기 등장한 정체불명의 소녀가 『설득』해준 덕분에. 그러니 당연히 자네는 우리 영주군의 감사와 사례금을 받을 권리가 있어. 영주님께 보고를 올려야 하니 동행해줬으면 좋겠는데……."

마일의 말에 그렇게 답하는 지휘관.

그렇다, 과연 전투 행위라 부를 만한 일은 일어나지 않았다. 조금 전 그것은 도저히 '전투'라고 부를만한 게 못 되었으니까.

하지만 지휘관의 말에 마일이 고개를 가로저었다.

"아뇨, 동행하는 거야 별로 상관없지만 제가 원하는 건 사례금이 아닙니다. 제가 붙잡은 농민분들이 자발적으로 투항한 것처럼 해달라고 부탁드리고 싶었는데……, 왠지 처음부터 그럴 생각이셨나 보네요…… ."

농민의 반항 따위, 영주군 병사들에게는 타기해야 할 행위이다. 그것도 어쩔 수 없는 이유가 있어서라면 몰라도, 세금이 오른 것도 아니고 다른 영토보다 세금이 비싼 것도 아냐나 딸을 바쳐야 하는 것도 아닌, 제멋대로 납세 거부. 그런 상대에게 온정을 베풀어줄 거라고는 생각지도 못한 마일이었다.

"……아아, 저 사람들도 우리 영토의 영민이니까. 아무 의미 없이 교수형에 처하는 건 참을 수 없고, 그렇게 하면 그만큼 세금

수입이 줄어드니까 영주님 입장에서도 손해야."

지휘관의 무덤덤한 설명에 그런 건가, 하고 생각한 마일이었지만 물론 보통은 그렇지 않다. 똑같은 짓을 하는 마을이 나타나지 않도록, 본보기 삼아 가차 없는 처분을 내리는 것이 일반적이니, 이 지휘관이 너무도 사람이 착하거나 영주가 좋은 사람이거나 둘 중 하나였다.

포박당한 마을 사람들은 재갈을 물고 있는 탓에 웅얼거렸는데, 모두가 말하게 한다면 이야기에 진척이 없을 것이다. 지휘관은 농민들의 리더로 보이는 남자에게만 발언 기회를 주려는지 그 사람만 재갈을 빼주었다. 다른 농민들은 그 모습을 보고 '리더가 자기들이 하고 싶은 말을 다 해줄 것이다'라고 여기고 조용해졌다.

"자, 그럼 말해보실까. 우선 네가 이 무리의 리더라고 여겨도 되나? 그리고 마을 대표자인가?"

지휘관의 질문에 마흔을 조금 넘긴 듯한 농민이 대답했다.

"그래, 그렇다. 나는 촌장의 아들인데, 아버지께서는 병을 앓아 누워계시기 때문에 촌장 대리를 맡고 있지."

"그런데 왜 갑자기 세율을 낮추라고 일방적으로 통고하는 거지? 그런 게 통할 리 없잖아."

"헷, 속을 것 같아?! 농민이 강하게 나가면 영주님이 요구를 들어주실 수밖에 없다는 거 누가 모를 줄 알고?!"

""엥?""

농민의 말에 무심코 소리를 내며 어리둥절해하는 지휘관과 마일.

다른 병사들도 소리는 내지 않았지만 다들 어이없어하는 표정이었다.

"이것 봐라, 내가 정곡을 찔렀는지 당황하네!"

의기양양한 표정의 농민.

하지만 마일과 지휘관이 놀란 건 절대 정곡을 찔려서가 아니다.

"도, 도대체 무슨 소릴 하는 거죠, 이 사람이……?"

"모, 몰라. 어이, 너, 무슨 근거로 그런 소릴 하는 건지 알려줄 수 있나?"

"헤헷, 얼마든지. 우리가 분명히 알고 있는 사실을 알려주마."

그렇게 말하며 거침없이 이야기를 시작하는 농민 리더.

"잘 들어. 영주님은 우리 농민들한테 거둔 세금으로 영지 살림을 꾸려나가고 계시지. 너희가 받는 월급도, 나라에 내는 세금도, 전부 그래."

그밖에도 상업과 관련된 세금과 통행세 등 여러 가지가 있지만, 그건 그냥 넘어가도 되겠지. 대충 맞는 말이어서 지휘관과 마일은 아무 말 없이 고개를 끄덕였다.

"그런데 만약 우리가 『세율을 낮춰 달라』고 말하면 어떻게 되지?"

"퇴짜 맞겠죠."

마일이 곧바로 대답했다.

"그런데 우리가 『우리 말대로 해주지 않으면 더는 세금을 내지 않겠다』고 주장한다면?"

""토벌대가 움직이겠지.""

지휘관과 말이 화음을 이루고 만 마일.

실제로 '지금이 그런 상황'이었다. 이 지휘관이 바로 토벌대의
대장이니까.

이 지휘관은 어떻게든 토벌이 아닌 설득으로 화해하려고 했던
모양이지만, 보통은 반란을 일으킨 농민들을 토벌했다는 공로를
쌓을 욕심에 설득할 생각도 없이 일방적으로 섬멸해도 이상하지
않은 상황이었다.

"헤헤헤, 그렇게 생각하겠지? 하지만 그건 어디까지나 협박에
불과해. 만약 정말로 우리를 붙잡거나 죽인다면 세금을 한 푼도
못 걷게 되잖아? 세율을 조금 낮춰도 제로보다는 훨씬 나아. 그
러니까 결국 우리의 주장이 통하게 되는 거지. 아까도 우리가 정
말 먼저 덮치지 않는 이상 검을 뽑아 들어 협박만 했겠지. 우린
다 안다고. 자, 얼른 이 밧줄을 풀어!"

"".............""

어이없어하는 마일과 지휘관. 그리고 다른 병사들.

"저, 저기……."

그리고 주뼛거리며 농민에게 말을 거는 마일.

"저기, 그랬다간 소문이 퍼져서 모든 마을이 그렇게 요구하게
될 텐데요?"

"응, 그러니까 우리도 그걸 듣고 요구하는 거잖아."

"".............""

"저기, 그렇게 하면 모든 마을에서의 세수입이 떨어지잖아요?
그렇게 될 바에야 처음에 요구해온 마을 사람들을 범죄노예로라
도 만들어서 본보기로 삼으면 다음에 뒤이을 마을이 없어져서 세

수입이 떨어지지 않고 끝나지 않을까요? 범죄노예로 팔면 돈도 되고⋯⋯."

"헉⋯⋯."

이번에 어이없어한 쪽은 농민, 촌장 아들 쪽이었다.

"아, 아니, 똑똑히 들었으니까 절대 안 속아! 옛날에 로브톤이라는 마을에서 그런 요구를 했고 첫해는 세율이 제로, 이후로는 3할이 되었다고⋯⋯."

"로브톤?"

지휘관은 짐작 가는 바가 없어 보였지만, 마일은 왠지 그 이름을 어디서 들어본 것 같았다.

"로브톤⋯⋯. 예전에 책에서 읽은 적 있어요⋯⋯."

"그것 봐!"

오거(도깨비)의 머리라도 벤 듯한 표정인 농민. 하지만 마일의 말은 아직 끝나지 않았다.

"다른 나라에 그런 이름의 마을이 있다고 해요. 과연, 일방적으로 감세를 요구한 결과, 마을에 있는 남자는 아기부터 노인까지 모두 죽였어요. 이웃 마을에서, 토지를 상속받지 않는 차남 이하의 남자들이, 가족이 있으면 처자식을 데리고, 독신이면 혼자서 그 마을로 입주, 독신자는 미망인이 된 여성이나 아직 미성년자인 소녀를 아내로 맞아 대를 이었다고⋯⋯. 그래서 입주한 해는 세금을 면제해주고 그 후로 3년간은 세율을 낮춰주고, 4년째부터 원래 세율이 되었을 거예요. 즉, 로브톤 마을 이야기는 세금을 낮춰준 게 주제가 아니라 우쭐거리던 농민들의 말로를 알려주는 교훈적인 이야기인데…….

"헉…………."

말하던 촌장 아들뿐 아니라, 듣고 있던 다른 농민들도 안색이 나빠졌다.

"그리고 우리가 바로 그, 『남자는 전부 죽이기』 위한 병력인데…….."

"허어어어어어어억?!"

"""""""어, 어버버버버버버!"""""""

지휘관의 말에 동요해서 소리치는 농민들이었다.

뭐, 실제로는 강경 수단은 '설득이 실패로 끝났을 경우'의 이야기였고, 그 경우에도 모두 죽이는 게 아니라 범죄노예 정도로 삼을 예정이었지만 말이다.

죽이면 동화 한 닢도 안 나오지만, 범죄노예로 삼으면 돈이 된다.

이곳 영주는 친절하기도 하고 셈에 밝기도 하고…….

"그래, 이상한 말로 너희를 꼬드긴 자가 도대체 누구지?"

격하게 동요하는 농민들의 리더에게 지휘관이 그렇게 묻자, 말해도 딱히 문제 되지 않고 상황이 몹시 불리하게 흘러가는 것 같다는 생각이 들기 시작한 것도 있어서, 순순히 털어놓았다.

"그, 그게, 6일 전에 있었던 일인데요…….."

농민의 말로는, 6일 전에 쓰러지기 직전인 한 남자가 마을에 와서 물과 먹거리를 나눠 받았을 때, 감사의 표시라며 자신들의 마을이 행한 감세 방법을 알려주었다는 것이다.

……그런 방책이 성공할 리도 없고, 명백하게 수상했다.

그리고 그 남자는 마을에서 하룻밤 묵은 후 다음 날 아침 떠났다는데…….

"사기꾼이라고 하기에는 돈을 번 게 없는데요. 그렇다는 건, 목적이 마을 사람들에게 원한이 있어서 마을을 파멸시키고 싶었던 것, 아니면 마을 사람과 영주님 쪽에 싸움을 붙이려고 한 것? 적대자의 공작? 마을이 누군가의 원한을 산 일은 없나요? 누군가의 가족을 괴롭혀서 마을에서 쫓아냈다거나, 떠돌이 상인을 마을 사람 모두 함께 죽여서 돈을 빼앗았다거나…….."

"마, 말도 안 돼! 그런 극악무도한 짓을 누가 하겠어?!"

새파랗게 질린 얼굴로, 필사적으로 마일의 말을 부정하는 농민 리더.

"그럼 더 규모가 큰 이야기인가……. 다른 마을의 상태는 어때요?"

"어제 이 마을로부터 세금 감액 요구, 거부하면 납세 거부, 라는 일방적인 요구서가 왔을 뿐이야. 다른 마을에서는 아무것도 오지 않았어."

마일에게 그렇게 대답하는 지휘관이었는데, 최근 며칠 사이의 이야기이므로 그저 단순히 다른 마을은 아직 거기까지 행동을 일으키지 않았을 뿐일 가능성도 있다.

"그 남자나, 그 동료들이 마을을 돌아다니고 있을지도 몰라요. 서두르지 않으면 자칫 잘못했다간…….."

지휘관의 안색이 변했다.

무리도 아니다. 여러 마을이 동시에 반기를 들면 제압이야 쉽더라도 관리 능력을 의심받거나 쿠데타를 계획하는 것 아닌가 하는 의심을 받아 국가의 처분을 받거나 최악의 경우에는 멸문지화 등도 충분히 있을 법했으니까.

"어, 어떻게 하면……."

지휘관이라고는 해도 기껏 해야 소대장 수준. 사관 중에서는 가장 말단이다. 심지어 지방 하급 귀족의 영군은 사관 교육도 제대로 받지 못하리라. 그래서 위기 인식은 있어도 넓은 안목을 가지고 순간적인 판단과 행동을 하지 못해 당황했다.

그 모습을 본 마일은 자신이 주도권을 쥐기로 했다. 만화나 애니메이션, 소설 등으로 익힌 지식을 살릴 때가 찾아온 것이다.

"먼저 부하 한 명을 마을에 파견하세요. 그래서 마을 사람의 의견을 듣고, 영주님께 사정을 설명하기 위해 다 함께 영도로 향하기로 했으니까 걱정하지 말라고 전하세요. 그리고 정보 누설을 막기 위해 이 사람들을 데리고 서둘러 영도로 돌아오세요. 그 후 영주님께 상황을 보고하고 영내 마을 전체에 동시에 은밀하게 조사대를 파견, 상황을 파악함과 동시에 적의 무리의 현재 위치를 파악합니다. 뭐, 그 정도는 영주님이 판단하실 테니, 지금 여러분의 최우선 사항은 상황을 눈치챘다는 것을 은폐하고, 상사에게 신속한 보고를 올리는 것입니다. 알겠습니까?"

"아……, 아아. 좋아, 트리무스, 방금 이야기 잘 들었지? 당장 마을로 가라! 다른 사람은 곧바로 영도로 향한다!"

병사에서부터 차근차근 단계를 밟아 올라온 듯한 지휘관은 예상 밖의 중요한 판단을 내리는 것은 약해 보였지만, 일단 지침을 받고 난 후로는 결코 무능하지 않았다.

＊　＊

"어머? 무슨 일 있어요?"

마을 근처 도로에 쭈그려 앉은 남자를 발견한 소녀가 걱정스럽게 말을 걸었다.

"아, 아아, 건너편 산비탈에서 굴러떨어지는 바람에 짐도 물이랑 식량도 전부 잃고 말았어. 벌써 이틀째 아무것도 먹지도 마시지도 못했어……."

"어머나, 그거 큰일이네요. 일단 우리 마을로 같이 가요, 바로 저기니까. 물이랑 식량을 나눠드릴 테니, 오늘 밤은 우리 마을에서 푹 쉬세요."

그렇게 말하고 마을로 안내하는 소녀를 따라 걸으면서 남자가 의미심장하게 웃었다.

"감사했습니다, 덕분에 살았어요!"

물을 마시고 따뜻한 식사를 제공받은 남자는 소녀와 그 아버지, 오빠들에게 기뻐하며 감사 인사를 했다.

"꼭 뭔가 보답을 해드리고 싶은데, 공교롭게도 짐을 몽땅 잃어버린 바람에……."

"아니, 괜찮습니다. 힘든 일이 있으면 서로 돕는 거 아니겠습니까? 다음에 당신도 다른 누군가 곤경에 빠진 사람을 구해주시면 그걸로 충분합니다."

아버지가 그렇게 말하자 과장되게 놀라는 남자.

"오오, 이렇게 훌륭한 분이 계시다니……. 그렇지, 그럼 보답 대신, 저희 마을이 영주님께 내는 세금 세율을 낮춘 방법을 알려 드리도록 하죠! 실은 저희 마을 세율은 예전에는 5할이었습니다 만, 영주님께 3할로 해달라고 강하게 요청했더니 그게 통하지 뭡 니까. 처음에는 협박당하기도 했습니다만, 글쎄, 그쪽 입장에서 는 마을을 망가뜨려서 보리 한 알도 세금으로 거둘 수 없게 되면 본말전도, 물러서지 않고 강하게 나가니까 결국에는 우리 요구를 들어줄 수밖에 없는 겁니다. 그런 방식인데……."

유창하게 떠드는 남자가 문득 깨달았을 때는 소녀도 아버지도 오빠들도 무표정으로 입을 꾹 다물고 있었다.

"엥……."

그 이상한 분위기에 남자가 말을 멈췄을 때.

"""""네놈이었냐아아아아아아~!"""""

"히이익!"

갑자기 그곳에 있던 모두가 버럭 화를 내자, 비명을 지르며 몸 을 움츠린 남자.

"다 들었지! 마을 사람한테 모반을 꾀하라고 꼬드기는 대역죄 인! 교수형에 처해질 거다……."

"아니, 잠깐만 기다리세요, 그럼 안 돼요!"

아버지를 말리는 은발 소녀에게 기대 가득한 시선을 보내는 남자.

"목을 매다는 건 고문해서 모든 것을 실토하게 만든 다음에 하

289

세요! 뭐, 정말로 전부 실토했는지 어떤지 알 수 없으니까, 죽을 때까지 고문이 끝날 일은 없겠지만요…….”

“으아아아아아아악!”

＊　　＊

“……실토했나요?”

“응. 정식 군인이 아니라 임시로 고용된 자야. 그래서 실토했어도『그런 자는 모른다. 날조해서 괜한 트집을 잡으려는 속셈인가』하고 나오면 끝이지.”

“역시…….”

딸과 아버지, 가 아니라 마일과 지난번 지휘관인 초급 사관이 대화를 나누고 있었다.

그리고 그 순간 마일의 머릿속으로 그, 통상 파괴를 저질렀던 제국 병사들의 모습이 스쳐 지나갔다.

“그런데 한 가지 물어봐도 되나?”

“네, 뭔데요?”

남자 지휘관이 조금 묻기 힘들다는 표정으로 질문했다.

“그 마스크 말인데, ……이제 안 쓰면 안 되나?”

“물론이죠! 저는 우세한 자의 편을 드는 정체불명의 슈퍼 히로인,『우세 가면』이니까요!”

당당하게 가슴을 펼치고 그렇게 열변을 토하는 마일.

“아니, 하지만 조금 전까지는 벗고 있었……, 아니, 아무것도 아니야!"

마일이 찌릿 노려보자, 지휘관이 말을 도로 넣었다.

결국 남자는 제국에서 자신을 고용했다고 실토했지만, 그게 정말인지는 모를 일이었다. 정말로 그런지, 말하면 자신의 목숨이 위험해지니까 거짓말을 하는 건지, 혹은 고용주가 그렇게 말했을 뿐인지…….

이래서는 아무 도움도 되지 않았지만, 이번 위기는 잘 넘겼고 이와 같은 일에 대비하기 위한 대책은 세울 수 있다. 이번 사건은 즉시 왕도에 알려질 것이고, 영주는 나라의 위기를 미리 막았다며 포상을 받겠지. 그러니 마일 일행의 행동은 결코 헛되지 않았다.

그래서 지휘관의 소개로 영주를 알현한 마일은 포상금으로 20닢의 금화를 하사받았다.

처음에 경솔하게 움직였다면 일이 커졌을지도 모르니, 영주에게 있어서 금화 20닢쯤은 값싼 대가였다.

그리고 영주는 마일이 쓰고 있는 마스크에 대해서는 일언반구도 없이, 마치 마스크 따위 없는 것처럼 태연하게 대해주었다.

……좋은 사람이었다.

그래서 마일은 서비스 차원에서, 앞으로의 대책을 몇 가지 제공해 주었다.

"저기, 또 이런 일이 발생하지 않도록 미리 대책을 세워두시는 편이 좋지 않을까 싶은데요…….

그리고 마일이 알려준 대책은.

하나, 마을 사람들에게 나라와 세금의 간단한 구조를 알려주는 강연을 개최하고, 만약 그것을 망가뜨리려고 했다간 어떻게 되는지를, 파멸한 다른 나라 마을을 예로 들어 제대로 교육시켜 줄 것.

하나, 마을 사람 한 명을 신중하게 골라 매수해서, 정보 제공자, 즉 스파이를 만들어 둔다. 내통자는 나만 괜찮으면 돼, 하는 사고방식을 가진 사람을 한 마을당 세 사람 정도로 배치한다.

하나, 조금 반항적인 마을에는 선동 역할을 하는 사람을 만들어서, '관리된 저항'을 시켜 김을 빼줌과 동시에 요주의 분자를 적발한다.

하나, …………

마일이 하나둘 소스를 주자, 처음에는 마일을 '정의롭고, 영리하고, 겁기도 우수하고, 순진한 소녀'라고 여겨서 생글거리며 대화를 나누었던 영주님의 표정이 점차 굳기 시작했지만, 마일은 전혀 눈치채지 못하고 말을 계속 이어나갔다. 그리고.

"자네, 내 가신이 될 생각 없나?"

마침내 권유가 시작되었다.

"아, 아니요, 저는 평범한 보통 여자애라서 그런 당치도 않은 신분은…….."

"그럼 내 양녀가 될 생각 없나?"

"아, 아니요, 저는 평범한 보통 여자애라서 그런 당치도 않은 신분은…….."

필사적으로 권유를 거절하는 마일이었다.

"아!"

그리고 마일은 깨달았다. 오늘이 휴가 5일째, 마지막 날이라는 사실을.

너무 늦어지면 안 된다. 적어도 저녁 식사 전에는 돌아가야 한다.

그리고 지금은 이미 해가 기울기 시작하고 있었다.

"야단났네! 평소대로 달리면 늦겠어……."

그래서 마일은 결단을 내렸다. 만일에 대비해 생각해두었던 그 '비상수단'을 사용하기로 말이다.

"나노, 부탁해!"

『알겠습니다!』

'중력 차단! 그래, 그 중력 차단 물질 케이버라이트처럼……'

그리고 마일은 그 마법 효과를 이미지하면서 말로도 나노머신에게 지시를 내렸다.

"주변의 모든 중력을 차단!"

그렇게 해서 몸의 무게가 느껴지지 않게 되자, 쿵 하고 가볍게 땅을 박찼다.

몸이 붕 떠올라, 이 근방의 산보다 고도가 높아진 것을 확인했다.

"밑에서 당기는 힘을 왜곡, 수평 방향, 왕도 방각으로. 그리고 그 방향에만 중력 차단을 해제. 초읽기 개시, 5, 4, 3, 2, 1, 지금!"

그리고 마일은 머리부터 거꾸로 낙하했다. 수평 방향으로.

"으아아아아아아악~! 푸, 풍압이! 옷이, 옷이 벗겨진다아아! 배, 배리어~! 배리어어어어어어!"

"……어떻게 되는 줄 알았네……."

그렇게 해서 마일은 돌아왔다. 동료들이 기다리고 있는 숙소로, 여행이야기를 가지고서.

마일의 이야기를 들은 동료들에게 실컷 혼나고 까일 줄도 모른 채…….

쿠리하라 미사토의 OTAKU 같은 일상

"언니는?"

"정위치."

미사토의 여동생인 케이코에게 엄마가 곧바로 대답했다. 뭐, 미사토가 거실에 보이지 않을 때는 주로 '자기 방', '정위치' 아니면 욕조 속, 화장실 정도밖에 없다.

정위치. 그것은 쿠리하라 집안의 서재를 가리킨다. 아빠는 그곳이 자기 방이라고 생각하지만, 사실은 미사토가 그 방에 머무는 시간이 훨씬 길었다. 귀가 시간이 썩 이른 편이 아닌 아빠가 집을 비운 사이에 미사토는 대체로 그곳에 있으니까 말이다. 학교에 있을 때를 빼고는.

여하튼 서재에는 부모님의 컬렉션인 막대한 양의 책, 만화, 블루레이 디스크, DVD, CD-R, 레이저 디스크, 비디오(VHS와 베타맥스), 유매틱(U-matic), 기타 다양한 영상기기와 소프트, 또 초대 패미컴을 비롯하여 모든 게임기와 그 대표적인 소프트, 결코 대표적이지 않은 일부 소프트, 일명 '쓰레기 게임'이라고 불리는 것 등이 핸들 방식의 이동식 책장을 꽉 채우고 있었다.

그렇다, 이 책장의 중량을 떠받치기 위해서 이 집을 지을 때 무수한 콘크리트 말뚝을 지하 암반에 닿도록 박았고, 그것이 건축

비의 대부분을 차지했던 것이다. 그리고 이웃 사람들에게 사과하러 돌아다니느라 고생했던 모양이다. 그야 소음과 진동이 어마무시했을 테니까.

그리고 서재에는 물론 영상작품과 게임을 위해 화면이 큰 텔레비전, 프로젝터도 있었다.

혼자 아기자기하게 즐기고 싶거나 가족에게 보이고 싶지 않거나 아빠가 집에 계실 때는 자기 방에서 보지만, 그렇지 않을 때에는 역시 큰 화면으로, 편한 의자에 앉아 텔레비전을 보거나 게임하는 게 좋다. 이따금 여동생도 함께, 또는 여동생 혼자 보기도 하지만 여동생은 미사토와 달리 오래된 작품이나 쓰레기 게임 등에 흥미가 없었는지 최신작밖에 보지 않아서, 오로지 미사토 전용이 되는 것은 별수 없는 일이었다.

잠시 후 미사토가 '정위치'에서 나왔다. 입고 있는 건 후드 달린 고양이 모양 파자마. 입고 있으면 편해서 미사토는 집에서 대체로 파자마 차림이었다. 손님이 올 경우에는 자기 방에서 절대 나오지 않았다. 화장실도 참았다.

참고로 파자마는 그밖에 강아지 모양, 곰 모양, 토끼 모양 등이 있었다. 새 모양 파자마는 날개 부분이 막혀 손목을 뺄 수 없어서, 책장을 넘기거나 게임기 컨트롤러 조작을 할 수 없었기 때문에 옷장 신세였다.

"오늘은 뭐 봤어?"

"레인보우 전대 로빈. 아아, 벨이랑 같이 페가수스를 타고 여행하고 싶다……."

엄마에게 가볍게 대꾸하는 미사토.

참고로 페가수스는 진짜 천마가 아니라 그런 이름의 로켓형 만능전투기로 변형할 수 있는 로봇을 말한다. 벨은 레이더 탐지를 맡은 고양이형 로봇.

"로빈은 같이 안 가도 되고?"

"페가수스에 둘이나 타면 너무 비좁잖아. 그리고 로빈은 리리랑 있게 놔둬!"

"어머어머……. 그나저나 흑백 말고 적어도 컬러로 된 걸 보렴……. 그리고 너, 그거 도대체 몇 번째 보는 거니?"

"나도 알아듣는 대화를 하라고!"

둘이서만 말하는 엄마와 미사토에게 불평하는 케이코. 엄마와 미사토의 대화는 아빠라면 알아들어도 동생은 이해불능이었다.

"그러니까 케이코 너도 보면……."

"난 언니랑 똑같은 점수를 받으려면 언니보다 두 배는 더 많이 공부해야 한단 말이야! 언니랑 비교되는 내 입장이 좀 되어 봐!"

"그럼 내 시험 점수를 낮출까?"

"날 더는 비참하게 만들지 말라고오오오오!"

미사토의 말에 고함을 빽 지르는 케이코였지만, 이는 늘 있는 약속된 개그였다. 미사토처럼 전국모의고사 최고 수준은 아니지만, 케이코 역시 학년에서 늘 최상위권으로 충분한 '우등생'이었다. 그리고 시험 성적은 좋지만 다른 부분에서 큰 약점이 있는 미사토와 달리, 상식을 분별할 수 있고 남들을 잘 챙기는 반장 타입인 케이코는 인기가 많았다. 남녀를 불문하고.

하지만 미사토가 그 부분을 지적하면 케이코는 굳은 얼굴로 말을 얼버무리는 것이었다…….

다음 날 아침.

"손수건, 티슈, 휴대폰, 지갑, 도시락. 전부 잘 챙겼지? 아앗, 머리카락이 삐져나왔잖아! 몸 좀 숙여 봐!"

여느 때와 다름없이 어수선한 미사토의 통학 전 체크에 들어가는 케이코.

미사토는 가족 이외의 사람들에게는 완벽 소녀의 이미지였지만, 그건 가짜 모습이었다.

실체는 공부와 운동 능력 이외에는 심각하게 고물이었다. 늘 머릿속으로 이것저것 생각이 많아서인지 주의가 산만했고 물건을 자주 떨어트렸다. 그리고 몸가짐에 무심했다. 아니, 청결에는 신경 썼지만 화장이라든지 꾸미기 등 '자신을 더 돋보이게 하는 행위'에는 전혀 관심이 없었다.

초등학생 때는 그래도 괜찮았지만 중학생 이후로는 그러고 다니기도 곤란해서 결국 미사토의 복장과 몸가짐은 케이코 담당이 되었던 것이다.

"자, 그럼 가자……, 아, 그런데 가방은 어디 갔어?!"

"아……."

"정말 언니는 사차원 주머니라도 발명해서 언니 물건을 전부 거기 넣어 늘 가지고 다녀!"

참고로 미사토가 들고 있는 것은 흔히 말하는 피처폰으로 스마트폰이 아니었다. 스마트폰은 사용법을 잘 몰랐던 것이다. 컴퓨터는 잘만 쓰면서……. 그리고 휴대폰에는 가족 번호만 등록되어 있었다.

"그럼 안녕. 곧장 교실로 가고, 반 친구 이외에 누가 말을 걸어도 모르는 사람이면 적당히 받아넘겨야 해. 저번처럼 이상한 걸 받아들이거나 따라가면 안 돼!"

"으, 으응……."

케이코가 자신의 교실이 있는 교정 쪽으로 달려나가자, 미사토는 천천히 걸음을 옮기기 시작했다.

그리고 케이코가 있을 때는 전부 맡기고 느긋했는데, 혼자가 되니 갑자기 표정이 굳어진 미사토.

딱히 지금까지 연기하고 있었던 건 아니다. 다만 이제 혼자라는 생각에 마음이 불안해서 경계심이 MAX가 되었을 뿐이다. 늘 그렇듯이 말이다.

가벼운 안면 인식 장애 경향이 있는 미사토는 '상대는 자신을 아는데, 자신은 상대를 모르는' 경우가 무척 많았다. 학교나 길거리에서 꽤 유명한 미사토에게 누군가 갑자기 말을 걸어도 아는 사람인지 처음 보는 사람인지 잘 알 수가 없어, 몇 번인가 스토커를 따라갈 뻔해 여동생에게 혼난 적이 있다. 그래서 혼자 있을 때는 신경이 몹시 예민해지고 말았다.

또, 너무도 긴장해 예민한 상태가 남들 눈에는 '당당하고 의연한 태도를 지닌 근사한 여성'로 보인다는 건, 완전히 미사토의 상상 밖이었다.

"안녕."

교실로 들어서자 반장이 인사를 건넸다. 만날 때, 헤어질 때 모두 쓸 수 있어 편리한 '안녕'은 이 학교 여학생들이 잘 하는 인사였다. 헤어질 때는 허리 부근에서 가볍게 손을 흔든다. 손목 아래만.

……'안녕' 하면 그게 생각난다.

일본의 TV 예능 프로그램 '라이온의 안녕'. 그 방송에서 어떤 여배우가 아프리카에 갔다가 사자의 공격을 받아 크게 다쳤다는 뉴스가 나왔는데, 그 직후 사회자가 "다음은 라이온이 알려주는 소식입니다!" 하고 말했다나 뭐라나 하는 이야기.

사실인지 도시전설인지는 모르겠는데, 문득 떠오른 그 이야기를 말하고 싶어 미사토는 입이 간질간질했지만 자제했다.

그리고 얼굴색 하나 바꾸지 않고 태연하게 인사했다.

"안녕……."

아무리 그래도 반 친구는 알아볼 수 있었다. 그중에서도 쉽게 고립되는 미사토에게 이래저래 마음 써주는 반장에게는 늘 감사하고 있었다.

"저기……."

"왜애?"

"아니, 아무것도 아니야.……."

말을 걸었다가 살짝 어두운 표정으로 얼버무리는 미사토.

'역시 쿠리하라! 쿨한 표정에 이따금 떠오르는, 우울함이 감춰진 권태로운 분위기. 어른스럽구나…….'

두 사람을 지켜보던 반 아이들이 멋대로 상상의 나래를 펼쳤다.

미사토는 문득 머릿속에 떠오른 '꼬마 마녀물 중에서 제일 오버스러운 건 메구 짱이지?'(1970년대에 방영된 만화 '마녀 메구 짱'. 국내에는 '요술천사 꽃분이'로 소개되었다) 하는 화제를 꺼내려다가 직전에 그만두었던 것이다. 무표정인 채로.

'아마 말해봐야 알아듣지 못 할 거야…….'

그렇게 생각하자 조금 슬퍼지는 미사토였다.

수업 중에도 미사토 쪽으로 눈길을 보내는 사람은 많다. 특히 남학생들.

하지만 쉬는 시간 등에 미사토에게 말을 거는 학생은 없다.

너무나도 높은 산에 핀 한 떨기 꽃이어서 누구 하나 도저히 말을 걸 수 없었던 것이다.

게다가 만약 용기를 내어 말을 건다면, 나중에 모두로부터 곤욕을 당하게 된다. 어디 감히 네가, 주제를 알아라, 하는 말을 들으면서.

미사토는 '모두가 동경하는 존재', '감상용'. 즉, 공유하는 보물이었던 것이다.

게다가 만약 말을 건다고 해도,

"저, 저기, 쿠리하라, 좋아하는 배우나 개그맨 있어?"

"빅 모로(6, 70년대에 활약했던 미국 배우)랑 쿠리즈카 아사히(60년대부터 지금까지 왕성한 활동 중인 일본 원로 배우).”

"좋아하는 TV 프로그램은……."

"『내 사랑 지니』(60년대에 방영되었던 미국 드라마)"

"애니메이션이라든가, 봐? 좋아하는 애니는……."

"『밀림의 왕자 레오』랑 『리본의 기사(국내 출간된 제목은 '사파이어 왕자')』"

"어제 있었던 AKB 이벤트, 봤어?"

"소련 국가 보안위원회(KGB)의 잔당이 무슨 일이라도 저지른 거야?"

"아니, 그게 아니라 AKB48……."

"AK47(구소련에서 생산된 소총)의 개량형인가? 구경은 5.45밀리미터?"

……전혀, 대화가 통하지 않았다.

부모님의 컬렉션에서 최신 작품은 제외되었던 것이다. 그리고 미사토는 최근 작품에는 썩 재미를 느끼지 못해서, 본방송은 보지 않고 서재에 있는 부모님의 컬렉션만 보았다. 영화도, 드라마도, 애니메이션도, 그리고 게임도.

또 미사토는 자기가 나서서 상대방의 말에 맞춰주는 고등기술은 습득하지 못했다.

자신에게 말을 거는 존재는 무척 드물었고, 이따금 말을 걸어도 대화가 거의 성립하지 않았다.

그리고 학교 이외에서 말을 거는 사람은 대다수가 헌팅 아니면 정체가 수상한 연예인 기획사의 스카우트, 내지는 스토커이거나 범죄자 예비군들이었다.

아니, 헌팅하는 사람 중에는 괜찮은 학생도 있을지 모르지만, 미사토가 보기에는 '다들 모르는 사람들'이어서, 잘 구별되지 않았던 것이다.

"언니, 오늘은 이상한 사람이 접근해오지 않았어?"

"응. 대학생이랑 마흔 정도에 무슨 회사의 높은 자리에 있다는 사람이 말 건 게 전부야."

"아니, 그러니까 바로 그게『이상한 사람』이라고!"

만약 모두가 미사토의 집안에서의 모습이나 덜떨어진 정도를 알게 된다면.

아마 미사토를 좀 더 가깝게, 그리고 자신들과 똑같은 '평범한 여고생'으로 대해줄지도 모른다.

아니, 만약 그렇다면 많은 남학생과 여학생들이 구름처럼 몰려들면서, 미사토의 평온한 학교생활은 사라졌겠지. 여동생 케이코가 언니에 대해 말하지 않는 건 그것을 예상해서가 아닐까…….

"아, 오늘은 엄마가 늦으신대."

"그럼 저녁은 내가 만들까."

미사토는 요리에 자신 있었다.

레시피대로 만드는 건 수학 공식이나 물리, 화학 실험과 다르지 않아서 '순서대로만 하면 올바른 결과에 도달'했고, 그 과정과 이유 역시 제대로 고찰하고 이해했기 때문에 도전이나 응용도 대충 문제없이 무난하게 해냈다.

다만, 만화나 애니메이션에 나오는 수상한 요리를 재현하려고 할 때만큼은, 약 20퍼센트의 확률로 실패하곤 했다.

"어, 언니, 오늘 저녁 메뉴는……."

케이코가 머뭇거리며 묻자, 냉장고 안을 확인한 미사토가 뒤돌아보며 환한 미소로 알렸다.

"카레 장군 하나다 코사쿠 풍, 블랙 카레~!"(만화 『요리사 아지헤이』)

"으아아아아아악!"

＊　　＊

그리고 이세계에서의 각성.

미사토의 의식이 전부 돌아온 후에 아델은 미사토의 의식, 그리고 열 살까지 평범하게 자란 귀족 소녀 아델의 의식이 자연스레 뒤섞이며, 두 자아를 보완해서 하나의 의식으로 통합했다. 그래서 미사토의 약한 부분, 즉 대인관계에 관해서는 미사토가 아니라 열 살 소녀 아델로서의 부분이 주로 대응했던 것이다. 그쪽이 미사토보다 훨씬 나아서…….

그리고 아델의 정신에 이끌린 미사토가 열 살 소녀 같은 행동을 해도, 아무도 이상하게 여기지 않았다. 어쨌든 현재의 몸인 아델이 열 살 소녀가 맞으니까 당연하다.

다른 사람과 대화할 때는 열 살 소녀 그 자체로의 언동을 구사한 아델은 학원에서 반 아이들에게 완전히 융화되어……, 아니, 나이보다도 정신적인 면에서 어리다고 판단되어 여동생 취급을 받았다. 그렇다, 아무도 아델이 자신보다 정신적으로 성숙하다는 사실은 꿈에도 생각지 못했던 것이다.

　그리고 물론, 전생에서 고독한 학교생활을 보낸 미사토는 그것을 온힘을 다해 즐겼다.

　신이 마지막에 해주었던 말대로.

　'그럼 부디 즐거운 인생을…….'

작가 후기

여러분, 안녕하세요. FUNA입니다.

드디어 『저, 능력은 평균치로 해달라고 말했잖아요!』도 6권에 접어들었습니다. 그리고 만화 2권도 동시 발매되었습니다. 이대로 만화책을 사러 GO!

이번에는 새로운 적, 마족과의 싸움.

그리고 마침내 인간의 한계를 초월한 메비스의 각성! 고룡과의 전투 이후로, 오랜만에 메비스가 활약을!!!

엥? 고룡전 때도 '인간을 초월했다'고 말했었나요?

그냥 좀 넘어갑시다, 뭘 그렇게 세세한 부분을!

너무 세세하게 파고들면 대머리가 됩니다!

새로운 만남, 새롭게 펼쳐진 귀찮은 사건들, 그리고 새로운 모험! 제6권, 당신의 책장으로, 텔레포트!

현재 세 작품 연재, 서적화 작업을 병행하고 있습니다. 그리고 여러분이 올려주신 감상에 답변을 달고, 요리하고, 인터넷 소설을 읽고, 자는 등 아주 정신없이 바빠서……. 아, 최근 1년 반 동안은 다른 분이 쓴 소설을 전혀 읽지 못했었는데, 이래선 안 된다

싶어서 조금씩 읽기 시작했습니다.

예전에는 일주일에 2~3번 가던 술집(마시기보다 저녁 먹으려고)도 지금은 달에 한 번 갈까 말까입니다. 엥겔지수, 대폭 저하예요.

마일: "오오, 신의 사자가 높은 빈도로 등장하나 보네요!"
FUNA: "아니, 그건 『엔젤계수(angel coefficient)』겠지……."

친구: "요즘에 외출 좀 해?"
FUNA: "그야 뭐! 매일 이세계에……."
친구: "……실제로(현실세계)는?"
FUNA: "……일주일에 한 번, 근처 슈퍼에……."
친구: "…………."
FUNA: "………………."
친구: "그러다 죽는다?"

밤늦게, 반찬거리가 반값 할인을 할 때 가니까 안심입니다.
아니, 그런 문제가 아닌가.
결석에 걸린 적도 있었지만 지금의 저는 원기옥입니다.
"대장의 목을 따라!"
그건 '철포옥'입니다, 감사합니다.

선생님: "탄산음료를 마시면 칼슘이 녹으니까요."

FUNA: "네, 그럼 계속 마셔서 결석을 녹이면 되겠군요!"

선생님: "그게 아니죠! 체내의 칼슘이 녹아 콩팥에서 석출되어 결석이 되는 거잖아요!"

FUNA: "헉……."

이번 『저, 능력은 평균치로 해달라고 말했잖아요!』 6권과 코믹스 2권 발간에 이어 11월 2일에는 코단샤 K라노베북스에서 『포션만 믿고 살아남겠습니다!』 2권과 코믹스 1권, 그리고 역시 마찬가지로 코단샤 K라노베북스에서 『노후에 대비해 이세계에서 8만 닢의 금화를 모읍니다』 2권과 코믹스 1권이 발간될 예정입니다. 『평균치』와 더불어 잘 부탁드립니다.

『평균치』의 만화 연재는 웹코믹스지 『코믹 어스 스타』, 『포션』과 『노금』('노후에 대비해~'의 약칭입니다)은 웹코믹스지 『수요일의 시리우스』에서 호평 연재 중입니다.

소설판, 만화 모두 잘 부탁드립니다.

마지막으로 담당 편집자님, 일러스트레이터 아카타 이츠키 님, 책 디자이너 야마카미 요이치 님, 교정교열 및 인쇄, 제본, 유통, 서점 등에 종사하시는 관계자 여러분, 감상과 지적, 제안, 충고, 아이디어 등을 아낌없이 주시는 '소설가가 되자' 감상란의 여러분, 그리고 무엇보다도 이 작품을 읽어주신 모든 분께 진심으로 감사드립니다.

다음에 7권에서 다시 인사드릴 수 있기를 바라며.

그리고 '붉은 맹세'의 꿈과 제 야망에 얼마간 계속해서 함께 해 주시기를 바라며…….

FUNA

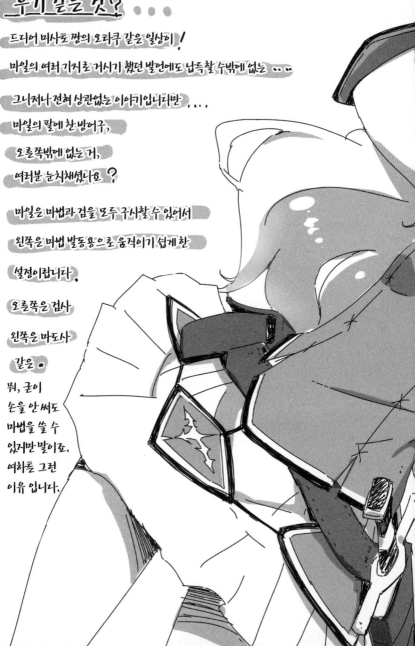

후기 같은 것? ...

드디어 미사토 쨩의 오타쿠 같은 일상이 !

마일의 여러 가지로 거시기 했던 발언에도 납득할 수밖에 없는 ...

그나저나 전혀 상관없는 이야기입니다만 ...

마일의 팔에 찬 방어구,

오른쪽밖에 없는 거,

여러분 눈치채셨나요 ?

마일은 마법과 검을 모두 구사할 수 있어서

왼쪽은 마법 발동용으로 움직이기 쉽게 한

설정이랍니다.

오른쪽은 검사

왼쪽은 마도사

같은 .

뭐, 굳이
손을 안 써도
마법을 쓸 수
있지만 말이죠.
여하튼 그런
이유 입니다.

亜方逸挌

アカタ
アヅキ

코믹스 『평균치』 작가 네코민트로부터

「저, 능력은 평균치로 해달라고 말했잖아요!」
6권 발매 축하드립니다!

만화도 더욱 분발하겠습니다!
잘 부탁드립니다.

우와

네코
민트

God bless me? Vol. 6
©2017 by Funa / Itsuki Akata
First published in Japan in 2017 by Funa / Itsuki Akata
Korean translation rights reserved by Somy Media, Inc.
Under the license from EARTH STAR Entertainment Co., Ltd. Tokyo JAPAN
Korean translation rights ©2018 by Somy Media, Inc.

저, 능력은 평균치로 해달라고 말했잖아요! 6

2018년 4월 8일 1판 1쇄 인쇄
2018년 4월 15일 1판 1쇄 발행

저　　자	FUNA	
일 러 스 트	아카타 이츠키	
옮 긴 이	조민정	
발 행 인	유재옥	
본 부 장	조병권	
담당편집자	조찬희	
편　　집	김다솜 김민지 권오범 박찬솔 이문영 정영길 조찬희	
라이츠담당	오유진	
디 지 털	박지혜	
발 행 처	㈜소미미디어	
등　　록	제2015-000008호	
주　　소	서울시 마포구 토정로222, 403호 (신수동, 한국출판콘텐츠센터)	
판　　매	㈜소미미디어	
마 케 팅	한민지	
전　　화	편집부 (070)4164-3962, 3963 기획실 (02)567-3388	
	판매 및 마케팅 (070)4165-6888, Fax (02)322-7665	

ISBN 979-11-6190-465-8 04830
ISBN 979-11-5710-478-9 (세트)

무기

"레나 씨, 무기를 바꿀 생각은 없어요?"

""""뭐?""""

마일의 갑작스러운 제안에 당황스러운 표정을 짓는 세 사람.

"뭐야, 갑자기⋯⋯."

레나가 수상하다는 얼굴로 물었다.

"하지만 스태프(지팡이)로 찌르거나 때리는 것보다 다른 무기를 쓰는 게 훨씬 효과적이잖아요?"

"그야, 그렇지만⋯⋯."

"하지만 옛날부터 마술사의 무기는 타격계 아니야? 거기엔 다 나름대로의 이유가 있는 거야. ⋯⋯뭐, 마일 쨩이야 열외지만."

레나에 이어 폴린도 마일의 제안에 부정적이었다.

하지만 마일도 당연히 그 정도는 알고 있었다. 아무리 마법 검사라고 칭하며 검을 무기로 삼아도, 마일 역시 일단은 마술사니까.

"저도 알아요, 그 정도는! 그거잖아요, 마술사는 무엇보다도 영창이 제일 중요하니까 거의 모든 의식을 영창에 쏟고, 아무 생각 없이 반사적으로 몸을 지키기 위한 무기로는 타격계가 적합하다는⋯⋯."

"그리고 휘두르는 타입의 무기는 쓸 때 큰 틈이 생기니까. 근접 무기를 쓰기 곤란한 상황에서 근접 전투에 약한 마술사에게 그런 틈이 생긴다면 죽기밖에 더 하겠어? 그러니까 상대를 쓰러트리는 것보다 자기 방어를 우선하고, 그 사이에 재빨리 영창해서 마법을 쏜다. 선인들이 생각해낸 적절한 판단이지."

그렇다, 마술사가 타격계 무기를 쓰는 데에는 분명한 이유가 있었다. 하지만…….

"그건 일반 마술사들 이야기죠. 레나 씨와 폴린 씨라면 영창하면서도 거뜬히 쓸 수 있어요. 봐요, 이를테면 이런……."

그렇게 말한 마일이 꺼낸 것은 칼자루에 세밀한 칼날 세 개가 달려 앞쪽으로 벌어져 있는, 뭐라고 할까, ……마니악한 무기였다.

"거절! 물론 살상력은 올라가겠지만, 돌진해오는 마물의 기세를 막지 못해 그대로 날아 가버릴 것 아니야. 그럼 아무리 상대에게 치명상을 입힐 수 있다고 해도 의미 없다고. 마술사의 무기는 근접 전투에서의 공격력이 아니라 자기 몸을 지키기 위한 거니까. 그리고 나는 오랜 기간 계속 써왔던 이 스태프를 놓을 생각이 없어!"

레나는 아무래도 그 지팡이에 의미가 있는지, 무기를 바꿀 생각이 전혀 없어 보였다.

"으음, 그럼……, 그 지팡이에 강화 부품을 장착하죠!"

"""뭐라고?"""

마일이 또 이상한 소리를 했다.

하지만 거기에 이미 익숙해진 레나 일행은 이제 와서 새삼 동요하지 않았다.

"그러니까 말예요, 지팡이의, 상대를 때리는 부분에 이 뾰족뾰족 튀어나온 쇠를 장착하는 거예요. 그리고 물미 부분에는 이, 쇠로 된 부품을 장착해서 위력과 중량의 균형을……."

"어째서 그렇게, 뭐든지 다 바로바로 튀어나오는 거야?!"

황당해하면서도 각 부품을 받아 장착해보는 레나.

"……나쁘지는 않네. 좀 무겁긴 하지만, 그만큼 위력이 올라갔다는 얘기니까……."

지팡이를 붕붕 휘두르는 레나를 보고 팔짱을 낀 채 고개를 끄덕이는 마일의 귓가에 폴린이 살짝 속삭였다.

"……괜찮겠어, 저래도?"

"엥?"

폴린이 하는 말의 의미를 몰라 어리둥절한 표정의 마일.

"아니, 마일 짱이 화나게 했을 때, 레나가 항상 지팡이로 마일 짱의 머리를 때리잖아? 탁탁탁탁탁탁! 하고 말이야. 다음에 마일 짱이 레나를 화나게 하면, 저걸로……."

"흐……."

"흐?"

"흐아아아아아아~~악!"

그리하여 레나의 지팡이 강화책은 마일 본인의 의지에 의해 없었던 일이 되고 말았다.

(끝)

『인랑』&『능균치』
원작소설&만화 동시 발매 기념!

효게츠 ✕ FUNA

46만에 이르는 '소설가가 되자' 작품 가운데
연간 2위를 기록한 두 작가의 스페셜 대담!

**'소설가가 되자' 드림을 몸소 겪은 그들이 밝히는
대히트작의 속사정이란?!**

『인랑 전생, 마왕의 부관』 원작 6권 & 코믹스 『서장(はじまりの章)』 1권,
『저, 능력은 평균치로 해달라고 말했잖아요!』 원작 4권
& 코믹스 1권 발매를 기념하여, 효게츠 선생님과
FUNA 선생님이 어스 스타 노벨 편집부를 방문!
이번에 처음 만나는 두 사람에게 여러 가지 이야기를 들어보았습니다!

☆효게츠
『인랑 전생, 마왕의 부관』 저자
☆FUNA
『저, 능력은 평균치로 해달라고 말했잖아요!』 저자
☆편집F
『인랑』 담당
☆편집I
『능균치』 담당

인랑 바이트는 바로 효게츠 선생님?!
붉은 맹세는 『케이온!』의 네 소녀였다?!
『인랑』&『능균치』작가가 밝히는 창작 비결!

<u>소설 투고 웹사이트 '소설가가 되자'를 만나, 인기작 집필에 이르기까지</u>

——『인랑 전생, 마왕의 부관』과 『저, 능력은 평균치로 해달라고 말했잖아요!』의 원작 소설& 만화 발매를 기념하여, 오늘은 인기 작가 선생님들께 작품에 대한 이야기와 집필의 비결을 여쭙고자 합니다. 먼저 선생님 두 분의 필명과 그렇게 정한 이유를 알려 주시겠습니까?

효게츠:『인랑 전생, 마왕의 부관』(이하『인랑』) 작가 효게츠입니다. 필명의 유래는 '소설가가 되자'에서 집필하기 시작할 무렵에 제 활동 자체가 좀 둥둥 떠 있는 듯한 상태였기 때문에, 떠다닌다는 뜻의 한자 '漂(떠돌 표)'에 月(달 월)을 더해 '漂月(효게츠)'라고 지었습니다. 별로 깊이 생각해서 지은 이름은 아닌데……(웃음).

FUNA: 안녕하세요,『저, 능력은 평균치로 해달라고 말했잖아요!』(이하『능균치』)를 쓴 작가 FUNA입니다. 사실 FUNA는 필명이라기보다 예전부터 쓰던 닉네임이어서 별로 필명이라는 인식은 없습니다만, 일단은 FUNA로 활동하고 있습니다.

──두 분 모두 서적화를 위해 지은 필명은 아니었던 거네요. 깜짝 놀랐습니다.

효게츠: 설마 서적화가 될 줄은 몰랐거든요(웃음).

──효게츠 선생님과 FUNA 선생님이 '소설가가 되자'(이하 '되자')를 처음 알게 되신 계기는 무엇인가요?

효게츠: 사실 저는 전부터 작가 활동을 했는데, 그때 지인이 '소설가가 되자'를 알려주었습니다. '소설가가 되자'가 굉장히 화제라는 이야기를 듣고 실제로 구경해보니 흥미로워서, 저도 한 번 써봐야겠다는 생각이 들었어요. 그렇게 해서 '되자'에 글을 연재하기 시작했고 포인트가 점점 늘어나자 그 사이트를 알려준 지인에게 말하려고 했더니, 출판사 어스 스타 쪽으로부터 연락이 와서(웃음). 연재를 시작한 지 한 달도 채 되지 않았을 때였던 것 같은데요.

──그 지인 분이 지금쯤 깜짝 놀라시겠네요. FUNA 선생님은 어떻게 해서 '되자'를 알게 되셨습니까?

FUNA: 저는 '소설가가 되자'에 소설을 올리기 전까지, 하루에 책을 2~3권 정도 읽었습니다. 그야말로 매달 몇만 엔이나 책에 투자한 셈이죠. 그런데 책은 출간될 때까지 어느 정도 텀이 있으니까 아무래도 제가 읽는 속도를 따라잡지 못하더라고요. 어느 순간부터 더는 읽을 책이 없어서 당혹스러웠습니다. 그러던 중에 인터넷으로 읽을 수 있는 소설이 있다고 해서, 처음에는 '아르카디아'라는 소설 투고 웹사이트에서 소설을 읽었습니다만, 점점 그곳의 작품도 동이 나 버려서(웃음). 그 다음에 읽을 것을 찾다가 다다르게 된 곳이 바로 '되자'입니다.

──처음에는 읽기만 하다가, 점점 직접 써보고 싶어지게 된 건가요?

FUNA: 초등학교 시절부터 'SF 작가가 되고 싶다'는 생각은 있었는데, 사회인이 되고 나서는 일도 바쁘게 해서 소설 따위 당연히 쓸 수 없었고, 그렇게 포기한 채 계속 읽기만 했습니다. 하지만⋯⋯.

──하지만?

FUNA: 일을 그만둔 뒤로 한가해졌어요(웃음).

──그렇군요(웃음). 읽는 시간 이외에도 글을 쓸 시간이 생긴 거군요.

FUNA: 요즘 많은 이가 동경하는 '조기 퇴직'이죠. 일할 때도 책을 엄청나게 읽었는데, 이제는 낮에도 한가해지니까 읽을거리의 공급이 쫓아오지 못해 시간이 남아돌더라고요. 읽고 싶은 책도 다 읽었고, '내가 읽고 싶은 소설을 직접 써보자!' 하고 마음먹게 된 것입니다.

효게츠: 아아, 그거 어떤 느낌인지 알 것 같아요! 세상에는 많은 작품이 있지만, 어느 것 하나도 자기 생각과 다른…… 저도 제가 읽고 싶은 책이 더는 없어서 『인랑 전생, 마왕의 부관』 같은 작품을 직접 쓰게 된 겁니다!

'소설가가 되자'의 독자층과 인기 장르란?

──말씀을 들어 보니 두 분 모두 독서가라는 인상이 있는데, 어떤 장르의 책을 즐겨 읽으시는지요?

FUNA: 뭐든지 가리지 않습니다! 사실 초등학교 시절부터 SF 작가가 꿈이었기 때문에 옛날에는 SF 소설을 닥치는 대로 읽었습니다만, 이후로는 소설이든 만화든 뭐든지 손에 잡히는 대로 읽고 있어요(웃음).

효게츠: 제가 어렸을 때 읽은 책은 아동문학이나 10대들이 주로 읽는 라이트노벨 문고본이 많았는데, 요즘에는 저랑 전혀 맞지 않더라고요. 그래서 좀 더 어른들을 독자층으로 한, 30~40대를 위한 라이트노벨 같은 게 있으면 좋겠다고 생각했습니다.

──어른을 위한 엔터테인먼트 소설이 있었으면 좋겠다는 생각을 다들 했나 봅니다.

효게츠: 그래요. 처음에 『인랑』의 서적화에 대해 논의할 때, 편집자 I 씨가 어스 스타 노벨의 '어른을 위한 엔터테인먼트 소설'이라는 독자층 이미지에 대해 말씀해 주셨는데요. 그게 제가 하던 생각과 딱 맞아떨어져서 '이건 되겠다!' 하고 생각했습니다(웃음).

편집 I: 당시에는 레이블을 창설하고 9개월 정도 지난 무렵이어서, 어스 스타 노벨의 독자는 라이트노벨의 기존 타깃인 10~20대 독자층보다 더 폭넓지 않은가? 하는 가설이 보이기 시작할 시기였죠. 그러니까 어스 스타의 책을 찾아 주시는 분은 이른바 종래의 라이트노벨 독자가 아니라, 옛날에 라이트노벨이나 애니메이션이나 게임을 즐기다가 한

10년 정도 쉬었던 분들이 많다고 말이죠. 그런 분들이 다시 돌아와서 즐겨 주시는 거라고 생각했습니다. 그래서 현재 라이트노벨의 주류인 모에 러브 코미디, 학원 이능물 등 10대 독자에 특화된 작품보다, 좀 더 자연스러운 작품을 선호하는 것이 아닐까 하고 생각합니다.

효게츠: 과연 실제로 웹사이트에 올라온 독자 감상 등을 읽어 봐도, 독자층의 폭이 굉장히 넓은 것 같습니다.

FUNA: 저는 그 정도로 독자 연령층을 의식하고 있지는 않아요. 제가 영원한 13세이기 때문에!(일동 웃음) 이런 장르를 좋아하는 사람은 다들, 특히 남자들이 많겠지만 시간이 흘러도 13세 그대로인 어린애 같은 부분이 있다고 생각하기 때문에, 제 작품은 10살부터 80살까지를 타깃 독자로 삼고 있습니다!(웃음)

——**어마어마하게 넓은데요!(웃음)**

FUNA: 넓어요, 넓어(웃음). 저번에 『두근두근 투나잇』(1980년대에 방영된 러브코미디 만화)을 패러디했을 때도 독자분들 사이에 꽤 뜨거운 반응이 있었거든요. 저는 책뿐 아니라 만화, 그것도 소녀만화를 좋아해서 하기오 모토 선생님, 다케미야 케이코 선생님, 그리고 나카야마 세이카 선생님, 무츠 에이코 선생님…… 등은 전부 빼놓지 않고 읽었습니다. 물론 소녀만화를 다루는 월간 만화 잡지 「별책 프렌드」, 「별책 마가렛」, 「월간 프린세스」, 「리본」도 전부 사 모았고요.

——**정말 다양하게 읽으셨군요. 「능균치」를 집필하실 때 그런 다양한 장르의 작품에 대한 지식을 의식하시는 편인가요?**

FUNA: 아니, 전혀요! 저는 다양한 장르의 작품을 읽지만, 그렇다고 해서 머릿속에 딱딱 정리된다기보다는 뒤죽박죽 섞인 상태로 제 뇌의 데이터베이스에 들어 있기 때문에 아웃풋을 할 때도 섞인 상태 그대로 나옵니다(웃음). 그래서 작품을 쓸 때 장르나 독자층 등은 의식하지 않아요. 그저 재미있는 것, 쓰고 싶은 것을 씁니다!

——**대단한 열의군요(웃음). 효게츠 선생님은 『인랑』을 쓰실 때 장르라든지 독자층을 의식하시나요?**

효게츠: 저는 FUNA 선생님과 정반대로 독자층을 굉장히 의식하는 편입니다. 다만, 장르에 관해서는 처음 쓸 당시에 스스로도 정하기 어려워서 결국 하이 판타지로 쓰고 있습

니다만, 이따금 홈페이지의 독자 감상란에 '이거 전기물 아니에요?' 같은 글이 올라오기도 하고. 저조차 제가 무슨 장르를 쓰고 있는 건지 잘 모르는 느낌입니다만(웃음), 제 안의 재미난 요소를 모두 그러모아 쓰고 있으니 그런 점은 FUNA 선생님과 같을지도 모르겠습니다.

FUNA: 장르 이야기가 나와서 말인데! 사실 『저, 능력은 평균치로 해달라고 말했잖아요!』는 하드 SF에 속하거든요!(웃음) 작품에 나오는 마법도 전부 나노머신에 의한 것이고, 과학적으로 리얼하기 때문에 『능균치』의 판타지 세계와 어울리지 않는 문명이 나와도, 그건 과거 문명이라는 설정입니다. 작중에는 신 같은 존재도 나오지만, 그것 역시 신이 아니라 실제로는 옛날에 번영했던 문명의 고차원적인 생명체랍니다! 전부 SF라고요!(웃음) 어린 시절 'SF 작가가 되고 싶다'는 꿈을 이뤘다고 생각하려면 『능균치』를 SF라고 주장하는 수밖에 없어요! 이건 어디까지나 SF! 저는 어린 시절의 꿈을 이루었습니다! SF 작가가 되었어요! (일동 웃음)

효게츠: 실제로 『능균치』1권의 15페이지 정도에, 엔트로피 이야기가 갑자기 등장해서 당황했어요(웃음). 그전까지는 흔히 볼 수 있는 소설의 흐름이었는데, 갑자기 거기서 엔트로피 이야기가 나왔잖아요. 심지어 상당히 깊이 있는 내용이었는데, 지식이 있는 사람이 쓴 거라는 걸 바로 알 수 있을 정도로 정확하게 묘사되어 있어서 순간 주먹을 꽉 쥐고 경계 자세를 취했죠(일동 웃음).

FUNA: 그건 '하드 SF다!' 하고 주장하기 위해 쓴 거였어요(웃음).

효게츠: 그 시점부터 이 작품과 작가가 예사롭지 않다는 걸 알았는데……(웃음). 작품 분위기를 조성하기 위해 기를 쓰고 모르는 단어를 억지로 끼워 맞춰 쓴 소설이 아니라, 작가 본인이 익혀서 당연히 알고 있는 지식을 짠! 하고 내민 느낌이었기 때문에 이건 굉장히 영리한 사람이 쓴 작품이구나 하고 생각했어요. 그러자 오히려 '슬렁슬렁 넘어가는 부분이 사실 전부 계산된 건가?' 하고, 이야기의 모든 면이 치밀하게 짜여 있다는 생각에 왠지 무서워지더군요(웃음).

FUNA: (웃음).

효게츠: 나노머신 설정도 읽었을 때 굉장히 기분이 좋았습니다. 무리해서 만든 느낌이 전혀 없어서요. 이런 설정을 좋아하는 사람이, 좋아해서 이렇게 설정했다는 인상이었습니다. 그 덕분에 작품의 토대가 무척 탄탄해서, 겉으로 봤을 때는 귀엽지만 사실은 무척 튼튼한 토대가 바탕이 되어 있는 작품이구나 하는 생각이 들어서 점점 더 경계했다고 할

까…… 솔직히 '무서워!' 하고 생각했습니다(웃음).

FUNA: 나노머신은 처음에는 '마법의 역할은 이것입니다' 하고 어디까지나 과학에 의한 것이라고 주장하기 위한 존재였지, 그렇게 친밀감 있게 자주 등장할 예정은 전혀 없었습니다. 저는 히라이 카즈마사 선생님처럼 등장인물이 하늘에서 뚝 떨어지는 쪽이라서 등장인물에게 의도적으로 어떠한 행동을 시킨다거나, '여기서는 이렇게 말하게 한다'와 같은 생각을 전혀 하지 않아요. 상황만 던져주면 등장인물이 알아서 움직이는 거죠. 그래서 나노머신도 어느새 자기들 마음대로 그렇게 되어 버렸습니다. ……왜 그렇게 되고 만 걸까요(웃음).

이야기&캐릭터 설정 방식, 연재 비법은?!

──설정과 등장인물에 대한 이야기가 나왔으니, 작품 구상에 대해 질문 드리고 싶습니다. 그럼 FUNA 선생님은 캐릭터에서 저절로 나온 이미지를 착상하는 형태로 작업하시나요?

FUNA: 특히 등장인물이 그래요. 반대로 곤란한 점은 어떤 사건이 일어날지에 대해서는 스스로 생각해야 한다는 것이랄까요…….

효게츠: (웃음)

FUNA: 사건을 생각하는 건 힘들지만 이러이러한 일이 일어났다고 정하고 나면 등장인물이 알아서 움직이기 시작합니다. 마침 그곳에 있던 등장인물이 어떻게 행동할지 등에 대해서는 생각할 필요가 없어요. 그래서 어떤 사건을 일으킬지 도무지 좋은 아이디어가 떠오르지 않으면 작업이 중단되고 말지만, 그 부분만 잘 넘어가면 더는 멈추지 않고 술술 쓸 수 있죠.

효게츠: 제 경우는 각 인물의 입장이나 가치관, 행동의 기준이 되는 것이 전부 세밀하게 정해져 있습니다. 그렇게 하면 어떤 사건이 일어났을 때 그 인물이 어떤 행동을 일으킬지 저절로 정해진답니다. 그래서 사건이 일어난 이후로는 FUNA 선생님과 똑같습니다.

──이야기의 전개와 사건을 일으키는 방식은 어떻게 생각하면서 쓰시는지요? 또 집필하실 때 미리 결말을 정해놓으시나요?

FUNA: 저는 말이죠, 제가 쓰고 싶은 이야기를 씁니다. 한 편의 소설을 쓰고 싶다는 것이 아니라 이런 장면을 쓰고 싶다, 이 아이들의 이런 멋진 모습을 담아내고 싶다, 하는 거예요. 그 사이 사이에 일어나는 상황은 열심히 이어 붙여야 하지만(웃음), 쓰고 싶은 장면은 잠자는 것도 아까울 만큼 마구 불타올라서 밤새 써버립니다! 일단 본편의 마지막 장면은 미리 정해 놓아요. 마지막에 대단원의 장면이 있고, 지금 그곳을 향해 마치 주사위 놀이를 하듯 이벤트라는 칸을 하나하나 전진해 가는 겁니다.

효게츠: 저는 바이트라는 한 인물의 삶을 그려나가는 식으로 작업하고 있기 때문에, 마지막 은 일단 정해 놓은 상태입니다. 다만, 도달점을 생각할 때 바이트의 인생이 끝나는 장면까지 써도 괜찮겠지만, 굳이 그렇게는 하지 않을 계획입니다. 실제로는 본편도 완결이 나 있습니다만, 다음에는 바이트의 딸이 움직이기 시작했어요(웃음). 저도 FUNA 선생님과 마찬가지로 꼭 쓰고 싶은 장면이 있는데, 거기까지 가기 위해 이어지는 부분들을 열심히 쓰고 있답니다. 그 부분들은 최대한 간략하게 만들고 싶기 때문에, 제가 정말 쓰고 싶은 장면이 곧 독자 여러분들이 읽고 싶은 장면일 거라는 굳은 믿음으로, 쓰고 싶은 장면 외에 나머지는 과감하게 잘라서 템포를 중요하게 여기며 압축해서 쓰고 있어요.

'소설가가 되자'에서 중요한 것은 좋은 템포와 심플한 재미!

──'소설가가 되자'에 연재할 때는 템포가 중요한가요?

효게츠: 네, 독자분들은 제 소설 이외에도 읽고 싶은 작품이 아주 많을 테니까, 시시한 이야기가 연재 형식으로 계속 이어지면 독자는 미련 없이 다른 작품을 찾아 떠나갈 겁니다.

그러니 최대한 한 회 안에 기승전결이 들어 있어서, 독자가 '재미있는 작품을 읽었다' 하고 만족하게 만드는 것이 중요하다고 봐요. 독자가 들이는 시간과 노력에 상응하는 재미가 이어지지 않는다면, 독자분들은 읽기를 금세 포기하지 않을까요? 그러니 템포야말로 가장 중요하다고 생각합니다.

──다음 회까지 끌지 않고 한 회 안에 즐거움을 주는 스타일이라는 말씀인가요?

효게츠: 한 회 안에서 매력을 전하면서 '다음 회로 넘기는 부분'도 만들어서 '더 재미있는 장면이 다음 회에 있다!'라는 냄새를 풍기는 거죠(웃음). 별로 재미도 없는 장면이 줄줄 이어지면 그 다음에 아무리 재미있는 장면이 기다리고 있어도, 독자분들은 '읽다가 지쳤다, 그만 읽을래' 하고 말 테니, 쓸 때는 양쪽 다 신경 쓴다고 할까요.

FUNA: 저도 똑같습니다! 제가 집필을 시작하기 전에 '아르카디아'라든지 '되자'에서 60작품 정도를 병행해서 읽었는데, 주인공들에게 괴로운 전개가 계속 이어지니까 읽는 저도 괴로워져서 그만 읽게 되더라고요. 조그만 참으면 괴로운 부분이 지나갈지도 모른다고 생각해서 단숨에 다 읽어본 적도 있지만, 그것 말고도 작품은 얼마든지 있으니까 괴로워서 한 번 멈춰버리면 의도하지 않아도 점점 읽기 싫어지는 면이 있죠. 그래서 저는 우울한 전개가 계속 이어지면 안 된다고 생각하고 신경 써서 씁니다.

──쓸 때 그밖에도 의식하는 점이나 중요시하는 점이 있습니까?

효게츠: 아까도 말씀드렸지만, 독자분들이 '되자'의 소설을 읽기 위해 스마트폰이나 컴퓨터 모니터를 보는 동안의 노력을 배려해서 쓰려고 합니다. '되자'에 접속해서 읽는 행위는 책장을 팔랑팔랑 넘기는 것과 달리 상당히 귀찮으니까요, 그런 시간과 노력에 보답하는 재미를 한 회 안에 담아내지 않으면 쓰는 입장에서 실격이라고 생각해요. 그래서 한 회 한 회가 중요하다고 생각합니다. 다만, 많은 재미를 한 회 안에 남기지 않으면 안 되는데, 내용이 길다고 좋은 것도 아니기 때문에 되도록이면 짧아서 금방 읽을 수 있게 쓰는 편이 좋다고 생각해요. 같은 재미를 전달한다면 좀 더 단순한 표현 쪽이 더 낫지 않을까요?

──똑같은 재미라면 단순하게 표현하는 편이 더 좋다는 말씀, 굉장히 좋게 다가옵니다. FUNA 선생님은 어떠십니까? 역시 조금 전에 말씀하셨듯이 템포인가요?

FUNA: 『능균치』도 템포가 좋다는 평을 자주 듣는데, 사실 그 부분은 의식하지 않았습니다. 제가 신경 쓰는 부분은 등장인물에게 '이 사람이라면 절대 하지 않을 행동'을 시키지 않는 것입니다. 바보 같은 짓을 시키지 않는 것과 똑같은 의미는 아니고요, 주인공의 캐릭터성도 그렇지만 다른 부분에서도 도저히 말이 안 되는 묘사는 하지 않으려고 노력합니다. 한 가지 큰 거짓말을 통하게 하려면 그것을 뒷받침해주는 99개의 진실이 있어야 하므로, 다른 요소에서 너무 깊이 있는 묘사는 하지 않으려고 주의합니다.

편집 l: 『능균치』와 『인랑』을 읽고 나서 당장 책으로 출간하고 싶다는 생각이 든 것은 인물이 자연스러웠기 때문입니다. 작가의 의도에 따라 움직이는 것이 아니라 작품 안에서 생생하게 살아 있는 인물이어서 무척 감탄했기 때문에……

FUNA: 아니, 등장인물들은 무의식중에 자기들이 알아서 움직일 뿐인데요……(웃음).

『인랑』, 『능균치』 탄생비화 ── 초인기작은 이렇게 탄생했다!

──두 분은 어떤 계기로 『인랑』, 『능균치』 이야기를 떠올리게 되신 건가요?

FUNA: 사실 『능균치』는 4~5일 정도 걸려서 생각한 작품입니다. 당시에 저는 '되자'에서 『포션만 믿고 살아남겠습니다!』와 『노후에 대비해 이세계에서 8만 닢의 금화를 모읍니다』라는 두 작품을 동시에 연재하고 있었는데, 완결이 나려고 할 때쯤 '이제 한가해지겠네, 앞으로는 뭐하지……' 하는 생각이 들더라고요. 그 연재가 끝나기 5일 전에 '차기작을 쓰자!' 하고 다짐하고 쓰게 된 것이 바로 『능균치』입니다(웃음). 전에 쓴 작품이 '이세계에 갈 수 있기만 한 여자아이'와 '포션을 만들 수 있기만 한 여자아이'였기 때문에 이번에는 '좀 더 강한 아이'로 설정했어요(웃음).

13

효게츠: 저는 제가 쓸 수 있을 것 장르의 이야기를 찾기 위해 '되자'에서 몇 작품인가 읽어 보다가 '악역 영애물'인 『겸허, 견실을 모토로 살아가고 있습니다』를 발견한 것이 계기입니다. '이런 방향성의 작품을 좋아한다면 우선은 써보자' 하고 저 나름대로 '악역 영애'를 추구해 봤는데, 제가 남자여서 그런지 여성 캐릭터를 잘 그려내기 힘들더라고요(웃음). 그래서 주인공을 악역 남성으로 바꾸고, 악역인 이유로 '그가 괴물이고 마왕군에 소속되어 있다'라는 이미지를 확장시킨 겁니다. 일반적으로 '악역 영애'는 권력을 쥔 인물로 그려지니까, 남성의 경우도 '마왕군의 중견 간부'로 설정했습니다.

──'악역 영애'를 추구했다면 주인공을 마왕으로 설정했을 수도 있을 것 같은데, 굳이 바이트를 부관으로 설정한 이유는 무엇인가요?

효게츠: 제가 리더의 중압감을 견딜 수 없기 때문입니다(웃음). 요즘 시대는 제일 높은 자리에 있으면 이런 저런 이유로 힘든 일이 많은 느낌이니까, '그럭저럭 자리가 높고, 그럭저럭 책임감 있고, 그럭저럭 보람도 있는' '그럭저럭'의 느낌을 의식했습니다. 다만 『인랑』은 '출세물'로 정했기 때문에 현상 유지를 원하는 본인의 생각과 달리 점점 출세하는 이야기가 되었습니다.

FUNA: 하긴 현실에서도 리더라는 자리는 고충이 끊이지 않죠. 그래서 저도 일할 때는 늘 두 번째를 노렸습니다(웃음).

'소녀 주인공은 흥하기 힘들다'라는 징크스를 깨다!

──FUNA 선생님이 쓰시는 작품은 주인공이 주로 소녀라는 이미지가 있어요.

FUNA: 그도 그럴 게, 아저씨가 주인공인 이야기를 써도 재미가 없잖아요(웃음). '아저씨와 소녀, 둘 중 어느 쪽을 쓰고 싶은가?' 하고 묻는다면, 당연히 여자아이를 쓰는 쪽이 즐겁죠! 하지만 예전에, '되자'에서 활동하는 어떤 작가와 만날 기회가 있었는데 그때 '되자'에서 여자가 주인공인 이야기는 흥하기 힘든 징크스가 있다는 이야기를 들었습니다. 과연 '되자' 연간 랭킹을 봐도 30위권 이내에 여자가 주인공인 작품은 2위인 『능균치』밖에 없었어요. 그리고 전체적으로 봐도 여성을 주인공으로 한 작품은 무척 적었죠.

──그럼 『능균치』는 '되자'의 트렌드를 별로 의식하지 않고 쓰신 건가요?

FUNA: 전혀 의식하지 않았어요. 제가 만났던 '되자'의 작가분은 리서치랑 분석을 해서 다른 작품도 참고하시는 모양인데, 저는 제가 쓰고 싶은 걸 쓰는 스타일이기 때문에 유행을 전혀 따라가지 않았습니다. 그저 '여자가 주인공인 작품은 잘 팔리지 않는다'가 속설임에도 『능균치』는 잘 팔린 덕분인지, 다른 작가분으로부터 "저도 다음에는 여자가 주인공인 작품을 준비하고 있어요" 하는 이야기를 많이 듣게 되어서 좀 마음이 불안한 상태입니다(일동 웃음).

효게츠; 하지만 다른 분이 FUNA 선생님 흉내를 낸다고 해도 그게 잘되지는 않을 것 같은 느낌인데요. 의도적으로 노린다고 될 문제가 아니니까요. 저도 여자가 주인공인 이야기를 쓰고 싶었던 적은 있지만, 『인랑』의 여성 캐릭터 시점을 주인공으로 해서 계속 그려 나간다고 상상하니까 아무래도 힘들더라고요. 이를테면 아일리아는 남성 독자를 의식해서 '남성 독자가 호감을 느낄 만한 인물'로 설정했습니다. 가능하면 여성 독자분들도 좋아해 주시면 기쁘겠지만, 기본적으로는 남성의 시선에서 만든 캐릭터가 아닐까 합니다.

FUNA: '되자'는 남성 독자가 많기 때문에 '독자가 남자 주인공에게 자신을 투영하고 있다'는 생각도 당연히 있겠지만, 저는 그게 전부가 아니라고 생각합니다. 여자들만 나와서 "꺄르르" 거리는 모습을 보는 것도 역시 즐겁잖아요(웃음).

효게츠: 즐겁죠!(웃음)

FUNA: 그러니까 여자가 주인공이라도 남성 독자는 읽을 거라고 생각하고, 소녀만화를 읽는 남성도 있는 만큼 주인공의 성별은 그다지 상관없지 않을까요? 그것보다 중요한 건 타깃일지도 모릅니다. 이를테면 트렌드 소설이 100명을 타깃 독자로 삼아서 그중 한 사람이 산다고 할 때, 저는 타깃을 10명으로 좁히는 대신 그중 두 사람이 실제로 살 수 있는 그런 이야기를 쓰려고 노력합니다. 그렇게 하는 편이, 수많은 비슷비슷한 내용의 책 중에서 발견되는 것보다 훨씬 선택될 확률이 높다고 생각해요.

효게츠: 그것을 정말 실천한다는 게 FUNA 선생님의 대단한 점이죠(웃음). 대부분의 작가는 10명 중 2명이 실제로 살 수 있게 만드는 것보다 한 사람 혹은 100명 중 한 사람이 되고 마는 게 보통이니까.

편집 I: 『능균치』에 등장하는 '붉은 맹세의 네 멤버', '원더 쓰리'와 '아델'이 소통하는 모습도 독자 여러분이 좋아해 주셔서 큰 반향이 있었습니다. 애니메이션 중에는 『케이온!』이나 『럭키☆스타』처럼, 여자아이들끼리 즐겁게 지내는 작품이 많은데, 왜 지금까지 소설에는 없었던 걸까요?

FUNA: 정말 소설은 『케이온!』 같이 그룹으로 그려내는 소설은 많지 않죠. 『능균치』는 '여자 넷이 하나의 주인공'이라는 느낌으로 쓰고 있기 때문인지도 모릅니다. 『능균치』에 등장하는 헌터 파티는 논리적으로 따지면 사실 5~6명이 가장 적당하다고 생각해요. 제가 쓰고 있는 네 명이라는 구성은 현실적으로 전위가 부족합니다. 하지만 스토리 전개상 등장인물이 서로 대화를 주고받는 것을 고려하면 다섯 명은 너무 많아요. 서로의 말이 리드미컬하게 이어지기에 적합한 숫자가 네 명이었기 때문에 일부러 줄인 겁니다.

──『능균치』와 정반대로 『인랑』은 등장인물이 아주 많죠. 효게츠 선생님은 많은 인물을 그릴 때 의식하시는 부분이 있나요?

효게츠: 인랑대는 전부 56명인데 그중 이름을 붙인 건 몇 명 되지 않아요. 여러 이름이 막 나오면 헷갈리고, 그렇다고 해서 아무도 이름이 없으면 단순히 부하를 데리고 있는 느낌이 되어버리니까. 그래서 바이트와 사는 공동체=이해하기 쉽게 얼굴이 보이는 존재로 어린 시절 친구라든지 이웃집 아저씨를 '주민대표'로 등장시키고 있습니다. 그밖에도 주요인물은 이름을 붙여서 등장시키는데, 많은 사람이 있는 게 당연한 한 나라의 이야기인 만큼 어디까지 이름을 붙여야 좋을지 무척 고민이 많았습니다(웃음).

──많은 캐릭터가 등장하는 가운데 선생님 두 분은 다양한 캐릭터를 잘 구별되게 쓰시는 느낌인데요. 『인랑』과 『능균치』에서 가장 즐겁게 쓴 캐릭터는 누구인가요?

FUNA: 저는 레나일까요? 그녀는 표리 없이 온 힘을 다해 자신이 생각하는 대로 행동하니까 쓰고 있으면 즐겁습니다. 반면 우등생인 마일은 자기가 생각한 대로 행동하는 아이가 아니어서 좀 어려운 것 같기도 해요. 물론 마일도 제 아이 중 하나니까 싫다는 건 아니고요(웃음).

효게츠: 저는 인마족의 필니르입니다. 그녀는 아이 같은 성격이어서 자기가 하고 싶은 대로 움직이는 게 매력이라고 느껴요. 그래서 필니르를 묘사할 때는 저도 기본적으로 생각한 걸 그대로 쓰는 편입니다. 그래서 그녀를 등장시킬 때가 가장 즐거워요.

원작자가 본 코미컬라이즈의 매력

──이번에는 코믹스 이야기로 넘어가고 싶은데, 자신의 작품을 실제로 읽었을 때 느낌은 어떠셨나요?

FUNA: 코미컬라이즈를 담당한 네코민트 선생님은 신인이라고 들었는데, 인물의 부드러운 표정이라든지 코믹한 느낌을 아주 잘 살린다고 생각했어요. 아카타 이츠키 선생님의 일러스트보다 부드러운 터치랄까요. 배경과 톤, 효과선 쓰는 법이 훌륭한 만화가도 있는데,

역시 우선은 캐릭터를 매력적으로 잘 살리는 것이야말로 중요하다고 생각합니다. 네코 민트 선생님의 그림을 처음 봤을 때 인물이 생동감 넘치고 매력적으로 그려져서 '좋은 분이 맡게 되었다!' 하고 느꼈던 것을 기억합니다. 제 원작을 코미컬라이즈 해서 '반응이 별로면 어쩌지…… 신인인데 처음부터 넘어지면……' 하고 그것만 걱정했었는데, 다행히 반응이 좋아서 안심했습니다(웃음)

효게츠: 『서장』을 담당하신 코스미 유우치 선생님도 니시E다 선생님의 일러스트와 비교하면 상당히 부드러운 인상이죠. 저는 이 분위기가 상당히 마음에 듭니다. 원작을 읽으신 분은 좀 더 딱딱한 이미지를 상상하실지 모르는데, 저는 '바이트의 눈에 미랄디아는 이런 식으로 비쳐지겠지' 하고 생각하고 있어요. 그는 실력 있고 긍정적인 성격이어서 그 세계가 무섭다고는 생각하지 않을 테니까요. 그래서 바이트와 주변 인물 간의 따뜻한 교류를 발견할 수 있을 듯한 느낌으로 읽어주시면 좋을 것 같아요.

——코믹스만의 매력을 느낀 부분은 있나요?

FUNA: 네코민트 선생님이 추가하신 개그신이 무척 재미있었습니다. 폴린이 포기해버리는 컷은 원작에 없는 장면인데, 웃음이 살짝 터질 수 있는 요소가 마음에 들었어요. 네코민트 선생님은 코믹한 표현이 센스 있어서 마음 놓고 맡길 수 있습니다. 앞으로도 쭉쭉 넣어 주셨으면 좋겠어요(웃음).

효게츠: 저는 아일리아와 바이트가 처음 만나는 장면에서 그녀가 당황하는 모습이 무척 귀엽게 느껴졌어요. 원작과는 다른 분위기가 나와서 정말 마음에 들었죠. 만화는 원작과 세세한 묘사에서 다른 부분도 있는데 '바이트의 시선에서 본 미랄디아의 세계'를 체험할 수 있는 신기한 작품이 되었다고 생각합니다.

——최근에는 해외에서도 일본의 라이트노벨이 인기가 높아지고 있는 추세입니다. 두 분 작품은 번역되어 한국에서도 판매되고 있는데 어떻게 받아들이시나요?

FUNA: 실제로 만나본 적은 없지만 독자분들께 '한국어판으로 읽었습니다'라는 메시지를 받아서, 감상을 여쭤보니 '번역이 잘 되어 있어서 무척 좋았습니다'라고 말씀해 주시더군요. 그래서 그 김에 궁금했던 패러디 부분에 대해서도 물어봤어요. 왜, 해외 코미디 영화가 일본에서 상영될 때 전혀 다른 일본어 말장난으로 바뀌곤 하잖아요. 하지만 『능균치』의 한국어판은 원래대로 가고 역주가 달린다는 것 같아요!(일동 웃음) 개그가 설명되는 것만큼 창피한 게 또 없는데요. 어떻게 쓰여 있는지 모르겠지만 굉장히 신경 쓰이네요(웃음).

효게츠: 원작에서는 캐릭터에 따라 폰트가 달라지는 부분이 있는데요, 한국어판에서도 그 폰트가 잘 변경되어 있었던 부분이 놀라웠습니다. 굉장히 정성껏 작업해주시는 듯한 인상을 받았어요.

편집 I: 한국어판은 일본 라이트노벨을 즐기고 그 문화를 이해하는 분이 번역해주고 계십니다. 한국의 팬분들로부터도 굉장한 호응을 얻고 있어요.

앞으로 소설을 쓰고 싶은 분에게 ──FUNA 선생님, 효게츠 선생님의 뜨거운 충고!

──장차 작품을 쓰고 싶어 하는 독자분들에게 두 분이 충고를 해주신다면?

FUNA: 앞으로 소설을 쓰고자 하는 분들께 드리고 싶은 말씀은, 유행을 좇지 말고 자기가 정말 쓰고 싶은 작품, 남들이 읽어 주었으면 하는 작품을 쓰라는 겁니다. 쓰는 자신이 작품에 반하지 않으면 읽는 독자분들의 마음이야 당연히 빼앗을 수 없죠. 그러니까 '내 작품의 첫 번째 팬은 바로 나. 나만큼 이 작품을 많이 읽은 사람은 없을 거야' 하는 마음가짐으로 새로운 작품을 만들어냈으면 좋겠습니다. '자기가 쓰고 싶은 걸 자유롭게 계속 쓰다가 문득 뒤돌아보니 유행이 되어 있었다', 이렇게 되는 것이야말로 가장 이상적이겠죠.

효게츠: 제가 전하고 싶은 말씀은 두 가지입니다. 하나는 '자기 작품에 자신감을 가질 것'. 저는 작품을 쓸 때마다 "누군가에게 '지금부터 네 작품을 딱 하나만 읽고 재미없으면 총으로 쏴버리겠어'라는 말을 들어도 지금 쓰고 있는 작품을 자신있게 내밀 수 있는가?"라고 자문합니다. 나머지 하나는 '읽는 사람을 절대 배신하지 말 것'. 작품을 도중에 내팽개치거나 제 사정 때문에 이상한 방침으로 전환해서 독자를 실망시키는 일은 절대 하지 말자고 맹세했습니다. 그게 가장 중요하겠죠.

──두 선생님이 서로에게 해주고 싶었던 이야기가 있나요?

효게츠: 사실 솔직히 말씀드리면 저는 FUNA 선생님을 몹시 질투하고 있습니다(일동 웃음). 저는 쭉 전업 작가로 활동해왔지만, FUNA 선생님이 쓰시는 작품 같은 것은 도저히 쓸 수 없었거든요. 그런데 이번에 만나 뵙게 되면서 선생님이 엄청난 독서가라는 사실도 알게 되었고, 좋아하는 일을 관철하는 힘 등 압도적 역량을 보게 되어서 도저히 이길 수 없다는 걸 확실하게 알았어요(웃음). 응원하고 있으니 앞으로도 계속 재미있는 작품을 많이 보여 주세요. 존경합니다!

FUNA: 하지만 전 어렸을 때도 그렇고 데뷔했다고 해도 프로로 몇십 년이나 꾸준히 쓰는 것은 도저히 못했을 것 같습니다. 효게츠 선생님은 지금까지 오랜 시간을 프로로 해오셨고 '되자'에서도 저보다 선배이시고, 어스 스타 노벨 초창기부터 든든하게 받쳐주신 대선배이셔서 효게츠 선생님처럼 저도 앞으로 열심히 노력하고 싶어요. 그리고 효게츠 선생님께 "당신의 활약은 이미 잘 알고 있었습니다. 독자와 어스 스타를 위해 함께 싸워 나갑시다!"라는 말씀을 전하고 싶군요. 무슨 가면 라이더냐!

──그럼 마지막으로 팬 여러분께 한 말씀씩 부탁드립니다.

FUNA: 『능균치』가 서적화 될 수 있었던 것, 그리고 시리즈가 계속해서 출간될 수 있었던 것은 모두 독자 여러분 덕분입니다. '앞으로 만약 정의로운 독자가 30명밖에 없게 되어도 그 30명을 위해 열심히 써나가겠습니다. 그리고 만약 정의로운 독자가 10명밖에 없게 되어도 그 10명을 위해 열심히 써나가겠습니다.' 하고 '소돔과 고모라' 같은 느낌으로 망하지 않고 열심히 할 테니 앞으로도 많은 응원 부탁드립니다!

효게츠: 4월 15일에 벌써 『인랑』 6권 발매가 결정되었습니다. 또 '되자'에 연재한 내용의 절반 정도밖에 간행되지 않았기 때문에 앞으로도 책이 나올 수 있도록 계속 함께 동행해 주시면 정말 기쁘겠습니다. 부디 사 주세요!

독자 여러분이 효게츠 선생님 & FUNA 선생님께 보내는 질문

——이번 대담을 기획하면서 선생님 두 분에 대한 독자 질문을 모집했더니 아주 많은 코멘트가 날아왔습니다. 이 자리에서 선생님 두 분의 답변을 소개하고자 합니다.

「Q: 집필하실 때 어떤 문서 프로그램을 사용하시는지, 또 어떤 의자에 앉으시는지 궁금해요!」

FUNA: 저는 예전부터 '이치타로(一太郎)' 유저여서, 지금은 '이치타로 2016'을 쓰고 있습니다. 그리고 의자는 등나무로 만들어진 회전의자를 쓰는데, 식탁용 낮은 테이블에 모니터와 컴퓨터 본체를 두고 원고를 쓰고 있어요.

효게츠: 저는 '포메라DM100'이라는 디지털 메모를 사용하고 있어요. 워드프로세서 같은 느낌이어서 딱히 시판되는 소프트웨어가 들어가는 건 아닌데, 'ATOK(일본어 입력 프로그램)'이 탑재되어 있습니다. 의자는 사무용품 제조사에서 나온 4만 엔짜리 사무실 의자를 사용합니다. 하지만 '좀 더 좋은 의자를 살 걸 그랬다' 싶어요(웃음). 계속 앉아 있기만 해서 허리를 혹사시키고 있습니다.

「Q: 글을 쓰다가 막힐 때는 어떻게 하시나요?」

FUNA: 모니터 앞에 앉아 있어도 아이디어가 나오지 않을 때는 무슨 수를 써도 소용없기 때문에 잠시 다른 일을 하면서 기분전환을 합니다. 제가 생각이 잘 떠오르는 순간은 '화장실에 앉아 있을 때'랑 '전철에 앉아 있을 때'입니다. '욕조에 몸을 담그고 있을 때 아이디어가 떠오른다'는 사람이 많은데, 신기하게도 저는 그게 잘 안 되더라고요. 또 화장실이랑 전철이라도 서 있으면 생각이 안 떠올라요(웃음).

효게츠: 저도 글이 막힐 때는 아무리 키보드 앞에 앉아 있어 봐야 의미가 없어서, 그럴

때는 그날 하루를 몽땅 쉽니다. 그 시간 동안에는 집안일을 하고 서류를 작성하고 아이와 놀아주고 ……그러다 보면 쓰고 싶은 욕구가 '몽글몽글' 올라오는데, 그게 쌓였을 때 키보드로 향하면 아주 술술 써지죠. 이 방법을 추천합니다!

「Q: 집필하시는 동안 특별히 드시는 것이 있나요?」

FUNA: 저는 100엔 균일가로 파는 가루차를 즐겨 마셔요. 하나를 사면 40잔 정도 나오는데, 현미차도 있고 다양한 종류를 살 수 있어요. 티백처럼 컵에 넣기만 하면 되고, 차 찌꺼기를 버리거나 하지 않아도 되니까 아주 편합니다(웃음). 또, 100엔 균일가 코코아피넛. 땅콩을 코코아로 코팅한 건데 즐겨 먹어요.

효게츠: 그거 먹으면 뇌가 깨는 느낌이죠! 저는 커피를 자주 마시는데, FUNA 선생님처럼 집필하다가 중단되는 게 싫어서 물통에 커피를 가득 담아 그걸 계속 마시면서 키보드를 두드립니다. 저는 카페인이 끊기면 안 되는 것 같아요(웃음).

「Q: 집필할 때 가장 웃겼던 오자는 뭐가 있을까요?」

FUNA: 저 같은 경우는 이치타로의 ATOK을 대대로 써오며 자랐기 때문에, 딱히 이상한 단어로 변환된 적은 없어요. 다만 지금 쓰고 있는 '이치타로 2016'은 단어 예측 변환이 엄청납니다. 히라가나를 하나만 입력해도 예전에 썼던 20개 정도의 단어가 후보로 올라오거든요. 그걸 무심코 눌러버리면 문장들이 마구 쏟아져 나오는데요. 그게 전혀 다른 상황이고 틀린 문장인데도 왠지 말이 될 때 웃음을 터뜨린 적이 있어요(웃음).

효게츠: 제가 쓰는 포메라는 좀 구식이어서 일단 ATOK를 쓰기 하지만 변환이 썩 잘 되지 않아요. 전에 『인랑』에서 '무시무시한 포효'라고 써야 했을 때 포효와 발음이 같은 '방향(芳香)'으로 변환되고 말아서……(일동 웃음). 그게 인상적이었지만, 비슷한 경우는 자주 있어요(웃음).

「Q: '소설가가 되자' 연재를 꾸준히 하시는 비결은 뭔가요?」

FUNA: 방법은 3가지입니다. 우선 A는 '흉폭한 자아와 행동을 뒷받침하는 스토이시즘!'. B는 '집필 이외의 모든 것을 내팽개친다'. C는 '일단 쓴 것까지 업로드한다'. ……이 셋 중 하나예요(웃음).

효게츠: 저도 FUNA 선생님과 비슷합니다. '정기 연재'는 독자와의 약속이나 다름없기 때

문에 지키는 게 당연하고, '정기 연재를 하지 않는다'라는 생각은 애초에 하지 않았어요. 아무래도 제 소설을 기대하며 기다려 주시는 분들을 생각하면 어떻게 해서든 꾸준히 올리고 싶어요.

FUNA: 그러고 보니 '되자'의 작가분들 중에는 소설을 매일 올리시는 분과 1~3일 정도의 범위 내에서 자유롭게 올리시는 분들이 있죠. 효게츠 선생님은 그 점에 대해 어떻게 생각하시나요? 역시 정기적으로 연재해야 한다고 봅니까?

효게츠: 기본적으로는 독자분이 기다리는 게 괴롭지 않을 정도라면 어느 쪽이든 상관없다고 생각하는데요. 어쨌든 텀을 너무 길게 끌지 않는 것이 중요하다고 생각합니다.

FUNA: 저도 예전에 독자의 입장으로 '되자'에서 많은 작품을 읽었을 때는 '아직 소설이 안 올라왔나? 아직인가?' 하고 하루에 몇 번이나 확인하곤 했죠. 다음 화가 올라오지 않은 걸 확인하면 짜증나기도 하고(웃음). 하지만 쓰는 입장에서는 '정기 연재'라는 규칙에 너무 얽매이면 압박감과 강박관념에 시달리게 될 거라는 생각도 들어요. 그래서 부정기 연재를 하면 편하겠지만, 그러면 또 자기와의 싸움에 져서 연재 간격이 점점 벌어질 것만 같은 느낌도 들어서 결국은 정기적으로 소설을 올리고 있습니다(웃음). 사실 지금까지 정기 연재를 어겼던 건 딱 두 번뿐이에요. 한 번은 어머니가 돌아가셨을 때. 또 다른 한 번은 결석 때문에 몸이 아팠을 때. 그것 말고는 소설을 매일 올렸을 때도 늦은 적이 없습니다. 다만 업로드 예정 시간에서 10초 정도 지난 뒤에 글 올리기 버튼을 누른 적은 두 번 정도 있었나(웃음).

효게츠: 저도 무단으로 쉰 적은 없어요. 쉴 때는 대부분 일주일 전에 미리 알립니다. 다만 최근 들어서는 출간 작업도 해야 하기 때문에 4월 중순부터는 주에 1~2번 정도 부정기적으로 연재할 예정입니다. 차기작 준비도 힘들게 되었고, 본편은 완결되었으니까 '괜찮겠지?' 하고 생각해서(웃음).

──'되자'에 투고를 시작했을 때부터 줄곧 정기적으로 연재하겠다는 자세로 집필하신 건가요?

효게츠: 그렇습니다. 그도 그럴 게, 하겠다고 마음먹었으면 하는 수밖에 없잖아요?

FUNA: 저도 『능균치』 전에 한 두 작품은 동시에 투고를 시작했는데 매일 글을 올리고 하루도 쉬지 않았어요. 한쪽이 먼저 연재가 끝나서, 나머지 하나를 매일 올렸죠. 그러다가 『능균치』도 집필에 들어가게 되었고, 첫 권이 출간되기까지 2개월 정도는 계속 정기적으로

연재했습니다. 그래도 뭐, '집필 이외의 모든 것을 내팽개치면' 어떻게든 됩니다! (웃음)

효게츠: 아마도 작품이 서적화가 되어 좋은 반응을 얻는 분들은 정기 연재의 비결 같은 건 고민하지 않는다고 봅니다. 그러니까 '어떻게 해서 정기 연재를 하면 좋을까?' 하고 고민하는 사이에는 어렵게 느껴질지도 모르겠습니다. 물론 정기 연재는 힘든 부분도 있지만 결국은 쓰는 것이 즐거우니까, 정기 연재를 잘할 수 있도록 마음을 먹는 게 중요할지도 모르겠네요.

FUNA: 처음 두 작품은 '이런 이야기 저런 이야기를 쓰고 싶다' 하는 구체적인 아이디어가 있었기 때문에 계속 써나갈 수 있었습니다. '다음 소재는 어쩌지' 하고 생각할 필요가 없었죠. 쓰고 싶은 걸 대강 다 써버린 다음에 '자, 다음에는 뭘 쓰지?' 하고 생각하기 시작하면, 시간이 없어서 정기 연재를 할 수 없어요.

「Q: 인물을 내용에 맞춰서 움직일 때 힘든 점이 있다면 알려 주세요.」

FUNA: 저번에도 말씀드렸듯이, 제 경우에는 캐릭터가 알아서 행동하기 때문에 '내용에 맞춰' 움직이게 하지 않아요. 반면, 캐릭터가 멋대로 행동하다 보면 원래 예정에 없었던 방향으로 내용이 전개될 때가 있어서 상당히 곤란합니다(웃음). 하지만 그 루트를 없애버리는 건 싫어요. 주인공은 거기서 그렇게 생각해서 움직인 거고, 되돌린다고 해도 그 아이들의 성격이 변하지 않는 이상 또 같은 길을 선택할 게 뻔하니까요. 그럴 때는 거기서부터 이야기를 원래 루트로 더듬어가게 하든지, 아예 포기하고 전혀 다른 방향으로 달려 나가든지 둘 중 하나로 합니다.

효게츠: 저도 똑같아요. 내용에 맞추기 위해 인물을 움직이거나 바꾸거나 하지는 않죠. 그럴 때는 내용을 바꾸고, 바뀐 내용에 따라서 '이 이야기, 어디로 향하는 걸까……' 하고 약간 불안해하며 쫓아가는 느낌이 됩니다(웃음).

——두 분 모두 작품의 마지막 장면은 이미 정해져 있다고 말씀하셨는데, 등장인물이 너무 심하게 움직여서 당초 예정했던 내용이 달라진 적 있나요?

효게츠: 네, 『인랑』은 상당히 달라져버린 부분도 있어서, 거기에 맞춰 조금씩 방향을 수정하고 있습니다. 하지만 주인공 바이트가 목표로 하는 것은 처음부터 하나도 달라지지 않았고, 마지막 종착지는 역시 같다고 생각합니다. 사실 원작 6권의 표지를 장식한 워로이 황자도 사실은 중간에 죽었어야 하는 인물입니다. 죽어서 아쉬운 타입의 인물로 설정했었는데, 바이트가 너무 열심히 해준 바람에 살아남고 말았습니다(웃음).

「Q: '되자'의 감상란에서 인상 깊었던 코멘트가 있다면 알려 주세요.」

FUNA: 독자분들이 남겨 주신 감상은 거의 다 기억합니다. 날 센 비판도 따끔하게 마음에 새기고 있지만, 그건 떠올리고 싶지 않으니까 내버려 두고(웃음), 그것 이외의 감상은 전부 읽고 참고하고 있습니다. 특히 기뻤던 건 '재미있었다'는 직설적인 감상, '이런 개그 소재는 절대 예상하지 못할 것 같다'면서, 제가 쓴 개그를 이해했으면서도 대놓고 눈치 챘다고 말하지 않고 살짝 의미심장하게 감상을 올려주시는 분이죠.

효게츠: 저는 독자분으로부터 '안심하고 읽을 수 있는 게 좋다'는 말을 들었을 때입니다. 안심감을 가장 중요시하기 때문에 그 부분을 알아주시면 역시 기뻐요.

「Q: '되자'라는 웹사이트의 장점은 어떤 부분이라고 생각하십니까?」

FUNA: 누구나 무료로 아무런 위험 없이 간단하게 소설을 올릴 수 있는 부분이죠. 아까 '작가가 되는 것이 줄곧 꿈이었다'고 말씀드렸는데, 저는 일을 그만두고 놀 때도 작품을 들고 출판사의 문을 두드릴 용기는 도저히 없었습니다. 그래서 만약 가볍게 글을 올릴 수 있는 '되자'가 없었더라면 여러분이 제 작품을 읽어주시고 하물며 책으로 나오는 것은 불가능했을 겁니다. 또, 독자분들의 생생한 감상을 실시간으로 받을 수 있다는 점. 이건 멘탈이 약한 작가에게는 독이 될 수도 있지만(웃음), 저는 꽤 튼튼하기 때문에 그런 사람에게는 감상란까지 포함해서 정말 좋은 곳이라는 생각이 듭니다.

효게츠: 작품의 반응을 바로 알 수 있어서, 독자와의 거리가 가깝다는 점입니다. 또 PV와 포인트, 북마크 수 등을 종합적으로 판단해서 객관적인 데이터를 얻을 수 있다는 점. 이건 쓰는 입장에서 보면 무척 유익합니다. 제가 예전에 다른 곳에서 글을 썼을 때는 그런 데이터를 편집부로부터 받을 수 없었어요. 편집자 분이 말씀해 주시는 게 진짜인지도 모르겠고, 독자가 어떤 이야기를 원하는지도 몰랐어요. 스스로 '아닌 것 같은데' 하고 생각하지만, 편집자가 '그게 아니면 통하지 않는다'라고 하면 '아무래도 아닌 것 같은데' 하면서 그렇게 해왔던 거죠. 하지만 '되자'에 소설을 연재하면서 제 작품을 열어보는 횟수가 늘어나는 것을 보고 '역시 내 느낌과 팬의 의견이 일치하잖아!' 하고 깨달았고, 그런 판단이 가능하게 되었기 때문에 신뢰감이 가는 데이터를 생생한 목소리와 함께 얻을 수 있다는 점은 무척 큰 부분이라고 생각합니다.

FUNA: 물론 책이 나오는 것만으로도 몹시 기뻤습니다. 하지만 많이 서적화 되고 있는 '되자 소설' 중 하나에 지나지 않았고, 생초짜 신인이었기 때문에 '어떻게든 2권이 팔리면 고맙겠다', '조금이라도 출판사에 누를 끼치지 않고, 적자가 되지 않았으면 좋겠다' 하고 생각했더니, 갑자기 오리콘 랭킹에 올라가서 그게 가장 놀라웠습니다! 또 『능균치』의 원작 4권과 만화 1권이 나왔을 때, 저도 만화를 사러 서점에 갔었는데요. 그랬더니 『능균치』 3권을 든 서점 직원 분이 손님을 데리고 두리번거리기도 하고 책이 들어 있는 곳을 열어보기도 하는 겁니다. 혹시나 싶어서 "혹시 『능균치』 4권을 찾고 있는 건가요?" 하고 묻자, 그렇다고 해서 "이쪽입니다!" 하고 매대가 있는 곳으로 안내해버렸어요(웃음). 매상에 공헌한 거죠.

효게츠: 저는 반대로 서점에서 제 소설도 만화도 전혀 본 적이 없어요. 그런데도 편집부에 물어보면 무슨 영문인지 잘 팔리고 있다고 해요. '다들 어디서 사시는 거지?' 하고 신기한 생각이 듭니다.

편집 I: 전국에 라이트노벨 등의 장르에 강한 서점이 있는데 그런 곳에서 집중적으로 팔리고 있다고 합니다. 예전에는 500점포 전후라고 들었는데 지금은 1,000점포 가까이 늘어났다는 모양이에요. 앞으로 더 늘어날지도 모르죠.

FUNA: 원작이 1권인가 2권까지 나왔을 무렵일 거예요. 지인이 진지하게 "FUNA 씨. 이거, 정말 전형적인 '되자 드림'이네요~" 하고 말해주더군요(웃음). 그때 처음 들었는데 '되자 드림 체현자'라는 의미의 이 말을 잘 기억하고 있습니다.

효게츠: 저는 같이 글 쓰는 동료가 "바이트가 하는 말과 행동이 효게츠 씨랑 진짜 비슷해요" 하는 말을 해주더군요(웃음). 별로 의식하고 쓴 건 아닌데 '진짜 그런가?' 하고 지금도 계속 생각해요.

FUNA: 저도 『능균치』 전에 썼던 두 작품의 주인공은 "FUNA 씨, 이거 딱 당신이잖아" 하고, 읽은 지인이 그러더라고요(웃음). 역시 등장인물은 쓰는 사람을 닮는 게 아닌가 하는 생각이 듭니다.

효게츠 선생님이 FUNA 선생님에게 던지는
'세 가지 질문'

──이번에는 두 분이 서로에게 한 질문을 각각 3개씩 준비했습니다. 우선 효게츠 선생님이 FUNA 선생님께 하신 질문입니다.

「Q1: 『능균치』가 대히트를 친 이유가 뭔지 분석해 보셨나요?」

FUNA: 저번 대담 때도 잠깐 얘기했었는데, 분석 같은 것은 전혀 하지 않았습니다. 저는 '아재 개그'라든지 오래된 작품의 패러디라든지 제가 하고 싶은 개그를 마음대로 쓸 뿐이 거든요. 이따금 불안해지면 감상란에 올라오는 메시지를 읽고, 모두의 반응을 보면서 '응, 괜찮네!' 하고 안도하면서 계속 쓰고 있습니다.

「Q2: 집필할 때 특별히 신경 쓰는 부분은?」

FUNA: 작품 전개에 맞춘 논리적인 정합성을 지키는 것입니다. 등장인물답지 않은 행동은 절대 시키지 않아요(웃음). 또 하나, 집필할 때 반드시 하는 것은 '집요할 정도로 퇴고하기'입니다. 오자, 탈자, 오용뿐 아니라 위화감 없이 리듬감 있게 읽혀지도록 몇 번이고 다시 살펴봅니다. 히라가나 쓰는 방법이나 한자에 토를 다는 것 하나도 마음에 조금이라도 걸리는 게 있으면 다시 고쳐 씁니다.

FUNA: 고차원적으로 말해버리면 '작가가 되고 싶다는 저의 꿈을 이루어준 은인'. 한 인물로 보자면 '나이 차이가 한참 나는 여동생' 아니면 '이웃에 사는 소꿉친구'일까요. 제 아이가 노는 모습을 지켜봐주는 듯한 느낌과 비슷할지도 모르겠습니다.

FUNA 선생님이 효게츠 선생님에게 던지는
'세 가지 질문'

——이번에는 FUNA 선생님이 효게츠 선생님께 하는 질문입니다.

「Q1: '되자'의 선배 작가께 하는 질문입니다만, 감상란에 답장은 어떤 식으로 하고 있나요?」

효게츠: 사실 다 대답해줄 수 없어서 기본적으로 이제는 감상란에 답장은 하지 않고 있어요. 감사하게도 하루에 20건 정도 되는 감상을 받는데, 하나에 답장하는 데에만 10~20분 정도 걸리고 말아서요. 어쩔 때는 '어떻게 답변하는 게 좋을까' 하고 고민하는 것만으로도 30분 정도 컴퓨터 앞에 멍하니 앉아 있기도 하거든요. 저는 집필 이외에도 집안일과 육아도 해야 하기 때문에 어떤 시기를 경계로 마음은 아프지만 독하게 마음먹고 답장하지 않기로 정한 것입니다.

「Q2: '전업 작가가 되자'고 결심한 이유를 알려 주세요. 불안하지는 않았나요?」

효게츠: 저는 원래 선생님을 꿈꿨습니다. 대학교 교육학과를 나와서 임시 채용으로 학교에서 근무한 적도 있는데, 아무래도 적성에 맞지 않더라고요. 그 후에 학원 강사도 해봤는데 이것 역시 안정된 일이 아니어서 고민했습니다. 그러다가 어느 출판사에 작품을 보냈다가 편집부에서 "계속 써보지 않겠어요?" 하고 제안해준 것이 계기가 되어 작가가 되었습니다. 처음에는 학원 강사와 병행했지만, 얼마 있다가 전업 작가를 하기로 결심했죠. 마침 가정을 이룰까 고민하던 시기였는데, 학원 강사는 휴일에도 출근해야 할 때가 많았기 때문에 육아까지 고려했을 때 생활이 힘들 것 같다는 생각을 했어요. 뭐, 어느 쪽이든 가정을 이루기 힘든 건 마찬가지겠지만 그나마 가능성이 있어 보이는 게 전업 작가가 아닌가 하고(웃음).

「Q3: 집필 시간과 사생활을 확실히 구분하는 편인가요?」

효게츠: 그야말로 '강제 종료' 하고 있습니다(웃음). 아까도 말씀드렸지만, 저는 집안일과 육아를 해야 해서 밥도 지어야 하고 아이를 보육원에 보내고 데려오는 것도 해야 해요. 그러니 아무리 필 받아서 원고가 술술 써지는 날이라도 아이를 데리러 갈 시간이 오면 거기서 작업을 멈춰야 합니다. 싫어도 자동으로 구분 지어지는 느낌이에요. 작가 중에는 '이 날은 집필하지 않는다' 하고 휴일을 정해서 다른 사람의 작품을 읽거나 하면서 보내는 사람도 있는 모양인데, 저 역시 아이가 크고 나면 그렇게 하고 싶다는 생각이 들어요(웃음).

——**두 선생님의 인간적인 면을 좀 더 자세히 알 수 있었습니다. FUNA 선생님, 효게츠 선생님, 정말 감사합니다!**

3만 자에 달하는 인터뷰를 끝까지 읽어주셔서 감사합니다!
부디 즐거운 시간이 되셨다면 기쁘겠습니다.

편집부 멤버들 역시 선생님들의 열의를 직접 피부로 느낄 수 있어 무척 귀중한 시간이었습니다.
FUNA 선생님, 효게츠 선생님, 뜨거운 이야기를 들려 주셔서 정말 감사합니다!!

【어스 스타 노벨 편집부 일동】

위 내용은 〈어스 스타 노벨〉의 허가를 받아 어스 스타 노벨의 공식 홈페이지 중 스페셜 코너에 올라온 기사를 정식 번역한 것입니다.

현지 동시 발간을 포함한 담화 중 나오는 모든 내용은 일본을 기준으로 한 것이며, 담화 도중 나오는 (국내 미출간 작품을 포함한) 인물의 이름이나 제목 등은 해당 작품의 정식 번역과는 다를 수도 있습니다.

담화 원문은 어스 스타 홈페이지에서 보실 수 있습니다.
어스 스타 노벨 HP
http://www.es-novel.jp/